蔡雨艳 著

太阳味

TAI YANG WEI

天津出版传媒集团
百花文艺出版社

图书在版编目（CIP）数据

太阳味 / 蔡雨艳著 . -- 天津 : 百花文艺出版社，2025. 2. -- ISBN 978-7-5306-9071-0

Ⅰ. I267

中国国家版本馆 CIP 数据核字第 2025BY0258 号

太阳味

TAIYANG WEI

蔡雨艳　著

出版人：薛印胜

责任编辑：郑爽

装帧设计：百悦兰棠

出版发行：百花文艺出版社

地址：天津市和平区西康路 35 号　**邮编：**300051

电话传真：+86-22-23332651（发行部）

+86-22-23332656（总编室）

+86-22-23332478（邮购部）

网址：http://www.baihuawenyi.com

印刷：河北文盛印刷有限公司

开本：787 毫米 ×1092 毫米　1/16

字数：224 千字

印张：15.25

版次：2025 年 2 月第 1 版

印次：2025 年 2 月第 1 次印刷

定价：68.00 元

如有印装质量问题，请与河北文盛印刷有限公司联系调换

地址：河北省保定市涿州市东仙坡镇下胡良北口

电话：0312-3703833

邮编：072750

乡村，心灵的原乡

辽宁散文作家蔡雨艳新出一部散文集，名曰《太阳味》，这是继她先前出版的散文集《咬月牙儿》之后，又一部几年来散文作品的集成。应该说，蔡雨艳是“新辽西派”散文作家，也是一位比较勤奋的散文作者，执着地坚守着文学理想，秉承踏实“接地气”的创作理念，坚持着散文写作，多篇散文作品刊发在各类文学杂志上。散文写作成为蔡雨艳生活的一部分，体现了她的日常审美情趣，充实了她简约而恬淡的日常生活。

散文集《太阳味》是一部反映中国北方乡村题材的散文，分为六组篇章，分别为“乡村生活的诗意画卷”“乡村的声音与色彩”“乡村儿时的记忆与味道”“乡村春天的花语”“乡村人生的滋味”“乡村时光里的风景”。总体上看，本散文集体现出蔡雨艳的散文写作风格，简约而质朴，清朗而明快，达意而流畅，懂生活，接地气，有哲思，有诗意，有着强烈的生活气息和质朴与真实的画面感，体现出作者在繁华都市的喧嚣中所追寻的心灵守望，以及期待渴求的一份淳朴与宁静。

在喧嚣的尘世中，乡村宛如一首宁静的田园诗，承载着岁月的记忆和生命的温度。古诗中的记忆永远是美好而期许的，“空山新雨后，天气晚来秋”“绿树村边合，青山郭外斜”“方宅十余亩，草屋八九间。榆柳荫后檐，桃李罗堂前”“梅子金黄杏子肥，麦花雪白菜花稀。日长篱落无人过，唯有蜻蜓蛱蝶飞”。这些曼妙的诗句，会让无数在凡尘中奔波的人们向往和奔赴，至少是

"久在樊笼里，复得返自然"的心理向往和奔赴吧。

本散文集《太阳味》尝试着打开一扇通往心灵原乡的门，为人们展现出一幅充满诗意与温情的乡土画卷。

在"乡村生活的诗意画卷"里，《回归泥土》是写家族史，其实也是写乡村生活史，2021 年《鸭绿江》第 10 期刊登"新辽西派"散文专辑，共发 10 位作家作品，蔡雨艳是其中一位，发表的作品正是这篇《回归泥土》；《三岔河的记忆》如潺潺流水，流淌在心田，"螃蟹搭桥助唐王归东"的故事在耳畔流传；《乡村的声音》，是大自然的交响乐，奏响在耳畔；《高粱扬花》的瞬间，是生命的绽放；《后院有桃花》是对儿时往事的追忆，童年的时光因两棵水蜜桃树的存在而增添了桃花般绚烂美丽的色彩。"当时没有相机，没有留下两棵桃树开满桃花的情景，但我心里的后院一直开满桃花，后院的桃花一直开在我心里。"《后院有柳》写的是柳树，柳树的成才是岁月的见证。那《在倭瓜花前守望》的身影是一个母亲期望儿女成长的剪影，母亲的守望，不仅仅是倭瓜的成熟，也是孩子们的成长，其实母亲在以实际行动告诉作者，能诚实做人，将来才有出息。这个朴素的愿望正大而庄严，代表了天下所有母亲的精神守望。《开在母亲手里的花》承载着母亲为人妻为人母在艰难岁月的要强品质，母亲爱刺绣，作者领悟到母亲绣的是梦想，母亲忙着剪窗花，窗花里藏着母亲对明天的美好希望。《老宅》是故乡的起点，那承载着岁月的老宅，让我们感受到乡村生活的质朴与美好。《父亲的手》"等他病倒时才惊觉，自己盖了一辈子的房子，却从未拥有过属于自己的新房子。"作者父亲辛苦劳动着、拼搏着，到头来却落个积劳成疾，住进自己的房子不长时间，过早离开人世，这种为家为儿女的父爱是坚强的、无私的、博大的。父亲走了，带着遗憾，带着期盼。《早春游古城子》是游作者的出生地，是游故乡原风景。

乡村的四季，是一首动人的诗篇。春天，是大地的苏醒，是桃花的娇羞，是柳树的婀娜，是万物复苏的希望之歌；夏天，是蝉鸣的热烈，是稻田的葱郁，是雷雨的激昂，是生命蓬勃的奋进之歌；秋天，是金黄的麦浪，是红透的枫叶，是丰收的欢笑，是满载而归的喜悦之歌；冬天，是雪花的飘舞，是炉火的温暖，是蜡梅的坚韧，是守望团圆的温馨之歌。

“乡村的声音与色彩”诸篇章，如同五彩斑斓的画卷。《春天母鸡抱窝》令人感觉温馨。《鸡叫几遍》的清晨，“那聆听鸡叫的人，也是在用心聆听生活，他从声音中能听出痛苦、忧愁，也能听出快乐！”《太阳味》就是这村庄的味道，乡情的味道，亲人的味道。《三岔河湿地的百草》是作者文学的故乡。《芦苇荡》是永远的乡愁。《大黄狗》的陪伴及《把春天带回家》就是把美带回家。这些都让乡村的色彩更加鲜活，声音更加动听。

“乡村儿时的记忆与味道”，则带着我们回到了无忧无虑的童年。《儿时贴春联》充满儿时的喜悦。《吃饺子的变化》《除夕夜看热闹》《腊月闻年味》记载过往岁月的点滴。《父亲的外号》让我骄傲，“诸葛亮，那是三国时期蜀国的军师，睿智非凡。而父亲——小诸葛，当我第一次听到父亲的这个外号时，内心着实有些接受不了……然而，如今静下心来细细思量，却觉得这个外号真的有些道理。父亲有着许多独特的生存智慧，让我受益无穷。”父亲拥有这个外号当之无愧，我为父亲这个外号而自豪。还有《难忘的杀猪菜》《葫芦条印象》《烙油梭子饼》的口齿留香，《长寿菜马齿苋》被称为五行菜，《荠菜饺香舌尖》那荠菜饺的香气都是味道，《难忘那次插秧劳动》和《一张老照片》是童年的记忆。每一个瞬间都充满了温暖与欢乐，成为我们心中永恒的宝藏。

“乡村春天的花语”，让我们在繁花似锦中感受春天的气息。迈着“春天的脚步”，闻着“春天的味道”“漫步油菜花丛”，那《三月桃花谁作赋》的诗意、向日葵和木槿花的优雅，在《人间四月天》里，在《燕子花前感流年》，那《鸡草花的芬芳记忆》《槐树花开时光》《晚饭花》《聆听益母草的心声》都在诉说着乡村春天的美丽与浪漫。

“乡村人生的滋味”，则蕴含着生活的酸甜苦辣。关外的秋意，《初为人母》的喜悦和感受，《天下所有的妈妈都是自相矛盾的》一文里母爱的感悟，《冬日暖阳恰盈怀》带来的温暖，《悠车子的呢喃》的回忆及《感念生命中的恩情》都让我们在平凡的日子里品味到人生的真谛。《采草药》《长生果》写的是儿时的经历，形成了不老的记忆。对白头山的特殊情感，对北普陀山山楂之美、翠岩山如桂林之美的感叹，以及《此生唯愿伴书香》的经历，这些都从不同角度展现了丰富多样的人生体验和自然人文之美。

“乡村时光里的风景”中，围绕乡村季节变化展开描写。《听雪》写出了作者内心的宁静和感悟，《文字里的美景与深情》是作者读到的风景，《人民街风景》是作者居住地的风景，还有盘锦的魅力、红海滩的盛景、丰之锦稻米油的故事以及鸡冠山作为北普陀山皇冠的独特之处，通过这些内容展现了乡村时光中丰富多彩的自然景观和人文故事，让我们看到了乡村岁月的流转与变迁。

散文集《太阳味》，是蔡雨艳以淳朴真挚的感情对故乡乡村生活画卷的深情描绘，读起来就像是作者在与你聊家常，亲切、自然，字里行间，流淌着对亲人的眷恋，对故土的热爱，对自然的敬畏，对生活的向往，作者细腻的文笔散发着浓浓的亲情和乡情，艺术风格上淳朴自然，有浓浓的乡土文学味，让读者看到了乡村的美丽与质朴，感受到了乡村的温暖与力量。

在美好的记忆里，乡村是大地的诗篇。那里有广袤的田野，金黄的水稻在微风中摇曳，仿佛是大自然舞动的裙摆；有清澈的溪流，潺潺的流水声如同天籁之音，奏响着生命的乐章；有古老的村庄，房舍院落诉说着历史的沧桑，岁月的痕迹在这里沉淀。

乡村，不仅是一个地理空间概念，更是一种精神寄托。在快节奏的现代生活中，人们常常迷失在繁华的都市里，忘记了自己的根在哪里。阅读本散文集，跟随作者的脚步，走进乡村的世界，感受那份浓浓的乡愁，聆听大自然的心跳，探寻生命的真谛；阅读本书，回归乡村，寻找那份失落的宁静与纯真。在乡村的怀抱中，可以放下疲惫的身心，找回最初的自己。

是为序。

林喦

（林喦：文学博士、艺术学博士后、教授。辽宁省文联党组成员、副主席、辽宁文学特聘评论家。）

目录

三　乡村儿时的记忆与味道

四　乡村春天的花语

五 乡村人生的滋味

六 乡村时光里的风景

一 乡村生活的诗意画卷

回归泥土

我家对过的北湖公园里，有一棵粗壮的老柳树，枝繁叶茂，十几米高。老树根下又长出五股分枝，每股都有大海碗口粗。我总觉得这柳树像我们的家，老树根是我的父母，五股分枝是家里的五个男孩。父母相继去世，老树根枯死了，二哥去世，一股分枝也被人锯断，只剩下一段树根。每次我去公园散步，都要去湖西岸看看那棵树，看看那棵代表我家根脉的树。我一直惦念它，就像惦念哥哥弟弟们一样。这是我心底的秘密。

我 18 岁离开家乡，在外读书工作。父亲走时，我正在学校上课，回到家时，人已经入土，没能见到最后一面。11 年前，母亲弥留之际，我们在床前守了一夜，第二天早上，母亲安详地走了。母亲一生很不容易，生了五个儿子两个女儿。50 岁时，丈夫去世，7 年后，二儿子也走了。母亲有自己的信仰，她认为死是无常，无常才是人生常态。她生前对我和姐姐说过："我有那一天时，你们千万不要哭，不能把泪掉到棺材里，掉到棺材里眼泪是钉子。"母亲去世那天早上本是晴天，忽然就下起雨来。母亲生前不让我们哭，老天为她落泪。那一年的春柳抽枝格外迟怠，暮春最后一场雨过后，才长出鹅黄的枝芽。

自从父母过世后，我们这些兄弟姊妹，除了谁家办大事情把我们聚拢到一起，另外就只有清明回家祭祖才能见面。每次我回老家，总是先到四弟家，母亲生前一直在四弟家住，那里依稀有母亲的身影。

虽然离开家乡多年，但我总觉得自己和这片土地有着无法分割的联系。四弟一直留在老家，也让我们有家可归。10年前的清明，我们回到村里。四弟的日子过得日渐兴旺，家里该有的家电逐渐都有了。四弟在村里担任村副主任兼治保主任，处理村民纠纷，总是动之以情，晓之以理，让大家心悦诚服。春种秋收，庄稼人以种地为本，四弟的字典里永远写着“土地”二字。四弟的梦想是当农场主，种一大片地。

四弟只比我小一岁，打小就聪明，中学没毕业就参加生产队劳动，为家里挣工分。1983年，他送我上学，接新生的同学以为他也是新生，问他来自哪里，学哪个专业，哪个班级。他的脸涨得通红，告诉人家自己是送姐姐上学的。这件事对他触动很大，同样的年纪，人家在上学，自己却退学了。回家后，他又重返学校，想好好学习，考高中和大学。到底因延误功课太多，一个月后，他脸上写着失望，离开了学校。

20世纪80年代初，四弟是烫卷发穿喇叭裤格子衬衫、手提录音机的时髦青年。年岁渐长，人也安稳下来，买了一辆旧农用四轮车，车经常出毛病，四弟就自己动手修理。天长日久，他学会了修车的手艺。村里谁家的车出了毛病，来找他，他就帮忙修好。后来，他灵机一动，开了一家修理部，修车兼售配件。修理部在大哥家后院，邻街，那条街是出村的主要道路，向东通往三岔河，向西通向镇里，从镇里再往前走就会到达县里，所以这条道也叫大县道。四弟开了十多年修理部，随着时代变迁，农用机动车逐渐过时淘汰，好多修车买配件的人欠着钱，要到秋后才结账，有些欠款好多年也收不回来。四弟经营不下去，只好转行了。

三哥爱学习，初中毕业后本想读高中，阴错阳差没能如愿，只好到生产队参加劳动，但对学习的渴望始终还在。后来，他跟着中央农业广播学校学农学，拿到了中央农业广播学校大学的文凭。生产队也鼓励他，给他加工分。县变市那年，三哥离开家乡，去了二哥所在的城郊乡。新建市，各行各业大量用人，三哥在一家汽车修理厂干了一段时间，后来又在建筑队当技工。一家国企招工，二哥、三哥都如愿当上了工人。三哥用心学习，成了技术骨干。

二哥在中国二建上班，全国恢复高考后，二哥报名参加高考，已经请假回家复习，不料出了事故，二哥从高处掉下来受伤了，二哥的大学梦破灭后，在家休养了几年，后来企业招工就到这个企业上班，二哥一上班就当车间主任，一直干到退休。二哥家一儿一女，都成家立业，儿子家一儿一女。如果二哥在世得多稀罕这孙子和孙女。三哥最惦念大哥，劝大哥别老是一天到晚坐着打麻将，要经常起来活动活动，还常常给大哥买药。

五弟不到 20 岁就离开家乡，在城里谋生，以前卖过猪肉，收入不错。他岳母和他儿子岳母都是出家人，每天诵经，劝人多做善事，不要杀生。五弟一位杀猪的同学，不到 40 岁就病死了。这些事情对五弟影响很大，他改了行，包地办起养猪场，由屠宰转为养殖。他说："靠山山会倒，靠人人会跑，靠自己最好。"

五年前的清明，我们回家，四弟的生活又有了新变化。国家有政策，农村土地承包经营权可以有序流转。四弟与村民签订了合同，流转了三百多亩土地，投资几十万元，购买了旋耕机、播种机、插秧机、收割机，他给农场起名叫雨晨农场，还注册了国家 AAA 证书。四弟的事业就像春柳，虽有波折，但逐渐扎根发芽。

大哥得糖尿病多年了，五年前，因糖尿病综合征住进医院。雇了护工，一个月 7000 元护理费，加上治疗等费用，每月花销上万元。大侄说："只要能把爸爸病治好，花多少钱都行。"前年秋天，大哥因为各器官衰竭去世。大哥 15 岁就参加生产队劳动，肩上担着扁担，额头上全是汗水，手上厚厚的老茧。他早早体会到生活的沉重和艰辛。但他始终是个乐观的人，摆在灵堂前的照片，那脸上漾着微笑，那笑容如拂过柳枝的春风，让人久久挥之不去。

北湖那棵老柳树寄托着我的乡愁，只有离开家乡的人才能明白。原先，五股分枝是前面三根，后面两根；现在是前面两根，后面两根。后面两根长得比前面的粗壮一些，我想这预示着我的两个弟弟的事业会更好些。大哥去世后，北湖公园那棵老柳树前面又少了一根。我拿出手机给它拍照，又和它合拍，感觉是在与哥哥弟弟合影。我想起有一年，村里来了照相的，兄弟五人喊我一起照，因为姐姐出嫁了不在娘家，我也没有照，因此后悔了很久。想不到，竟然用这样的方式做了弥补。

今年清明前，我们又在四弟家相聚。对这个出生长大的村子，我既熟悉又陌生，曾经深藏在记忆里的景物，几十年后已经变得面目全非。小时候，去大哥家的路边有一个大水坑，能装得下几十人游泳。雨季时，水漫到路上，要蹚水才能过去。如今，水坑变成了平地，看不到半点痕迹。我想和四弟唠唠水坑，张了张嘴，到底没有说出口。

四弟胖了些，鬓角生出白发，已经有了隔辈人。四弟的农场里主要种植水稻，风吹过，泥土和稻花的芳香让人沉醉。四弟喜欢钻研种植技术，几次参加培训班，还到熊岳农业职业技术学院学习过。他们一家吃住在农场，啥时育苗、啥时浇水、啥时插秧、啥时施肥都是他说了算，那些水稻像列队的士兵一样整齐，服从他的指挥，战胜干旱、病虫害，变成亮晶晶的大米。

五弟的养猪场赔钱了，经营不下去，只能转行，回老家租了几亩地，养起了鸭子。他经历了很多事，现在看得很开，每天品茶、看医书，免费给大家当保健参谋。他说的话很有哲理："别人见白头愁，我见白头喜，喜的是在人生这趟列车上没有提前下车，活到了白头。"

三哥退休了。他儿女都是大学毕业，工作稳定，儿子已经结婚生子，儿女双全。他当上了爷爷，仍然闲不下来，正在搞发明创造，研究代替汽车发动机的动力源，他称之为星球能源。他说："将来，我的发明成功了，挣到了钱，先买回咱们家的老宅。"

我真心希望他能如愿以偿。

前年，四弟农场一年收获的大米，卖给了不讲信誉的人家，几十万元粮款要不回来，四弟从亲属家借钱给村民流转款。他说："没有过不去的坎，一切都会好起来。"他每天起早贪黑地干，稻苗上浮动着月光和星光。实在累了，他会哼着歌，录一段视频，发到家族群里。他说："为了将来过舒坦日子，现在就得撒欢干。"他的世界，年年春夏有绿地，秋天有金黄。在家乡的土地上，他正实现自己的梦想。

最让大家不放心的是我。我一个人在外地工作，举目无亲，那年，我得了一场大病，一个人度过了手术、放疗、化疗，现在十多年没有复发，已经度过危险期。经过了生死的考验，对于一些事情看淡了，对于亲情和故乡看得也更重了。我一直认为，骨子里，我是生长在城市的一棵庄稼。每次回老家，我都要到三岔河边看看，听听河水声，闻到河水味，就感觉分外亲切。三岔河水滔滔不息，承载着我童年的记忆。采一捧芦花，插到花瓶里，就好像故乡在身边。看一眼芦花，就想起农家小院，想起我们兄弟姊妹共同走过的那些岁月。我总在想，退休后回老家买所房子，种点菜，养养花，鸡啼是闹钟，犬吠是门铃，听雀噪、蝉鸣和蛙声，眼前的河流田野，挂一个画框就是一幅画。

从爷爷起，我家五代现在三十多人，爷爷有两个儿子：伯父和父亲，伯父有一儿两女，父亲有五儿两女。如今，大哥的孙子已经处了对象。清明当天，村外国堤上行走着零星的扫墓人。二哥的儿女们已经来过，给二哥上过坟。我们带着准备好的供品，先去老坟地，给爷爷奶奶上坟，再到新坟地，给父母上坟。父亲的墓地是伯父选的，当年伯父在坟旁栽了一棵小柳树作为标记，现在已经长成大树。伯父伯母的坟和父母的坟相望，坟前都立了碑，已经不需要用柳树去辨别了。

一路走过，我看到很多坟墓，有人来过的，留下了纸钱的余烬，坟头添过土，盖了黄纸，显示这家有后人，有“香火”。无“香火”的墓，渐渐被荒草湮没，隐入时间的深处。有一座新坟，花圈上的花还鲜艳着呢。嫂子告诉我，村里的某人死了，问我认识不。我使劲想，仍然想不起来。

去年夏天，北湖公园改造，封闭了近一年。今年“五一”，园区终于重新开放。我惴惴不安地向湖西岸走，生怕老柳树发生什么意外。还好，老柳树还在那里，舒展着绿色的枝条，透出勃勃生机。站在柳树前，我忽然意识到，我和它是植物和植物般的心意相通，只要通过脚下的土地，我们就能够准确地感知到彼此。

我想起五弟时常说起的话，他说自己最小，也最不划算，将来要把大家一个个送走，经受一次次离别。人生就像旅行，爷爷、奶奶、伯母、伯父、父亲、母亲、大哥、二哥，相继到站下了车，以某种植物的形式，在故乡的土地里扎下了根。我们还在前行，但迟早也会停下来，站稳脚跟，回归泥土。想到五弟依次把我们种在故乡的土地上，而我们努力生根发芽，挺起腰杆，开花结果，我的脸上就不由得绽放出会心的笑容。

《鸭绿江》2021 年第 10 期

三岔河记忆

我的家乡有一条河叫三岔河。我的家乡在盘锦市盘山县古城子镇古城子村。

无论走多远，我都忘不了家乡。

我家的南面是国堤，东面也是国堤，爬上国堤能看到村东边和南面的河，这两面的河是同一条河——三岔河。三岔河东岸是台安县，南岸是海城市西四乡八家子村。三岔河是一条美丽的河，也是一条有故事的河。

离开家乡后，我曾多次梦回家乡，也梦见美丽的三岔河。春天我到三岔河边挖野菜，夏天到三岔河中戏水，秋天在三岔河边地里收秋，冬天在三岔河冰面上滑冰。

三岔河湿地长满了芦苇蒲草和红蓼。芦苇轻扬，秋天芦花开了，开得素雅，秋风起时芦苇浩浩荡荡，是最美的季节；蒲草雄花花粉俗称蒲黄，具有药用和滋补功能，我年少时曾采过蒲黄；夏天红蓼开得鲜艳，红蓼也是一种药材。

还记得童年的春天，我们来到河边挖野菜，看这春水流淌潮起潮落，我喜欢这河水的味道。雨后天晴，乳白的薄云在绿色的草地上空，缓缓飘动，生活在诗画之中，都还不觉得。有时在三岔河的河边玩那细细的黄沙，在上面写字、画画。

有时我走在大坝上，和小伙伴们去摘榆钱，摘槐树花，抓蜗牛、蚯蚓、蝴蝶、充满了童年的记忆。

2008年，我写了一篇题为《三岔河》的散文，发表在《辽河》2009年第6期。是三岔河让我第一次登上了纯文学的杂志，是三岔河给了我文学素材。之后我又陆续写了《我的家乡》《早春游古城子》等文章，都写到了三岔河。

三岔河是我家乡的代名词，有人问我家是哪里的，我会骄傲地告诉他我家乡在三岔河右岸。

“三岔河为辽河（今外辽河）、浑河、太子河三河汇流处，中分辽地，其左曰河东，其右曰河西；河东有辽阳城，河西有广宁城。三岔河系沟通东西之咽喉，冬季冰坚，人马可行；夏季水融，则搭造浮桥。同时，三岔河上通辽河、浑河、太子河，下联河口而通于海，明时山东之饷辽者必取道海上，入河口至三岔河，再由三岔河入路河，以达广宁（今北镇），或者将物资统卸于三岔河，再转运河之东西。”盘锦辽河口博物馆是这样标记三岔河的。三岔河历史悠久，《海城县志》和《盘山县志》记载：隋唐时期，三岔河就是内河航运码头和重要的渡口，也是兵家必争之地。

传说唐贞观十九年，唐太宗李世民率军从洛阳出发，御驾亲征。在大堡子黑风关（今大洼区田家镇）登陆，来到三岔河畔古城子村时，遇到了三岔河，河上没有桥，河里没有船，情急之下唐王李世民就请军师徐茂功商量。徐茂功掐指一算，说：“不出三日，必能封冻汉河。”李世民听了，就派人到河边去看。派去的人回来都说河没上冻。唐王就说他们谎报军情，推出去斩了。第二天派人去查看河水上冻没有，探子说没有，唐王李世民怒道：“来人把这胡说之人斩了”。第三天，唐王又派人去查看三岔河上冻了没有，探子想：说河没上冻是死，莫不如说河上冻了，还能多活会儿。于是，对唐王说：“河上冻了”。唐王一听大喜，传令大军即刻向三岔河进发，并按徐茂功之意命大军过河时不许回头，违令者斩。

说来也奇怪，大队人马真的在水上走过去了。大将军王军可，负责断后，他心里纳闷，秋天河水怎么封冻河呢，他回头一看，瞬间连人带马掉进河里，原来是虾兵蟹将给他们搭的桥。

直到今天河的中间还有一条清澈的分水岭，那就是王军可当年使用的大刀遗落处。小时候我去姥姥家坐船过河时，船上有人指着这条分水岭让大家看。

现在你吃从三岔河里捞上来的河蟹的时候，会看见河蟹的壳上都有一个马蹄痕迹。这就是“螃蟹搭桥助唐王归东”时留下的。

这个螃蟹搭桥助唐王归东的美丽传说在此产生，在我们村口口相传，世代流传至今。

这河里的螃蟹多，秋天下雨，螃蟹会爬向临河的房子或地里，一堆又一堆的，也曾经有过半夜螃蟹挠门惊醒熟睡人的事。三岔河还盛产河刀鱼、鲫鱼、鲇鱼和海刀鱼。

古城子村在盘锦最东边，与海城隔三岔河相望。

三岔河东南岸是海城西四镇八家子村，八家子村那边三岔河渡口处不远的地方原本有座小方城，砖石结构，那就是当地人所说的马圈。这座小城在20世纪50年代以前还很完整，1953年发大水，河道迁移塌河里去了。我们村里八九十岁的老人都还清楚地记得，那就是马圈。

三岔河有沧桑历史。我儿时经常去村南边挖野菜，在铁路桥的南面看到过椭圆形的坑塘，长约百米，水深数丈，当时我们管这坑塘叫火轮，听说当年有一艘轮船在这里沉下去了。上次我回家时，弟弟说近些年来陆续有外国人来看火轮。

在1904年日俄战争期间，一次海上战斗，沙俄战舰“震海侯号”、一艘“勇敢号”护卫舰在仓皇逃窜之际，从营口港误入大辽河河道。“震海侯号”战舰行至三岔河口时搁浅，沙俄军队将其自沉，然后登上“勇敢号”护卫舰顺原路返回。行出三公里后，船因超载而下沉，船上人员被迫弃船登陆。两艘战舰就这样沉入河中，原来我们叫它火轮的坑塘就是“震海侯号”自沉的地方。

三岔河是兵家必争之地，从三岔河两岸的地名就已经看出。古城子村的北邻叫七台子村，然后是六台子村，接着是五台子村。据说是当时战争的烽火台，分别是头台子、二台子、三台子、四台子、五台子、六台子、七台子。每隔5里一个烽火台。

古城子村中心原来有一个商店，商店的位置在高坡上，从东往西或从西往东去商店都要上一个高高的大坡，那是我上小学要经过的路。据考证，这里原来是古时的一个西宁城堡，现在已经成了西宁堡遗址。

城址每边长 500 米。据载西门有石刻“西宁堡灵远门”。据《奉天通志》载，西宁堡即西平堡，民国时改称古城子。此堡临三岔河，为水陆交通要冲。城堡里有什么秘密还不知道，城堡变成了高坡，也许是先辈古城子人为了保存古物修建的吧。

那次我去锦州博物馆，在一张地图上找到了三岔河，明代三岔河标注三岔关。

三岔关遗址，位于村东约 1500 米处。该遗址位于三岔河西岸，东 600 米为浑河大堤，东北距台安县万家台辽东边墙起点 6500 米，南有盘山至海城的公路。昔日繁华的渡口，如今只剩两根拴钢缆的石柱，不远处还有一个界碑。

现在三岔河上有三座桥，营盘高速铁路大辽河特大桥、沟海铁路大辽河大桥、S312 三岔河大桥。

1958 年，为使辽河、浑河、太子河洪水顺畅入海，解决营口港淤积及三岔河地区排涝问题，水利部门在盘山县与台安县交界处的六间房村附近将外辽河堵截。至此，浑、太两河便成为独立水系，双台子河单独承担了辽河下行入海的使命，真正成为辽河干流的最下游段。辽河和大辽河，就是这样几经沧桑来到盘锦的。

三岔河的南岸铁路桥的南边，有一座两间砖瓦房子，房门上方挂着“西四水文站”牌子。

我大舅就在这水文站工作，每天 24 小时观察河水，记录基础数据，统计分析水文现象，为治理洪涝灾害提供第一手材料。大舅一家三代人从事水文工作，对三岔河的爱，就像三岔河水一样永无止境。

三岔河是辽河、太子河、浑河三河的交汇处。这里曾经是三河下梢十年九涝。

夏季汛期洪水来临时，几个小时就淹没国堤外的所有庄稼和民堤，大水直奔国堤，洪水距国堤只有一尺高。

有一年，三岔河发大水，大水就要淹没国堤了，为了保护辽河油田，只能在三岔河南岸海城市的西四乡的八家子村放水泄洪。八家子村被洪水淹没，部分房屋倒塌，而我们的村子平安无事。

岁月的风吹皱了我的面容，不知不觉中，我已高升到奶奶辈了。人老了，爱回忆了，如今我又对三岔河、对家乡越发想念，已是千万次梦里追寻。想家，想家里的石头垒成的青砖瓦房，当年我曾想用老宅做背景拍一张四世同堂的全家福照片，随着父亲的去世，这张四世同堂的全家福照片只能在梦里看到。

童年的记忆渐渐地淡出，唯有这条河一直挥之不去——家乡美丽的三岔河记忆。

《嘉应文学》2021 第 1 期

乡村的声音

寂静的乡村在沉睡中，几声喔喔鸡叫，几声汪汪的狗吠，唤醒了乡村，炊烟袅袅升起，旭日东升，鸡犬相闻，乡村沸腾了。

我小的时候乡村没有电，没有钟表，那时记录时间只是看太阳月亮。

早晨太阳从东方渐渐升起，天亮了，新的一天开始了，太阳升起的高度记录着时间的轨迹，太阳在正头顶是正午，正午的人影最小，在这之后太阳一点点慢慢落下，直到消失在地平面，月上柳梢头，就是晚上了。

我认为乡村记录时间是用声音，记录我出生的时辰只是以雄鸡叫的遍数来决定的，母亲说我出生时是下半夜公鸡叫的头遍。夜里出生的孩子要分是上半夜还是下半夜，下半夜以鸡叫的次数来记录。乡村公鸡吹起起床号要吹三次，公鸡喔喔叫三遍天就亮了。主妇们根据公鸡叫的遍数来决定自己什么时间起床，来安排一天的劳作。

早晨鸡打鸣知道天亮了该起了，母亲说晌午是根据鸡、狗、鸭、鹅、猪饿了叫得响亮程度来决定的，晚上同样是看日落听声音知晓晚上的时间。一切是这么有序，像公鸡打鸣、母鸡下蛋一样正常。

在孩子们的心中，吹起起床号的应是麻雀，我们管麻雀叫家雀，因为麻雀总是围着家转，是距人类最近的鸟。春天睡意正浓，不觉晓时，家雀不知好歹地叽叽喳喳地在窗外房檐叫个不停，母亲会在孩子的耳边轻轻地唤醒孩子："起来了，家雀都叫了，家雀说快快起来好上学，老师夸我是好学生。"

狗和鹅是乡村人家的卫兵，一有风吹草动，狗会发出汪汪的叫声，主人会根据狗叫声的响亮程度和频率来判断所发生的情况。狗只叫一二声说明院外有人经过，狗一声接一声地汪汪叫，说明有人或者是动物来到院中，这时主人一定会出来看个究竟。鹅也不甘示弱，鹅是第二个看家护院的能手。一有情况，鹅会发出警报。公元前 309 年，敌人进攻罗马，在深夜偷袭卡皮托里城时，守城的哨兵毫无知觉，就连狗都没有听出动静来，这时只有“守护神”的鹅听到了敌人的动静，于是闻声大叫起来，惊醒了城堡中的守将，守将立即率士兵们反击敌人，取得了保卫城池的胜利，从而挽救了整个罗马。在罗马，现在人们还对鹅有着隆重的纪念。

大多数乡村人家都要养一只猫，养猫是为了让猫抓老鼠。猫是动物里比较受人喜欢的，它可以吃人吃的饭菜，睡在人睡觉的炕头上，睡醒了伸个懒腰喵喵叫两声，还可以到外面遛遛弯儿。当猫听到老鼠吱吱的叫声，它会一个箭步蹿出去，手疾眼快地抓获老鼠，抓获老鼠它会带到主人面前邀功领赏，主人会赏给它好吃的。有时猫抓老鼠把老鼠放眼前玩，老鼠跑了，猫就抓回来，用前爪拨弄老鼠，玩耍够了再咬死它。当春天来时，猫一改常态的温柔的喵喵叫声，常常是在半夜发出阴森的叫声，好像是小孩在哭泣，我们听得直害怕，大人们说没事的，那是猫叫春呢。在阳光灿烂的午后，小猫睡醒后，眼睛盯着一只飞舞的蝴蝶，一只前爪紧缩，时刻准备抓扑蝴蝶，蝴蝶落在地上，小猫扑上去，小心地抬起前爪，这时蝴蝶又飞走了。

声音告诉村里人一年四季的变换。“以鸟鸣春，以雷鸣夏，以虫鸣秋，以风鸣冬。”春天啁啾不断的鸟儿的鸣唱意味着春天的到来，风是柔柔的，轻轻的，吹面不寒杨柳风；打雷意味着夏天的开始，夏季的风让人心情舒爽；从虫鸣知道秋天涌动，瑟瑟秋风告诉你该收获了，告诉你苹果红了；从风鸣知道冬天，听到呼呼的北风叫着，知道冬天来了，要冷了，冬天的储备不能少，为了过冬准备工作是要晒干一些青菜（如茄子、萝卜、豆角以便冬天食用）北风刮起，雪花吹来，脚踩着雪的嘎吱嘎吱声音一路走来。

乌鸦和喜鹊的叫声是传递村里人家的吉凶。人们认为喜鹊叫是报喜，乌鸦叫是报丧。

早晨家门前的那棵大树要是落着一两只喜鹊叽叽喳喳地叫，人们会认为这是喜鹊报喜，今天会有好的事情发生，这吉利的叫声，心会因此而亮堂，脸带着笑意，心里会想有什么好事要发生，是不是要有媒人上门给孩子介绍对象？要不就是走丢的猪今天能回来？快乐的一天就这样开始了。乌鸦要是站在门前的一棵大树上哇哇地叫，显得阴森恐怖，人们会认为是不吉利，会拾起小砖头打它，有人走完了一生，乌鸦报丧呱呱叫上几声。

儿童分不清哪个是喜鹊哪个是乌鸦的叫声，就像分不清哪个是好花哪个是坏花一样，坏花有毒不能碰，一碰就会中毒，皮肤上会出现斑状红肿，一般要隔几个小时，或两三天后才消散。也分不清哪个声音是吉利的，哪个声音是不吉利的。有时善良与邪恶的声音混在一起，从天空传向大地。于是大人们就会告诉小孩子看那个穿着黑衣服的拖着长尾巴的是喜鹊，女孩子的心极为细腻，她能听到花开的声音和花落的声音，那个落花的约定，只有女孩子心知，等到来年，她又在丛中笑。

生活在继续着，就像村边那条河一样生生不息。流水的声音是季节的节拍，农历二月，河水破冰开河的声音势不可挡，春水哗啦啦地流淌着。春雨一洒就绿了树，村里多了一种声音，那是小儿吹柳笛的声音，小燕子从南方飞回，用它那颤音喋喋不休地诉说着，它是怎么两次越海旅游，是怎样用翅膀当风帆，度过无数个日落，度过无数个黎明。母亲常说人过留名雁过留声，果然小燕子回来了，带来了春的声音。夏季雨水越来越多，当天下起大暴雨，河水上涨，有毁灭一切之势。秋天雨水大，漫过村外的河滩，小青蛙多了起来，“归—呱、归—呱！”没有白天没有黑夜地叫着。东边停了西边又起，秋蝉这时也会落在窗外发出鸣叫，叫得让你心烦。不要烦，它在赞美上帝给它的生命。羊在坡上吃草后回圈，牛卧在门前倒嚼，眼睛似睁不睁的，它们在想着自己的心事：这一冬它们有没有吃的。冬天河水结冰，你在冰面上走，脚下发出嘎巴嘎巴声，这是水发出的抗寒声。

当然乡村也能听到不和谐的声音。那高声的叫骂声，八辈祖宗都翻出来骂的，那指桑骂槐，指鸡骂狗的，还有的老人无故地就骂上一个时辰。啪嚓一声，碗掉在地上碎了是哪家小两口在打架。村中一个长得很干净也很标致的女孩子，天生就是个哑巴，她生气发怒时发出的声音是谁也听不懂的哇啦哇啦声。

“冲啊，杀呀，别让敌人跑了，抓活的”这不是战场的声音，是儿童在玩打仗的游戏，他们拿着自制武器，那是用秫秸、树条子、青麻秆编成的各种各样的武器、大炮、驳壳枪、转盘枪。

“下雨了，冒泡了，王八戴草帽了；下雨了，淌油了，屁股上的疖子出头了。”这是儿童在放肆唱儿歌；“小白菜呀，地里黄，三岁四岁没有了娘啊。”这是一个老婆婆坐在院子里一边纳鞋底，一边哼唱的歌，是替小白菜担心的悲天悯人，她可能曾经为哄孩子睡觉唱过这歌。现在孩子大了，像小燕子飞离了她，她现在只能替古人担忧了。

“镗……镗……镗”一阵锣鼓响，招来了里三层外三层的村里大人和小孩，他们是来看耍猴的。

当听到叮当叮当这个声音时，孩子就跑出去了，那个挑担子的货郎又要来了。货郎的货物很全，针头线脑的、雪花膏、线围脖、小花布、小孩子玩的小玩具等。货郎是女孩子的期盼，是沟通外面世界的桥梁。

“让列宁同志先走。”这是村里人在看露天电影《列宁在1918》。来看露天电影的人里三层外三层，电影没开演之前，村里会抓住这个时机，给村里人先上上课，讲一讲过去战争的故事。

声音记录着村里的一切。随着接生婆剪断脐带，啪的一声落到了刚出生的婴儿的屁股上，这时婴儿发出来到这个世上的第一声啼哭，这是新生命的开始，这是村里人爱听的哭声，添人进口，喜事连连。一出生就会哭的婴儿不会被接生婆打一巴掌。接生婆把婴儿接到这个世上，听到婴儿发出的第一声啼哭，接生婆会笑呵呵地说生了个大胖小子或者是生了个千金，和他爸长得一模一样，跟模子里刻的似的。

那划破天空撕心裂肺的一声哭喊，是一位老人走完了他的一生。这是死去时烧过头纸时的第一声哭喊，也是村里人听到的第一个信息，谁家的老人走了。接着，这家的哭声会有规律地响起，有鼓乐声、有哭声、有人来人往的吵嚷声，夜晚有女儿哭 7 次的哭声。来颂唱这位老人家在世的功德。泪珠一个劲地往下掉，那是发自内心的哭泣。第三天早上，那一些声炮响，告诉人们这位老人就要离开村庄到天国去了，撕心裂肺的哭叫是为这个老人离开家的哭，这个老人不知能否听得到。

读书的声音是幸福的声音，“关关雎鸠，在河之洲。窈窕淑女，君子好逑。”百家姓、三字经、千字文，那是只有有钱人家才能读起的书，后来村里有了学堂，琅琅的读书声才是村里听到的幸福的声音。

对于声音掌握最准确的是村里的张盲人，张盲人生来眼睛就什么也看不见，他的耳朵就是他的眼睛。他能凭脚步声分辨出来者何人，他听到咕嘟咕嘟的声音，就知道水烧开了，饭熟了。听到“乒乓”声，就知道是关门声或者是有什么东西掉落到地上了。快过年时，每家准备杀鸡杀猪他也知道。张盲人为了维持他的生活，尽最大努力让人信服他是有用的。风声雨声雷声他声声入耳，他能听出点钱的声音，还有牛叫、驴叫、饿极了的猪的叫声、说话声、咳嗽声、小孩子的哭闹声，人说他是在用心听。

村里人过年是人的节日，是鸡猪的灾难，人抓住鸡，鸡扑腾着，鸣叫着，叫得让人手怯，人们会念叨一套话：“小鸡小鸡你别怪，你生来就是人间一道菜。”杀猪时，猪知道它要死，拼命地挣扎，发出号叫，女人听了不忍心，男人听了烦心，杀猪刀照样会扎到猪的心脏。随着猪的最后一声惨叫而死去。

一进腊月，噼里啪啦的鞭炮声时而响起，年要来了。声音带着喜庆，锣鼓喧天，鞭炮齐鸣声早已湮没了人的耳鼓。

1970 年村头有火车通过，绿皮火车的声音是最美妙的音乐，咕隆咕隆的声音响彻全村，它吼声如雷，回响在乡村，它的脚步声踏得土地震动。火车喷出火和黑烟，火车的声音带有强烈的穿透性、刺激性，吓跑了黄鼠狼。从那以后村里少了黄鼠狼半夜偷鸡。

警报声响起，让人产生恐惧，那是在防空演习。

我最熟悉的声音是母亲吭哧吭哧洗衣服和搓衣服声，还有家里抓来螃蟹，螃蟹“嘁咕嘁咕”地吐沫。雨天，三哥拉二胡的声音，像猫爪挠心一样，当时听着特别烦，现在明白是当时没有听出他曲中的忧伤。

世界上最美丽动听的声音是母亲的呼唤声。乡村母亲呼唤孩子回家吃饭是最熟悉也是最温暖的声音。

我最喜欢的声音是流水声、风声、鸟鸣。我最不喜欢的声音是那一些吵嚷的杂声，锅碗瓢盆叮当响声，蛙声和蝉鸣有点闹，也是不喜欢的声音。

感动的声音如李谷一那首《心中的玫瑰》：在我心灵的深处，开着一朵玫瑰，我用生命的泉水，把它浇灌栽培。那首《请跟我来》好像在招呼那些无家可回的人，踏着不变的步伐请跟我来。听之泪流满面，如远古的声音让我的心宁静。

声音记录了乡村的大事年表，声音驻足行走或飞奔，都是乡村发生喜怒哀乐的记载。没有声音，乡村是寂寞的，于是我对声音敬重起来，开始关注一些声音，声音无影无踪，瞬间即逝。我想最强的声音应是轻轻地叩响一扇封锁着的寂寞的门时，那时你的心门也被打开。乡村的声音是动听的音乐，是在我心里永远不会被遗忘的音符。

乡村声音是我童年记忆里最美的背景音乐。

《中国铁路文艺》2013 年第 8 期

高粱扬花

一棵高粱能从入土发芽到长出几片叶子，活到扬花甚至到高粱红了，还真不容易。起初能作为种子，真是百里挑一，当它被埋在地下，就在做要生根发芽的梦；当它破土而出，努力参与生存竞争时，已是一个强有力的冠军了。一棵高粱从一粒种子到一棵幼苗再长成红高粱，是一个漫长的生长期。真正属于它的季节，从春到秋，也就是四五个月的时间。四五个月的时间，就是它完整的生命周期。它要抢在有限的时间里，不停地生根，不停地长叶，伸长胳臂，伸长腿，不停地拔节，不停地往高蹿，不能打盹偷懒。它可能有更多生存的责任，低下头来它要长得更高，它要承载沉甸甸的果实，只有这样，它才能在乡村，长成乡村人心目中盼望着的高粱扬花，然后成为红高粱。

我们村的人们从春天开始就天天盼望高粱扬花，其实是盼望高粱扬花之后的高粱红，高粱红的时候是我们村人们的最爱。如果你是外地人，而且来时不是秋天，我们村的人会说你来得不是时候，如果你在秋天来，高粱扬花后，农历八月十五前后高粱红时河蟹满黄最肥，吃河蟹最好。乡下没啥好吃的，高粱红了的时节，最肥满黄河蟹是这里的乡村给你的最美盛宴。

春天的黎明时分景色是最美的，天空没有云彩遮挡着，一望无际的是清澈透明的蔚蓝。原野上浓浓密密地挤满了刚出土的嫩绿，大地一望无垠。三岔河的水都散发着凛冽的清凉。有野花开放，有芦苇生长。空气中便飘散起一丝丝芳香。河里生长河蟹，河岸种着一大片高粱。早在冬天农闲时，老牛车拉着一车车的堆肥放到地里，一堆堆的远看像个小坟包。春天整地时撒施于耕地上，然后耕犁，充分耕碎土块，除去杂草，并耙平土面，然后种植、施肥到高粱播种后苗高一定时，看它们的疏密，行距，株距，肥相，管理的程度。

高粱，禾本科，一年生草本植物。直根系，基部节上有支撑根，总状花序，叶鞘无毛或稍有白粉；嫩叶阴干青贮，或晒干后可作饲料；性喜温暖，抗旱、耐涝。中国栽培较广，以东北各地为最多。颖果能入药，能燥湿祛痰，宁心安神，属于经济作物。

当高粱苗在地面露出头时就有风来吹它，还有一些不知名的草和它争嘴，有害虫来咬它，有时洪水来冲它，刚长出来时又有马呀牛呀羊呀啥的把它当成草给吃了的危险，有大批麻雀要把它当食物，它自身也有长成了乌米的可能性，长到青稞时还有孩童把它当成甜秸秆嚼了，真要是能长到高粱红了是一件不容易的事。

三岔河河水的腥气被高粱扬花的清香气味取代，大批麻雀往这里飞聚，田鼠加快挖掘盗粮暗道，稻草人已吓不跑麻雀。村里人只能敲打锣，用锣声加喊声来吓跑麻雀，没有偷到高粱的麻雀是不会甘心的，不一会儿又成群结队地飞回来，似一阵急风刮来，看青者只好再一次用锣声加喊声来吓跑麻雀。看青者有一个瞭望哨，在高粱地中间，是高出高粱的一个草棚子，由四棵木棒搭起的。爬上这个草棚子，向田野四周一望便知，这是看青守秋者的阵地。间或有一两个船只泊到河堤，高粱地被当成方便之所，高粱秆被折断当甜秆嚼了，不幸被顺手牵羊破坏的植物还有蓖麻、向日葵、青菜等。

高粱在空气中放肆地散发着自己的体香，在乡村的环境里完成它成熟的仪式。夏夜是另一番韵致了，月亮高高挂在天空，高粱像是一队队卫兵。

高粱圆锥花序疏松，主轴裸露，总梗直立或微弯曲，高粱扬花了，也是农闲的时候，更是村里年轻人恋爱的季节。老村民会说青稞子——早着呢。

可是年轻人不爱听老村民管他们叫青稞子或者叫生瓜蛋子，就像老村民不爱听年轻人管他们叫面瓜一样。红高粱地深似海，一人家的猪跑进去，没个找，丢不丢只能靠命运了。同样两个人进去也是没法找的，村里也有过私奔的年轻人先是钻进红高粱地，然后到高粱地那一头的河边，坐小船跑了。

红高粱地里也有着生米煮成熟饭的故事。村里的“张二柱和王家三丫，那乌龟看绿豆——对眼了。”两人相爱得好好的，偏巧张二柱家父母看王家三丫不顺眼，也说不出哪不好来，反正就是不同意他俩相爱。家长越反对，就越加速他们爱的速度。没过多久，张二柱妈妈要下地里干活的时候，没早一步也没有晚一步，她正好看见张二柱和王家三丫从高粱地里出来，那表情是羞涩的，于是张二柱的妈妈发出一声：“完了，生米煮成熟饭了，不同意也不行了。”于是这两个相爱的人如意了，就像童话故事说的，从此张二柱和王家三丫过上了幸福生活。这时老人也会说：“我不是不同意你们的事，只是觉得你们还没有长到时候，就像这高粱才扬花，距成熟还有一段时间。”也就是“生米煮成熟饭”也不行，逼得他们生离死别的。

一棵高粱扬花在枝头和许多作物一样，它的形成也是一个漫长的过程。孕育、打苞、绽蕾、开放，并最终结成沉甸甸的红高粱。它必须有了思想和意识，再有必要的环境和条件：时令、气候、泥土、水源、阳光、风雨等诸多因素。

当然也有少数高粱秸秆长不成高粱穗，长出的是乌米，它也打苞，它的苞与正常的穗一样，只是里面没有长成一粒米，是半途而废的，它的秸秆还是能用的，在那个物质匮乏时代乌米是可以吃的，乌米深受孩子们的喜爱，嫩乌米外面包着叶子，剥开外面包着的叶子露出白薄膜一样的内里，咬一口，淡淡的香味。长乌米的高粱秸秆有时是甜的。剥开它坚硬的外皮，露出里面的瓤，咬上一口，尝一尝里面的汁是不是甜的，孩子们可以用舌头慢慢品尝它的甜味，直到甜意全无的时候，吐出嚼过的渣子，继续咬下一口。微甜的高粱秸秆，藏匿着那男孩子对那女孩子青涩的爱，那时觉得很幸福，生活都是甜的。可是大人们见到了乌米就不高兴了，乌米多了高粱米就会少了。经过春夏秋之后，一切成了结局，乌米也和高粱一样入秋。

高粱拔节的夜晚，秋天多是阳光灿烂的日子，天蓝得像要透到天外边去，这样的蓝衬托白云更白，一棵高粱它用什么力气才能长成如此健壮如此辉煌。

一棵高粱，春天时曾经是一棵幼苗，在夏天曾经是一棵青稞，而后茎干高大且直，长长的披针形叶，顶端帚状或锤状的穗，直到秋天，高高仰起了头，长满了粒粒种子，凝成这样一穗盈硕的果实，成了植物中的“骆驼”，温顺是骆驼最重要的性格。不论环境多艰苦，驮再多的东西，骆驼总是逆来顺受，默默地承受一切。

高粱被收割后，掐去高粱穗，怕丢失，队里派一个人看着，这个人要是铁面无私的，队长首先想到的是村里一个老光棍，大家都叫他虎春，他的真正名字叫什么，大家渐渐地都忘记了。虎春穿着黑衣服挽着袖子，他的衣服大襟黑又亮，村里人说如果吸烟忘带火柴在他衣服襟上能划着火柴。虎春的脸比较黑，跟锅底似的，一个小孩子跑过来笑话虎春的脏，村里人会说，老鸹落到猪身上了，看到猪黑看不到自己黑。虎春看着高粱是不会丢的，谁也别想走近高粱半步。高粱收割之后，历经加工工序，高粱分为高粱秸秆和高粱头，红红的高粱粒心满意足地躺在打谷机里，高粱粒就是高粱的梦吧。支撑高粱那部分细秸秆，被人们很珍惜地用在串盖帘，盖帘是用来放饺子包子等食物的。最后才能收获高粱。红高粱可以酿酒，可是我们的村没有酒坊，因为那时粮食还不够吃，高粱籽粒加工后即成为高粱米，高粱米是那时村里人们的主要粮食，是我童年的主食，后来我在外地上学的时候，主食也是高粱米饭，高粱米饭被同学们说成枪子，而我的胃没有反抗，现在很长时间不吃，还有一点想得慌。

高粱米磨碎成面粉，颜色有红的、白的、白红面的等。高粱米面可以做火烧、做片汤、做饼子，黏高粱磨碎成面粉成黏面子，黏面子可以做黏豆包、黏火烧。春节前的腊月，家家户户都要做很多黏豆包、黏火烧。村里主妇们最拿手的还是做高粱米饭，一锅里能煮出两样到三样的饭，煮饭开锅时就用漏勺捞出一部分干饭给家中主要劳动力吃，干饭抗饿，锅里的再煮一会儿就成高粱米饭，掏出一些高粱米饭，剩下的再添一些水就熬成了粥，给不干活的孩子们吃。

村里也要种一些黏高粱，也称笤帚弥子，黏高粱产量低。黏高粱秆茎皮柔韧，编织用，穗脱粒后可扎成笤帚，笤帚是人们日常用来扫除杂物和尘土的工具。爸爸在冬天常为家里扎一些笤帚。黏高粱秸秆靠上较细的部分可以钉盖帘，黏高粱穗的脱粒可以绑笤帚，长秸秆用来扎扫地用的笤帚，短一点的用来扎扫炕笤帚，再短一点的用来扎刷锅刷子，有时要多扎一些送给不会扎笤帚的亲戚家。黏高粱秸秆质软有弹性，可做秫秆绕，在孩子们看来，黏高粱秸秆还是最实用、最可爱的玩具，用它扎成椭圆形的灯笼和风筝等，男孩子把高粱秸秆放在胯下就能当马骑。高粱秆给村里的院子竖起了整齐的障子，给地里支起了黄瓜架、豆角架，用高粱秸烧火做饭，然后屋子就暖了，饭熟了。当大地里的高粱秆都拉回队里只剩下地里的茬子，茬子尖朝上，那一天我往家背着柴火，为了少走一些路，横向穿过高粱地，高粱茬子就很快扎进我的脚后跟，痛得我直咧嘴，鲜血直流。我用手帕勒住伤口，一步一步走回家，后来脚后跟上方留下疤痕。带着我的血的高粱茬子不知让谁刨去了，不知进了谁家的灶膛，烧成灰，凝成霜，成了一味药——百草霜。

村里有的人家房顶柳木檩，压的都是秫秆笆，那柳木来自国堤，那根秸秆是长在三岔河西岸的红高粱地里。

秋天满载高粱穗的骡马大车压得路面发抖，一头灰骡子生气地打着响鼻，还有人的吆喝声和鞭子声，尘土飞扬，人声嘈杂。

那一片火红的高粱承载着多少人的希望，要成为秫秆笆顶房屋，笆是由手工艺好的村里人编的。要成为挡风的障子，要成为邻居的界线围墙，要成为编织炕席、折子和草帽。

清代张玉纶写过一首诗《高粱》：“芳名传蜀黍，嘉种遍辽东。盛夏千竿绿，当秋万穗红。影全迷渭竹，色欲艳江枫。漕运天仓满，飞随海舶风。”这首诗生动地描绘了高粱的特点、生长环境以及其在经济生活中的重要作用。我最喜欢“盛夏千竿绿，当秋万穗红”：盛夏时，高粱植株繁茂，呈现出一片翠绿的景象，充满生机与活力；到了当秋时节，高粱穗子成熟，变成了红色，万穗红形象地描绘了秋天高粱丰收时，大片高粱穗子变红的壮观场景。通过对高粱在不同季节的颜色变化的描写，突出了高粱生长过程的特点以及季节对其的影响，也展现了时间的流转和农作物的生长规律。

三岔河流动也可以用不舍昼夜来形容。三岔河有三岔河的心态，河水流淌着，时刻都在变化，你可以说三岔河没有变化，水上跑船，水下游的是鱼，生长着河蟹，永远如此。因此及彼，变化莫测的人生就是亘古不变的人生，所以老辈人说三十年河东，三十年河西。

写这些内容的时候，我离开三岔河和西岸的红高粱已有30年的光景了，我们中间隔了30年，而我反倒觉得它就在我的眼前，三岔河河水流淌着，风吹皱了河水起了波纹，岁月染白了发，脸上有了三岔河波纹。风吹起高粱叶了，那是大自然的轻歌曼舞，高粱扬花，高粱红在美艳的晚霞中。

《中国铁路文艺》2013年第8期

后院有桃花

后院对我来说是亲切的，因为那是我家的后院，是家常的。

后院的桃花是庭院深深的大家闺秀，不能轻易示人。想要见到后院的桃花就得经过三道门，院门、前门和后门，院门和前门好进，后门不好走。要想走后门得找一个好理由好借口。这个理由和借口要合情合理方能顺利来到后院，见到后院的桃花。后院具有私密性。我固执地认为那些开花的并结果的树中，桃花是最艳丽的。我家后院有两棵桃树，那是经过三年的等待才开花的两棵桃树。因为有了那两棵桃树，后院是鲜活的、美丽的，充满了声音与气味、色彩与光泽，后院变得更诱人。

那年开春，父亲外出回来，买来两棵桃树苗。父亲说："这两棵桃树是好品种，结出来的桃可好吃了，把它们栽在后院的两棵枣树边。"我家后院原来有两棵枣树，东边一棵西边一棵，这回又在枣树边栽上两棵桃树，母亲有点顾虑，怕果树栽多了，树底下青菜不爱长。顾虑归顾虑，那两棵桃树还是在我家的后院安家落户了。父亲说："俗话说'桃三杏四'，三年之后，这两棵桃树就能开花，就能结果，你们就可以吃桃子了。"

两棵桃树占据了后院最显要位置，吸收最好的阳光和养分，迅速向上生长。两棵桃树发育良好，没有因为水土不服而有小疾，时光在桃树叶间流淌。

生命都在春天里拔节，在夏季飞红消绿。

后院那两棵桃树在早春开花了，粉红色的桃花开满枝头，那桃花朵朵地开着，在春阳下妖娆着，风情万种，美得让人心醉，从“人面桃花相映红”与“桃花依旧笑春风”，我知道桃花深得古代诗人的喜爱，桃花与美女并肩，桃花是美女的化身。可惜当时我太小了，还不懂得欣赏这美艳的桃花。盛开的桃花把一些光阴和期望浓缩在此，看那桃花都开了，桃花缤纷落下，之后结出一枚枚桃子，邻居家的桃花也开了，他们家的桃花怎么能和我家的相比？他们家的是毛桃而我家的是水蜜桃。春风也会误解桃花，杏花也会妒忌桃花。

后院的桃花开了，我家也多了一份温馨。听说桃花能美容，后来有一个地方生产了一种酒，是用桃花做的，桃花美容酒，有朋友送给我两瓶，我一直珍藏着。桃花是女人花，想找到人生另一半的人在新年之始要把桃花放在适当的位置，这样才能行桃花运。只要桃花开的时候，幸福就会离我们不远。每一朵花下都会隐藏着一枚青桃，桃叶慢慢地长大，青桃渐渐丰满，长得水灵可人。

小时候盼望春天来，是有私心的，其实就是盼着桃花早日开，早结桃子。

我和秋在桃花下有个约定。

秋是我童年玩伴，比我小一岁。我管秋的母亲叫二姨。二姨看到我的头发黑又亮，就问我用什么洗的，知道我用的是我家桃树叶时，就让我给她们摘一些来。秋比我漂亮，秋有漂亮的裙子，而我只能穿母亲给我做的衣服和鞋。我唯一比秋强的地方就是比秋学习好，这一点让秋的母亲常挂在嘴边：“你和二艳一起上学，看人家二艳学习多好。”当时我听得美美的，后来也因为学习好走出了家乡，再后来我也当了母亲后，孩子也如当初我那样的年龄时我才体会到，这一句话对秋是一种伤害。专拿别人孩子的优点来和自己孩子的缺点来比，这是多么不公平。我不知道当时秋的心里有没有记恨我。

快乐的童年总是有秋的影子，我们一起去玩，我们一起去挖野菜、采桑椹。我们一起度过很多快乐的时光，春天一起放风筝，看蓝天白云；夏天一起到河里洗澡、摸鱼；秋天我们一起去拾荒，捡田地里丢下的粮食；冬天我们一起到三岔河滑冰。我们也有争吵的时候，也许为了一句话，为了一刀郎，她说是她先看到的应归她，我说是我先看到的应该归我。这样的争执在我的童年是不能少的，只是过不了三天我们就会和好如初。

那年春天，我看着秋家樱桃树上的残花，我和秋盼着樱桃树早一点结樱桃，我们好早一点吃樱桃。秋家房屋后有两株樱桃树和两棵枣树，我家房屋后有两棵桃树和两棵枣树，我们相约她家的樱桃红了给我吃，我家的桃红了给她吃。我们就在天天的盼望中等待着，有时玩着玩着就跑回到家的房屋后去看樱桃红了没有。终于等到秋家的樱桃有几粒红了，从这以后的几天时间里，我们可以天天摘几粒解解馋，直到秋家的樱桃树再也找不到一粒红的樱桃时，我们就把视线转移到我家的桃树上，看到树上青色的桃子，心想桃啥时才能红啊？

我和秋在漫长的等待中，天天盼桃子熟，有一天，我们又到树下查看桃子，秋看到一个桃子有了一些红色，秋就伸手去摘，我拉住她，说还没有熟，先别摘，秋不听非要摘不可，就这样我们吵了起来，她说："我家的樱桃红了，给你吃，你家的桃红了不给我吃，你是一个小抠。"后来动了手，她把我脸的右侧给挠伤，当时流出血来，留下一块疤痕。

为了让这两棵桃树更好地生长，我对它们有了更多关注。在树根四周挖土，把树根围成一个小圆圈，在圆圈内给桃树浇水，让这两棵桃树吃饱喝足，好快快生长。只要我一玩回来就来看这两棵桃树，发现桃树叶椭圆状披针形，边缘有粗锯齿，我摘下一片叶，用它的粗锯齿在自己的手指缝滑过，感觉痒痒的。

有一天，我又到后院来看桃树，我望见桃树的两个枝头有一个大蜘蛛网，蜘蛛网上挂着晶莹的水珠。我像发现新大陆一样地兴奋，喊来弟弟，弟弟也有一个网，那是一个竹竿做成的，竹竿的顶尖是用铁丝围成的一个圆圈。这个圆圈是专门用来粘蜘蛛网，然后再用蜘蛛网来粘蜻蜓粘蝴蝶。粘到的蜻蜓、蝴蝶都是活的，这样粘蜻蜓、蝴蝶就有所属，它们属于我弟弟，我弟弟用一条细线绑住蜻蜓、蝴蝶的腰，蜻蜓、蝴蝶还可以飞。但是它们是飞不出弟弟的手心的，线的长度决定了蜻蜓、蝴蝶飞的距离和高度，线的另一端在弟弟的手里。弟弟有玩的东西就不用我来带他玩了。这样我就可能专心地看桃树。几只黑蚂蚁在树上悠闲地爬上爬下，不知道它们有什么要紧的事这么成群结队地出发。家雀落在桃树枝上发现了我又突地飞走了，我更不明白了，家雀要在我家后院的桃树上做什么不可告人的事，这么怕我？我把这事告诉大人，大人让我一边去，他们忙着呢。

在我的成长中，记忆里少不了桃树。椭圆状披针形的边缘有粗锯齿的桃树叶是我的洗发香波。母亲摘来十来片桃树叶放到洗脸盆里，再倒入烧开的水，等到水温不再烫人，这时桃树叶在水里变成了嫩绿色，母亲说用这水洗头，头发黑又亮、光润有弹性而且头发不生虱子。三年是那么的漫长，童年的我恨不得一下子就长大，盼望过年，盼望快点长大，父母也能和我商量事情，盼望快点长大好穿母亲箱底花布包里的漂亮的对襟的白地上开着紫花的衣服，那是母亲的嫁衣。

那年秋天，满树的桃子已渐渐成熟，挂满枝头，密集的桃子把树枝都压弯了，桃子熟了，父亲亲自采摘，那是我有生以来第一次吃到这么好吃的桃子，香甜到心里了，父亲说这桃子比得上王母娘娘的蟠桃了。当然忘不了给秋家送一点让她们家分享桃子。

这样的好景致仅仅维持了两年，如果不是父亲的一个亲戚来我家，我想这两棵桃树一定会活到寿终正寝。

据说我爷爷那一辈，哥六个，到了我父亲这一辈，只有哥俩，我只有一个大伯在城里工作，一年也见不到几回，我总是羡慕别的小朋友家来亲戚，家里做好吃的。一天，我家终于来了一个亲戚，父亲让我管他叫大伯，是父亲一个表姨家的儿子。大伯的到来是我家桃树灾难的开始。

父亲让母亲炒菜，还拿出珍藏数年的酒，父亲要陪客人喝酒，这个亲戚第一次来我家，母亲没有让我们小孩子上桌吃饭，等客人吃过了再吃，大伯特能喝也特能说，没想到这酒一喝两个钟头就过去了，没办法，母亲只好让我们小孩子们围着锅台吃了一碗饭。

父亲和大伯从中午一直喝到晚上，他们从南朝一直讲到北国，父亲这时也要显摆一下我家那两棵桃树，第四年就结桃了，桃是如何的好吃，只是桃树的枝干有一点桃胶，像黏膜一样，这个大伯卷着舌头说：“你说着了，我懂得剪枝技术，这两棵桃树我包了，明年春天我来一次管好。”

我以为这是大伯的酒话，没想到第二年春天，桃花还没开的时候，他真的来了，他带来了一把专门修剪果树枝的大剪子，给两棵桃树剪了枝，并且把大剪子给了父亲，留给父亲照他的做法以后剪枝用，他拿出专用的刀在两棵桃树树干上一刀一刀地割下去，他说让桃树胶从伤口流出来就好了，以后结的桃就没有树胶了。

那年春天，两棵桃树只有根子那发了几片叶，枝头没有长出一点绿色，不管春风如何唤它，不管燕子如何呢喃，不管邻居家的毛桃如何嚣张，它再也没睁开眼睛，它身边的两棵枣树也是静静地等待它的醒来。大伯的刀割在两棵桃树的身子上也割在了它们的心上，它们一定是心先死的，一定流了很多的血，它的伤口久久不能愈合。两棵桃树不会把自己累累的伤口示人，不会有生命的追问，如果不出这样的意外，它会活到生命的终极。可是它们没有走完它们的一生，还来不及老就死了。

当父亲的锯落在后院的两棵桃树身上时，我的希望彻底破灭了。我幻想来年它们也许会发芽会长出叶来，父亲说死了，还是锯掉吧，留着占地方。

“好可惜呀。”父亲说。父亲失望的心情我多年后才体会到，他一定后悔不该和那个大伯喝那么多的酒，不该炫耀那两棵桃树。

后来两棵桃树的枝干变成了工具把手。我心痛两棵桃树，我恨那个大伯，我想哭、想喊、想骂。如今它们成了永远，那两棵无处哭泣的树，它的叶子为我做过洗发香波，它的嫩枝和艾蒿一起在我家的门口站岗，为我家辟邪。我第一次感觉到死的可怕，死了就永远也回不来了，今生今世。

后来我到过很多的果园，看到过很多次的桃花，但它不是我家后院的桃花，它们和我没有一点的关系，它们没有聆听过我说过的话，没有伴随我的童年，它们没有看到我家发生的事情，没有情感在里面。两棵桃树是在鸡鸣狗叫和孩子的歌谣声中的乡村里长大的，这些声音是两棵桃树生长的背景音乐，如今背景音乐还在，两棵桃树一去不复返。有时我想桃花和女人的命运是多么相似，短暂的完美，她的美艳对春天来说只是瞬间，光鲜一时、美艳一时、瞬息万变，桃花为谁开？女人为谁痴狂？花开花落一生一世，每每想起，心都隐隐地痛。

桃花一年又一年的开谢间淡出淡去，有些人有些事又在这桃花的开谢间成长成熟。两棵桃树像我的童年一样，是我生命里无法替代、无法修改、无法重来、无法复制的。在人生的道路上，我们不应该追求太完美，人生哪能没有遗憾，小小的遗憾成全美丽的人生。我实在是舍不得两棵桃树和后院的桃花。当时没有相机，没有留下两棵桃树开满桃花的情景，但我心里的后院一直开满桃花，后院的桃花一直开在我心里。

《鸭绿江》2012年第2期

后院有柳

这会儿，我又想起了我家后院的三棵柳树。

三棵柳树在我家后院北墙根前，墙后面有一个小水沟。我家在古城子村，古城子村脚步轻轻的，听不见响声，可历史的回声犹如千军万马，在三岔河边展开。我家原来就住在三岔河边，因为三岔河有时发大水，这样乡里就让住在河边的几户人家搬到围堤内，记得那次搬家，我拿着笤帚往新家走，村里人见了夸我三岁能干活了，我听了之后美美的，好像那是有记忆的开始。

这三棵柳树不是无心插柳，是父亲亲手栽下的，在后院的墙根地上，选择好位置，量好了间距，用铁锹挖一个小土坑，将树苗栽上，一瓢瓢浇上水，栽了三棵柳树。还担心猪羊啃食或者鸡啄狗踩，又找来九块整砖，每三块砖围起来一棵小树来保护树苗。

小树在父亲的守望中一天天长高。在母亲的注视中由鹅黄到青绿，父亲对待它们仅次于对待他的儿女。三棵柳树见证我家岁月的流年，它以年轮记事，坚守着它的坚守，蓬勃着它的蓬勃。

春天柳树最先绿，秋天它最后变黄。它懂得最多，看遍了一场又一场春风秋雨，花开花落。花开时节，一簇簇竹黄的小花，缀满枝桠。要不了多久，就是柳絮飞满天了。

三棵柳树从手指粗长到碗口粗。其间，当父亲母亲来看柳树时，我也尾随他们后面来看柳树。那年春天，细风吹，柳枝飘动，父亲的斧头砍向柳树主干外的枝杈，我问父亲为什么要砍掉枝杈，父亲说：“为了让树能成材，你们也像小树一样，有小缺点和错误也必须改正。”

有了这三棵柳树，再世俗庸常的日子，也让父亲生出无限惦念和向往。

一年又一年，柳树成了我家后院的风景，春天有喜鹊来安家，也有乌鸦来落脚，有麻雀来登临。它们窥探着我家，他们为燕子通风报信，当他们认为这是一个善良的人家时，燕子就来这家的房檐搭窝了。“不借你盐，不借你醋，只借你房檐住”。那年有两只燕子，在我家的房檐搭窝了。父亲母亲很高兴，告诉我们不许打燕子，并且吓唬我们说，打燕子会瞎眼睛的。于是弟弟的弹弓指向了树林。

有时候有铅色的阴云飘过，青蛙呱呱地叫声，简单的节奏暗示着一场雨的来临，柳树也忙挥动枝条，告诉人们，雨要来了，鸡鸭鹅和大黄狗不安地叫着，有时也跑到柳树下四处望望，来告诉人们不知道的事情。

那年有一个运动，搞运动的人总找父亲开会，慢慢父亲学会了吸烟，学会吸烟后，他有时就在这三棵柳树前吸烟，瞧一瞧这棵，摸一摸那棵，且不说那两棵桃树和枣树，桃花朵朵开，秋天枣树结满红红的枣，单说后院院里院外满眼浓浓的绿色，就叫人心旷神怡了，我认定了父亲只喜爱这绿。

那一季，柳树枝条成了父亲编筐的原材料，那个春天，柳叶还没有长出，这个时候的柳枝是最适合拧柳哨的。柳枝成了弟弟口中的哨。柳哨声声，柳哨也可以说是最简单的原生态乐器了。村里人好用柳叶来形容女孩子弯弯的眉毛。

有一年，一阵大风过后，一棵柳树枝折断了，父亲为它接骨，用布条包扎后，这棵小树竟跟没事似的，照样生长，只是骨折处有一个瘤。两年后，父亲认为这棵树只能当柴，让哥哥砍掉这棵树。哥哥的斧头砍向那个结——骨折处的那个瘤，没砍动，父亲说：“你最不应砍那个结，柳枝骨折长好后，当再次遭受重大压力和撞击的时候，最难入斧的就是当年树枝折断后的愈合处。”

三棵柳树高于后院的一切植物，间或有的植物欲与它们比高低，终归是熬不过柳树，也有的青藤附在它的躯干上，青藤爱柳树，和它缠绵一生。到了秋天，有一些植物开始蔫萎，然后渐渐会枯死，这时，只剩下这两棵柳树很陶醉，把枝高高指向天空，好像要把天空的秘密告诉人们。当然，它们有时也会怀念与它们一起生长，后来因骨折砍了的那棵柳树。想如果它还活着是个什么样子，那棵柳树只能是当柴火了。

它隐隐约约地记得，刚来我家后院时，用新奇目光打量着这个世界，当发现没有危险时才放心地长。还发现有两个同类就更兴奋了，如今只剩它们两棵柳树了。

夏天的晚上，柳树下是最好的乘凉的地方，可是我一个人是不敢去的，特别是靠西边那一棵柳树，我更不敢到跟前，因为西边是我堂姑家的后院，她家后园的西北处有一个坟。我看着这个高高隆起的坟，心里就害怕。有一次，一个春天，我去挖野菜，挖了半天没挖多少，堂姑让我到她家后园挖，来到她家后园，地里太干净了，连一棵野菜也没有，堂姑手指那坟说那有。我看了一下，那坟上真的有好多野菜，蒲公英、苣荬菜、艾蒿等。我的脚没敢移半步，腿发抖，手心出汗，心里暗怪堂姑，这不是唬人呢吗？我哪敢挖。有堂姑在我还敢看那坟，没有人在，都不敢往那个方向看，但又忍不住想去看看，又是落荒而逃。

其实，我很爱去堂姑家后院的。她家后院有两棵大芍药树，也有人称之为大丽花，春天开花漂亮死了，最惹人喜欢，我找堂姑要，堂姑推说明年，明年开春栽花时给你分一棵，栽上好了。可是到了来年春天，堂姑早就忘记了。常常是春天她家芍药朵朵开，我在这边发呆，我多渴望我家也有大芍药呀。

我们那一条街在村里最南边，只有 7 户人家，家家有后院，后院都有园子，园子之间有杖子隔着，园子都种着高粱、玉米和蔬菜。夏天玉米长高了，密集得看不到天日，我们那条街的小顽童会钻杖子，不一会儿的工夫，他们会从东头第一家钻到西头最后一家，他们手里握着一根竹竿，竹竿顶头有个铁丝圈，他们用这个铁丝圈粘蜘蛛网。从东家到西家一路过来，蜘蛛全被他们给粘光了，7 户人家房檐蜘蛛网都粘完后，蜘蛛网厚度也够了，逮蜻蜓就有把握了，他们就去粘蜻蜓了。这时国堤上就能听到他们的欢闹声。

我也从第一家杖子钻到最后一家，很刺激，像电影里的侦察兵，先到第一家玩看人家不注意就到后园，到这家与他邻居的边界处杖子旁边，瞄着要去的那家后门有没有开，有没有听到人的说话声和动静，没有人时，就双手把杖子扒个豁口钻过去，然后让杖子恢复原状，然后继续如此钻来钻去。我钻杖子也是为了粘蜘蛛网，有时也看一看人家后院的花。这一切我家的柳树都看到了，没有告密。

冬天每家后门都封上，抵抗北风袭击屋子。

冬天我在后街和小朋友玩，回家晚了怕被父母说，为了早点到家，就抄近路，急急忙忙地从堂姑家的后院走过，从我们两家的墙头跳过来。如果让堂姑看到了，她会不高兴，她会择时提出抗议，怕走的人多了，就走出一条路，这样为盗贼提供了方便。父亲看到了也会不高兴，说："谁家的姑娘跳墙头？不文静点！"

有一次我溜冰回来，从堂姑家后园走，本来就有点怕，不敢瞧她家西北角的坟，在坟前一竿子远的地方有个东西闪闪发光，我加快了脚步，越往前走，越能听到后面脚步声跟着我，越走越紧张，浑身都起鸡皮疙瘩，好像头发都立起来了，后来竟小跑起来，后面有脚步声，脚步声越来越近，这脚步声跟着我，我的心都要跳到嗓子眼了，可这人一说话，我就不怕了，原来是我二哥。二哥问我跑啥，我说看到坟前有亮光，二哥问在哪，当我回头看时竟看不到了，二哥要带我看个究竟，往回走发现原来有一小块玻璃碴，在月光的照耀下好像在发光，二哥说弄明白了，以后就不要害怕了，要不然会总害怕的。

父亲估计着盘算着，这两棵柳树何年能成材，以及它的用处。那是1983年，父亲大病出院后，再次来到这两棵柳树前，母亲也跟过来看，母亲说："这两棵柳树够粗了，哪天让三儿放了吧。"父亲说："够粗了，成材了。"父亲说得急切，母亲说得更急切。母亲恨不得马上放倒这两棵柳树，因为它有重要的用处，就是想给父亲做寿材，医生说父亲得的是胃癌，也就是半年的期限。父亲并不知道自己的病情，我也不知道。父亲着急放倒这两棵柳树，是想着为三哥娶媳妇，打家具用。三哥快30岁了，还没有成亲，最近有一个亲戚给介绍一个对象。正好为他结婚打家具。各怀心事的父亲母亲，都盼着这两棵柳树早点放倒。

这两棵柳树在父亲母亲不同的使命中，被放倒，放倒后比立着时还粗，在后院凉着。只剩树根在原地，树根上一圈圈年轮记载着柳树生活的轨迹。

那年，我曾梦想，我高中毕业后，如果考不上大学，就参加工作，就让父亲退休，在家颐养天年。可是父亲在我入学那一年的秋天就去了天国，带给我一生的遗憾，子欲养而亲不待。

这两棵柳树既没有做父亲的寿材（二伯父认为只有红松木才配做父亲寿材，派人给送来了红松木）也没有像父亲希望的那样给三哥打家具。后来，我在外地工作回家时，还看到两棵柳树在后院躺着。这些年，家里人各忙各的，谁也没有注意两棵柳树的去处。

不知道为什么，此时会感觉心里隐隐作痛，如同伤疤隐藏在岁月深处，不知不觉中走过的那些流年，怎么也回不去了。

父亲母亲花了那么多心血的两棵柳树怎么没有用呢？好在那两棵树根又发出了新枝。

《中国铁路文艺》2015年第6期

在倭瓜花前守望

经过多年春种秋收，母亲似乎有了经验，准备来年开春好好侍弄她的宝贝。母亲时常翻着日历，盼望春天的早日到来，数九了，八九还有几天，到了八九的时候，母亲开始行动了，母亲把小凳子放到炕上，然后站上去，摘下挂在窗户钩上的小筐，小筐里装着一个又一个纸包，我好奇地问这纸包里是什么，幻想着里面有糖果。母亲说是种子。母亲拿出一包，打开放在一个蓝花碗里，倒好温水，把倭瓜种子放在碗里泡 4 个小时后，把水淋出，把手巾对折盖在上面，再把蓝花碗用棉袄包裹好放在热炕头。

母亲做完家务后就是瞧这个放在热炕头的蓝花碗，好像蓝花碗里放着她的宝贝，一天要看上几回，还告诫我们不许动，也许是孩童的好奇心吧，越是不让动的，我就偏偏想看个究竟。淘气的我，趁着母亲不在时，偷偷打开蓝花碗上的毛巾，看到的只不过是温润的倭瓜种子，然后又悄悄地放好。

一次，小弟出去玩，房门没有关好，大公鸡跑了进来，我马上往外赶，大公鸡跳跃上炕，踩翻蓝花碗，倭瓜子撒在炕上，大公鸡快速啄着倭瓜子，还不时地看着我，我气得跑到厨房拿着笤帚就打大公鸡，大公鸡夺门而逃。母亲回来后，发现倭瓜子少了，以为是我吃了，就说：“小孩子不能吃发芽的倭瓜子，吃了会得病的。”我说：“是大公鸡吃了。”母亲说：“关好门，以后不许它再进来。”

当春天来了，家家户户忙着春耕，开始种园子，而母亲的倭瓜子已长出了两片嫩芽，母亲会选择一个好天，在院墙边、树根下、仓房后挖一个个小坑，把倭瓜苗栽上，浇好水。

有小苗不愁长。倭瓜苗很快就长起来，倭瓜叶子向阳的一面长满了密密麻麻的小刺，我曾淘气地用手掌心接近倭瓜叶子上的刺感受一下痛不痛。倭瓜秧大大的绿叶子，手指粗的枝蔓延到没膝时，它会顺着院墙爬、顺着树爬、顺着仓房爬，又爬到院子里的电线杆子上去，母亲会掌握倭瓜藤的走向，帮助它走该走的路。

不知是什么时候，碧绿的叶子中长出黄色的花苞，在一个温馨的清晨，碧绿的叶子中开出了一朵黄色的花，花一茬接一茬地开，再细看枝蔓间，可以看到小的倭瓜生长出来。母亲告诉我这花只能看不能摘，并吓唬我说："不能用手摸或碰小倭瓜，手摸或碰小倭瓜就会化了。"并且交给我一个任务，让我看着，也不允许别人动。我像一个侦察兵一样，天天看着，一个一个地数着花，数着小倭瓜，可不能少了。

母亲说："倭瓜长大了，我给你们包饺子蒸包子。"想着就嘴馋。倭瓜秧结出了第一批倭瓜，母亲手里拿两三根红布条，蹲在倭瓜架里，细细地看每一棵秧，然后才把红布条系在她认准了的那个倭瓜的把蒂上，被母亲系上红布条的倭瓜，就是倭瓜种，就成了我们一家人的重点保护对象。倭瓜好吃，味道微甜、略面。可以做菜，倭瓜炒虾皮，倭瓜炖河蟹，嫩倭瓜可以用来做馅，老倭瓜可以用来做主食，冬天，切开了老倭瓜蒸着吃，甜甜的。煮粥的时候把倭瓜切成碎块放在里面，粥便很香甜。母亲还做倭瓜饼，吃不完的倭瓜把它晾凉，掺些白面烙成饼，软乎乎，颤巍巍，又粘又甜。倭瓜的瓜子也可以食用，像葵花籽一样好吃，每年母亲留够来年做种后，其余的都给我们炒了当解馋零嘴。

院墙外爬满了倭瓜藤，碧绿的叶子中开着黄色的花，路过的人会忍不住抬头去看高高的老院墙内的风景。

小倭瓜在我的看护下真的少了一个，问母亲，母亲说："坐瓜落果了。"

一天早晨，我又来到院中看小倭瓜，被眼前的景象惊呆了，橘黄色的花瓣散落一地。我一边拾掇花瓣一边喊着母亲，母亲从院外回来，眉毛上沾染着露水，衣袖上也沾染着露水，母亲说的话让我一惊：“是我摘的，我摘的是谎花，只开花不结果子的花，是不会长出倭瓜的。”当我再看被母亲摘过的倭瓜藤时，倭瓜藤上的花已被母亲用花叶包上，用细草捆绑上，母亲说这是对花。

后来，从中学生物书中了解，母亲的“对花”是给倭瓜授粉，植物授粉有时是由风来完成的，有时是由小鸟来完成的，花的生命密码，都在那花粉里。

植物的生命真是一个奇迹。倭瓜可以连结几茬，倭瓜满藤时仍然花开满藤，生育能力特别强，一茬连一茬地结。

母亲会把两棵爱攀比爱打架的倭瓜藤拉开，让它们走自己的路，开自己的花，结自己的果。母亲绝不允许杂草生长在倭瓜藤旁边，看到就一定要拔掉，要是虫子来咬藤，母亲会把虫子捏起来扔到远处，要是有蝈蝈来吃倭瓜花，母亲就会把它们抓住送给孩子玩。鸡呀猪呀想吃倭瓜秧更是别想，它们走近倭瓜秧时，母亲会把它们赶跑。

晚上，母亲做完家务，会站在倭瓜花前守望，望着望着就入了神，也许母亲在想，哪棵倭瓜藤要坐花了，哪棵要坐果了，小倭瓜会长成大倭瓜，大倭瓜打了籽，来年还可以摘更多的倭瓜，那她的孩子们就不愁吃不饱了。

经过了一定时间才孕育出来的小倭瓜，“座瓜落果了”，就像一个母亲怀孕后而流产，爱一回痛一回。

小倭瓜一天一个样子，一天天地长大，母亲盼望着倭瓜快快长大，好能填饱她的孩子们的肚子，母亲希望倭瓜少开“谎花”，都能修成正果，正如希望她的孩子们都能诚实做人，将来有出息一样。

《少年文艺》2011 年第 5 期

老宅

那天，路过一个KTV，听到一首萨克斯曲《回家》，这让我想起我家的老宅来。怀念老宅的恬静生活，怀念在老宅度过的18年时光。

我记忆中的老宅是在国堤内，我在那里度过了我的童年。

那是一幢真正的东北民居，房子正南向，三间尖草房。房子中间是伙房，分东西屋，与入户门相对的是一条过道，不到两米宽，过道的两边是由水泥柱子支架搭的凉棚，水泥柱子之间是木柱子和树枝夹的杖子，杖子边上种上了倭瓜、葫芦，后来爸爸买来了葡萄苗，栽在杖子边，一到春天时，一株株的葡萄枝叶日渐葱翠，顺着架子蔓延而上，用不了多久，便把架子爬满了。在闷热的夏天，到处是烦热，葡萄架下仍是浓荫蔽日，无比清凉，这时我们就可以在下面乘凉，妈妈在凉荫下面做活，有时是在纳鞋底，有时是在缝补衣服，总之手里没有闲着的时候。

过道的左右边是东西菜园，东西菜园种着各种蔬菜，供我们一家人食用，春天有小葱、韭菜、芹菜、菠菜，夏天有茄子、土豆、豆角、长豆、黄瓜、西红柿，秋季有长豆、晚豆角、大白菜、芹菜等。在夏天，钻进菜园就能吃个饱。当你发现西红柿秧上有鲜艳的西红柿时，就伸手摘下来，用手擦一下就大口地吃起来，看到鲜嫩的小黄瓜摘下来就吃，咬一口冒出浆来，那是一股清香的味道，是纯绿色的菜，是现在大棚产的黄瓜无法比的。再是看到茄子秧上的小嫩茄子就会偷偷地摘下来吃一个，几口就吃掉了，可甜了，这时要是让妈妈看到了会骂我们的，吃了还没有长大的小嫩茄子可惜了。吃了茄子就一定会被妈妈发现，因为我的嘴角会发紫，想说没吃都不行。

老宅的后面种着各种花，有大芍药、凤仙花、牵牛花、马兰花，房身下左右两侧栽的是各种果树：有桃树、枣树，杏树。更有无数的野蜂在花朵上下左右嗡嗡地叫，乱哄哄地飞。再往里依旧是各种菜。只要有两天没来看菜，它们就长得好高，最不能让我容忍的是菜地里长的杂草，每当看到菜地里有杂草，我都要把它们拔掉，扔在过道上，有时露水会弄湿了我的裤子，有时手指被染上了黑绿色，用香皂都洗不掉的。这与菜地里再也没有一棵杂草比起来，还是值得的。看到过道上的一堆杂草，这是我的劳动成果，心里会很舒服的。

上学以后，没有时间拔草了，放学后也忘不了要到菜园看一看，晚上满园弥漫着淡淡的花香，晚风把清香送到老宅的每一个角落。那时写作业累了，常常拿着小凳子，坐到过道休息片刻，看到绿地顿感心旷神怡，消除疲劳。

老宅中的文化生活就是晴耕雨读。下雨天，大哥会给我们讲三国的故事，爸爸吹他的箫，三哥拉他的二胡。三哥刚学拉二胡时不成曲调，很难听的，后来拉成了调子才好听一些。

一首萨克斯曲《回家》，带我回到了儿时的时光，指引了我回家的路，老宅有我的童年时光，是我梦开始的地方。

《锦州日报》2013 年 4 月 27 日

父亲的手

时光悄然流转，2024年的今天，距离父亲离开我们已然过去了漫长的41年。岁月如流，许多往事在时光的长河中渐渐模糊，然而，父亲的音容笑貌却如同璀璨的星辰，始终深深地印刻在我的心底，尤其是他那双粗壮有力的手，更是让我难以忘怀。

记忆的指针拨回到1983年的10月，那是一个充满了遗憾与伤痛的日子。彼时，我刚刚考入一所学校，入学仅仅21天，便收到了家里的加急电报，上面赫然写着“父亲病危，速回。”我心急如焚地往家赶，但终究还是晚了一步，等我抵达时，父亲已然溘然长逝。头七那一天，我在父亲的坟前长跪不起，满心悔恨。我懊悔当初没有满足父亲的心愿，他曾满心欢喜地想要送我上学，却被我无情拒绝。我考上大学后，父亲无比高兴，还想着去我的学校看看。可那时父亲刚做完手术不久，我担忧他送我提行李会扯开刀口，便狠心不让他去。我离家之时，父亲默默转过脸去，未承想，这一转身竟成了永别。

父亲拥有一双粗壮有力的大手，那双手本应捧着书本，在知识的殿堂里挥洒自如，然而，为了能多挣些钱养活我们，他毅然舍弃了热爱的工作，投身于其他工作。

父亲的手亦是灵巧无比。在农村，大部分农活他都驾轻就熟。靠着这双灵巧的手，他努力挣钱，养活了家里口人。父亲会编筐，会扎笤帚，左邻右舍常常前来求他帮忙，而他总是欣然应允，乐此不疲。他还会用这门手艺编织一些精美的手工艺品，然后偷偷拿到集市上去卖，以此补贴家用。

父亲的手拿过铲子，当过瓦工，也做过油漆工。为了养家糊口，哪个工种挣钱他就去干哪个工种的活。他时常在外给别人家盖房子，起早贪黑，生活毫无规律可言。吃饭也是有一顿没一顿的，得了胃病也未能及时治疗，最终病情恶化成了胃癌。等他病倒时才惊觉，自己盖了一辈子的房子，却从未拥有过属于自己的新房子。

父亲的手也曾温柔地给我梳过头。我家孩子众多，母亲忙得无暇顾及我，于是父亲便用他那粗壮且布满老茧的手，为我扎起一个马尾。他还会给我编一个个金黄色的草戒指，戴在我的手指上，小伙伴们看到后都羡慕不已。

41年来，我总是反复做着同一个梦，在梦中，我给父亲买了好多好多手套，只为让他那干裂的手不再受冻。此刻，我多么渴望能紧紧握住父亲的手，轻声问一句："爸爸，天堂那里好吗？如果有来生，我还做您的女儿，好吗？"父亲，您在天堂可曾听到女儿的呼唤？您的手，永远是我心中最温暖的港湾。

2024年9月

开在母亲手里的花

剪下生花

女人都有心爱之物，或是一条项链，或是一枚戒指，而母亲的心爱之物却是一把剪子。

剪子是居家过日子必备的工具之一，一般人家用剪子信手拈来的，剪断所需之物。而母亲的剪子是专用裁剪的，她的剪子是不允许别人动用的。

剪子成了母亲心爱之物，缘于我家的孩子们多。那年月物资匮乏，买布要用布票，而布票是按人口分的，一年每人只有几尺，我家没有那么多的布票和钱来买布，常常是老大穿小了的衣服老二穿，老二穿小了再给老三，有破的地方就缝缝补补，破碎得实在不能穿了，母亲就把衣服拆开，衣服的前片和后片剪成马甲，袖子剪成套袖，其余的边角余料用来做鞋垫。

有时大人的衣服只有一个地方坏了，不能再穿了，母亲把它改制成小孩子的衣服。当我们穿上合身的改制的衣服，心里美美的，一脸的阳光。当生活条件好一些的时候，母亲学着裁剪衣服，她买来裁剪书看，虽然只上过两年的小学，不识太多的字，但是母亲勤学好问，时间长了，便学会了裁剪衣服和制作衣服。记得 20 世纪 70 年代的某一年，母亲做裤子，那时的布面是 2.7 尺宽幅，若是一个人臀围超过 2.7 尺，布料不够宽，要给裤子打一个“衩”，这个“衩”怎么打，没有实际操作过的母亲是不会的，于是她就到缝纫铺，跟师傅学……终于学会了这个技巧。母亲的心里有个小九九，就是不管自己多累多苦，也不能让孩儿们受委屈，日子一定要在全村里比上不足，比下有余。母亲对剪子爱护有加，剪子磨得锋利，用得黑亮，剪子的左边让她用布条严严实实地缠绕着，这样剪子用的时间再长也不会磨手了。

当邻居们看到哥哥穿着母亲做的蓝色中山装时，投来了羡慕的目光，有的就直接求母亲给他家的孩子做一件，母亲推脱说："做不好……"邻居说："没事，做坏了也不让你赔。"当时布匹紧缺，不知攒了多久的布票才够买一块布的，要是给裁剪坏了，咋办？只能成功，不能失败。这里没有试验田。在邻居的鼓动央求下，母亲量好邻居家孩子的身长、袖长、胸围及领口的长度，记下来，算一下。母亲的剪子终于在布上发出了咔嚓的剪布声，顿时一块蓝卡其布被剪成几片，邻居又拿出一小块白布说是给衣服再剪一个兜，好装东西，白布是兜里子的布料。这就增加了裁剪的难度，开兜口既不能大了，也不能小了。但这也没有难住母亲，她花了一上午的时间就把衣服做好了。我们看了觉得新奇。邻居连说谢谢，看见那孩子穿上新衣服那个美劲儿呀，母亲也品尝到助人为乐的快乐。

母亲的手艺在村里渐渐地传开了，求母亲做衣服的人多了起来，做衣服件数也与日俱增。母亲的宝贝剪子终于在一天"罢工"了，父亲只好求人在北京买一把专业裁剪用的大剪子，母亲如获珍宝，更不让我们小孩子动用它了。

母亲的手艺越来越好，称赞的人也多了，当给小女孩做花布衣服时，母亲还会用边角余料裁剪一个小贴兜，像一朵小花一样开在衣服上，孩子的母亲都夸母亲"剪下生花"。

现在生活条件好了，谁也不做衣服了，都买成衣穿了，母亲也就没啥裁剪的了，但是那把大剪子她还一直珍藏着。母亲珍藏的是她为人妻为人母时度过的艰难岁月，是从骨子里透出来的那种要强，什么样的艰难困苦也湮没不了她。

针尖刺花

母亲爱刺绣，爱看开在母亲手里的花。虽然她没有更多的时间让这些花绽放，她有做不完的活，屋里屋外，炕上炕下，洗洗涮涮，丢下耙子拿起笤帚，母亲总是在她做完家务时，腾出一些时间来，做她想做的事情，比如刺绣。当她坐到了炕上，偎到炕琴前，拉开对开的双门——一边烫着花鸟一边烫着鸳鸯戏水的炕琴门时，我就知道她要找一个小花笸箩，里面装着花盛子、一个小铁盒子、一个旧本子，小铁盒子里装着绣花针，母亲的彩色丝线，都一层一层地夹在一个旧本子里，母亲的绣花纸样子也一页一页夹在一个旧本子里。打开那个旧本子，看到花丝线让我眼前一亮，彩色的花丝线是平时不多见的，看到彩色丝线，心里美美的，心想这个只有我家才有的。彩色丝线是母亲的宝贝，不允许我们动的，平时我们也看不到，只有母亲刺绣时，我们才能看到彩色丝线的美丽。只有到了五月初五我们才能得到五彩线，五彩线系在我们的手腕上、脚腕上。五股彩色丝线可以避邪祛病，可以保佑我们健康平安。绣花纸样子有好多种，母亲平日里就留心搜集花样子，有梅花、有荷花、有喜鹊登梅、有二龙戏珠、有鲤鱼跳龙门。有动有静，有山有水，静动和谐，栩栩如生。

小花笸箩什么时候成了母亲的心爱之物，不得而知，也许我没有出生前就是了。第一根绣花针是买的，第二只绣花针是父亲做的。第一个花盛子也是买的，另外两个大小不等的花盛子是父亲做的，父亲照买来的样式用竹竿围绕一圈再用火烤后定型，然后再用钉子固定好。花盛子的作用是用来固定绣花布。从我记事起我家就有了母亲的刺绣作品，一个方方正正的黑枕头，上面绣着漂亮的红花和绿叶，就出自母亲之手。一个小小的荷包、儿时穿的肚兜兜、绑定婴儿的腰带、弟弟的虎头童鞋等。白的粗的家织布衣，只要母亲在衣衫袖和领子刺上蓝色的小花，一件衣服就生动了许多，漂亮了许多。母亲经常刺绣的东西包括我们儿时穿的肚兜兜，肚兜大多是红色的，绣着旁逸斜出的花。夜晚灯下，一针一线、一上一下，一朵朵花在母亲的手里绽放了。母亲为我姥姥做过一双鞋，那双鞋做得非常精致，花了好几个月的闲散时间，在姥姥的催促下完成的，那是姥姥去那边上路时要穿的。鞋面是绣花的，那花开得极艳。世上再也没有一朵这样的花，永不凋谢，一个女人多么希望自己是一朵开在丈夫心里的永不凋谢的花。姥姥就是开在姥爷心中的这样的花，母亲也是开在父亲心中的这样的花。母亲过了66岁以后也给自己做了一双这样的鞋，鞋脸是绣花的，留着自己走向天堂时穿的。她还给自己的好姐妹也做了一双，她怕以后眼花了做不成了，说这是不能等待的。喜庆的一点就是为哥哥结婚时绣的门帘，喜鹊登梅图案。我也跟着母亲学过刺绣，只会在手帕上绣一朵小花。听母亲说，在小学，跟她成绩一样的那几个同学，都上了中学，后来都分到丹东一个刺绣厂，看到同学有了心爱的工作，自己只能在家做家庭主妇，她有一点不甘心，手工刺绣、缝纫刺绣她都那么喜欢。那一年我15岁，我领悟到母亲绣的不是花，而是她的梦想。

窗上飞花

粉红的梅花就开在母亲手里。寻常的日子，临睡前，母亲总是拾掇零碎的时间坐在炕上剪上几剪子，就像作家练笔一样。有时抬头望着窗外，当她听到几声乌鸦叫，母亲眉头紧锁，她在想这专门报警的乌鸦这时叫了，是要出什么事吗？是不是自己的淘气二儿子又和别人家的孩子打架了？二哥天天和别人家的孩子打架，两天一小架三天一大架，只要母亲听到外面有孩子在哭，那八成就是被我二哥打的。家长领着哭泣的孩子一边吵闹一边来到我家，母亲笑着赔不是、说好话，给小孩子一点好吃的，直到人家高兴才算完事。这时，母亲在东屋西屋找淘气的二儿子，果然还没有回来，侧耳听一听有没有小孩的哭声，有没有找到家来的脚步声，什么声音都没有，只有月光在静静地闪动。这时母亲才收回心，静静地剪上几剪子。嘴里讲着“狼来了”的故事和那永远也没头没脑反复重复的故事——“从前有座山……”，在这故事中我们入睡。

一进腊月，母亲就忙着剪窗花。母亲有一双巧手，剪什么像什么。母亲拿起剪子，我就歪着脖子问剪啥，母亲说到时候就知道了。细心看母亲手里的纸刚开始是看不出来像什么，当贴上窗时，就真切地知道是什么了。老宅子的窗是上下带格子的，贴着红色窗花才喜庆，才有过年的气氛。

母亲把旧的报纸折叠对称，用剪子剪，剪子尖挑挖，精彩的图案就露出来。她端详着手里剪出的花，脸上堆满了甜甜的笑。

我怀疑母亲的手是不是仙女的手，怎么什么都会做，什么都会剪。母亲剪窗花时我凑到跟前想看个究竟，母亲让我离远一点，说等我会使剪子就教我。母亲不在的时候，我偷偷地拿出剪子，在那有模有样地学用剪子，不但没有学会用剪子，手指还磨出个大泡。这是我长大后母亲告诉我的。

儿时到邻居家串门，邻居让我们猜谜语，说上八凳下八凳，猜不着是什么。我一下子就想到了是上下带格子的窗。邻居家也贴着漂亮的窗花。那时只有过年时才能买红纸贴红窗花，平时剪窗花都是用旧的包装纸或者是旧的报纸。我家老宅子翻盖成四间青砖瓦房屋，有明亮的玻璃窗，冬天的玻璃窗常挂着天然的窗花，无规则无形状，任你想象。过年时母亲还是忘不了剪窗花贴红窗花，红窗花很漂亮，若是有蝴蝶看见了也会落到上面，它会以为是真花。我常想母亲剪的花有没有夭折的呢，夭折的花会不会痛苦，会不会哭泣。

母亲也会剪福字和喜字，两个喜字连在一起叫双喜。偶尔村里有结婚的人家，会来我家让母亲给他们剪福字喜字。逢年过节，娶妻嫁女，寿诞之期，窗花贴在门楣或玻璃上，清新、大方，使自家的院落喜气盈盈，生机盎然。花开富贵，生命之花就这样开在母亲的手上，开在母亲的心里。原来窗花里藏匿着母亲对明天的美好希望。

《鸭绿江》下半月 2011 第 1 期

早春游古城子

立春过后，天气乍暖还寒，春天就在一次次不经意地凝眸中来到身边。曾有人说：“生活是悲苦的，可是我绝不忽视春天。”“莫辜负了大好春光。”这样的声音在我耳边响起，于是，我绝定马上去春游，去踏青，一个人，去寻那个唐王李世民征东时路过古城子村的春天。

古城子村是我的出生地，古城子村有一条河，叫三岔河，早在隋唐东征之际就已被史籍记取，盘锦最具历史意义的地理名词之一。三岔河河水南北流，村子在河的东西。

那一天，我把时间放在三岔河昔日渡口。一艘船倒扣在岸边，我独自在河边上听风声，近看三岔河湿地冒出绿芽苇草，远看宽阔和曲折的水面，有太阳洒在波纹上的碎银，傻傻地出了神。从前河套中长满了芦苇和蒲草，芦苇一天蹿一个高，到了端午时节，村里人就会到芦苇丛中掰苇叶，我们叫掰粽叶，用来包粽子。有一些鸟儿，留在这片湿地，孵出小鸟，这也曾是鸟的家园。起风了，殷勤春风，吹乱我的长发，所幸那些尘世的不愉快和往事，被春风一股脑吹走。

古城子村在盘锦最东边，与海城隔三岔河相望。就是这一条河，唐王李世民征东时后有追兵，前有三岔河，河上没有桥，后来，螃蟹搭桥救唐王的美丽传说在此产生，流传至今。

古城子村的北邻村叫七台子，据说是当时战争的烽火台，另外六个烽火台分别是头台子、二台子、三台子、四台子、五台子、六台子，其中，头台子、二台子、三台子、四台子在河的南边也就是现在的海城，五台子、六台子、七台子在古城子村的北边依次散落。

古城子村的西邻村叫青莲泡村，是上中学时的必经之路，刚一进村，就看到醒目的青砖古建筑，来到近前一看，是李龙石纪念馆，李龙石（1841 ~ 1907），原名澍龄，字雨农，后改名如砻，字龙石，号东白、西青居士、墨饕子等 1859 年，考中秀才，“名已达于庠序”。1862 年，考中举人，“名又达于礼部”。此后多次进京会试，均因不善攀缘而落第。1907 年初冬，病逝于八角台。1930 年，其学生于在藻收集、整理李龙石的遗著，于 1931 年出版《李龙石集》，传于后世。

我小的时候，父母常用李龙石来激励我们好好学习。

古城子村中心原来商店的位置在一个高坡上，从东或从西去商店都要上一个高高的大坡，那是我上小学要经过的路。据考证，这原来是古时的一个城堡。城堡里有什么秘密还不知道，城堡变成了高坡，也许是先辈古城子人为了保存古物修建……古城子村现在还是它自然的样子，村主任想用现在技术造仿真的螃蟹形的黑铁连成的浮桥，模仿当时的情景，终因没有资金来开发而成为梦想。古城堡，仍在地下睡觉。

我来到古城子村，有另一番崭新的发现，春天迈着强有力的步子来到小村，那一抹浅绿，是报春的信息，早鹰、新燕、黄鹂在柳树间舒展歌喉，尽情地传播春的消息。这里的风是暖的，这里的空气是新鲜的，这里的人是亲切的，虽然我的乡音未改，但是村里人还是笑问客从何来。

清晨依然有些冷，大田垄上已有一堆堆粪肥，稻田地里已有男人准备育秧苗，菜田有一排排塑料大棚，塑料大棚里是一片春色。

小院子里，阳光暖暖地晒在身上，风好像小了，温暖更明显了些，花信子也许明天就来了吧？冰封了一个严冬的水井头虽已化冻，但就是不出水，“倒一瓢水一引，水就出来。”一试，水果真哗哗地流出来，急不可待地诉说着憋屈和焦灼。空气都是新鲜的味道。母鸡在身后传来几声咯咯哒，蓦然回首，鸡窝里跳下来一只母鸡，红着脸得意地望着你，原来它已经开始下蛋了。

此时的菜园本来是没有吸引力的，大芍药花还没有栽，更谈不上开花了，没有开花的紫茄子，也没有开黄花的黄瓜秧上架，什么都没有，干巴巴的土地一览无余。可是，已经有几家人在忙碌加固院墙的篱笆，菜园里有一块塑料薄膜盖着的地上是一小块韭菜，透过塑料薄膜已看到了一片绿色。还有几棵过冬的大葱冒出头来，诉说着春的消息……人们开始忙春了。其实那些扣塑料大棚的人们根本没有冬闲，只有夏天他们才真闲几日。那不，有几家开始准备栽土豆了。

偶尔有几朵闲散的云在天空偶尔飘来，远处隐隐地听到火车路过，近处是空旷的田野，翻开的土黝黑湿润。老大爷娴熟地挥舞镐头，开出来几条深浅一致的沟来。老大娘也舒展开了皱纹，坐在地头切着土豆芽，小心地把切好的土豆胚种放在一个大筐中，儿子在前面刨坑，儿媳妇在后面栽土豆。一会儿工夫，陇上又恢复了平整，但是能看出等距的地方栽过土豆，用不了多久，土豆秧子就会露出来头。

和小城相比，古城子村的人有着不一样的奢侈，新鲜的空气，一望无际的田野，不用动身就能看春天百花，生活有滋有味。现在虽然不见秦观笔下的“有桃花红，李花白，菜花黄。远远围墙，隐隐茅堂”，春光明媚万物竞发的田园风光图，却也是早晚的事。

小村和春天，像是一幅画和画框。春游，去踏青，一个人，欣赏着不同春色妖娆。

《锦州晚报》2019 年 4 月 8 日

二　乡村的声音与色彩

春天母鸡抱窝

春天，万物复苏生发，萌发新的希望。母鸡也一样，想抱窝，想孕育下一代，想孵化小鸡崽。表现在它总是趴在窝里，红着脸，还在窝里叫着，让人知道它的梦想。

春天，哪个母鸡不想抱窝孕育自己的小鸡崽，这是禽类繁衍后代的一种本能。母鸡抱窝这段时间就不能下蛋了，要误产蛋数量的，所以不是谁想抱窝就能抱窝的，这由他家的女主人说了算。我想女主人一定是认真挑选抱窝的母鸡，种蛋也是挑她喜欢的母鸡下的，芦花鸡、黑花鸡、白鸡、乌鸡其中的一只母鸡下的蛋。没被选中的母鸡，想抱窝也不行，母鸡想抱窝趴在窝里，让女主人知道它的心思，于是女主人就端来一盆水，先抓住它，把它的头按到水里，让它清醒清醒，别再做当妈妈的梦，没被选中的鸡蛋就成了人们的美食。

一只母鸡抱窝，要在窝里趴上 21 天。它不能长时间离开窝，不能悠闲地散步，不能与其他母鸡聊天，它不能与心爱的大公鸡一起飞上几步，它不能与大公鸡一起找好吃的食物，也不能用它的爪子刨刨地，找虫子吃，它得一心一意趴在窝里的鸡蛋上面孵化小鸡崽。

从母鸡趴窝第一天起，母亲就特别关照它，给它眼前放上水、食物，让它渴了时张嘴就能喝，饿了时张嘴就能吃。其他的鸡可没有这待遇。并且记下日期，还要一天量几次温度。当母鸡出去方便的时候，母亲就会拿一个小被盖在瓦盆上面，不让鸡蛋着凉。

母鸡趴窝第7天的晚上，母亲就忙开了，先在炕上放好小被，然后从母鸡翅膀下拿出一枚枚的鸡蛋，在灯光下，一手拿着一枚鸡蛋、一手搭着凉棚，跷着脚，眼睛凑近鸡蛋，看是不是已有了影。有影的放在一边，没有影的放在一边。没影的就不会再放回瓦盆里去了，因为这是寡蛋。母鸡趴窝那天起一共放30枚鸡蛋，7天淘汰出几个寡蛋，加上母鸡趴在瓦盆里出来进去的，来回地不小心踩裂的鸡蛋，到最后孵出小鸡也就不是30个了。有影的拣选过的鸡蛋放回去，母鸡继续趴窝。母鸡抱窝也是很辛苦的，趴一段时间，它就要用它的尖嘴把鸡蛋翻一遍，来个底朝天，也许，这是孵化小鸡崽必需的动作。

孵化小鸡崽，小鸡崽生长也是有过程的。我母亲懂得这个道理。母亲会让种鸡蛋试水，在用灯光鉴别种鸡蛋后，也许又是一个7天后，母亲端来一盆清水，从母鸡翅膀下拿出一枚一枚鸡蛋，把这些热乎乎的鸡蛋，一个一个放到水盆里。如果看到鸡蛋一上一下会晃动的，说明一个新生命孕育成功，没有几天小鸡崽就要出生了，这会儿在鸡蛋壳里踩水呢，如果鸡蛋在水里一动不动的，说明离要出生还早着呢，也许有的永远出不了世了。

小鸡崽就要出生了，是自己先在鸡蛋壳里用嘴把鸡蛋壳一点一点地敲破，然后把小脑袋伸出来，先看看这个世界，然后它的身体才慢慢地脱离蛋壳，鹅黄的，毛茸茸的，胆怯地来到这个世界，黑黑的眼睛，看看这看看那，看哪总是都看不够。

母鸡有一个宽广的胸怀，抱窝、趴窝21天，有时孵化出来的不一定都是它的孩子，有时会有鸭会有鹅。虽说鸭蛋鹅蛋都是蛋，但是它们的大小颜色是不一样的，这一点鸡妈妈不会不知道的。鸡妈妈的爱心是伟大的。看着它抱窝，孵化出来的小鸡崽，那个兴奋哪。它自己出来抓虫，咕咕地叫小鸡，示意这是美食，喂小鸡吃。过几天它高兴地带领这群小鸡到院里，到外面认识世界，刨刨地，抓抓虫，一一示范给小鸡，它翅膀支棱着，护着小鸡，不让小鸡受到伤害。母鸡高兴时，就在地上跳舞，它的一只翅膀展开搭接到地上，然后单腿站立旋转360度，尽情地跳上两圈。惹得其他动物愣愣地看着，不知道发生了什么事情。母鸡是个负责任的妈妈，它教会小鸡生存的本领。小鸡如果走失，它会不停地咕咕地叫小鸡，小鸡再也没回来，它会很伤心，不吃不喝，发疯地找，当发现这些都无用时，它就想再抱窝，让鸡妈妈的爱再来一次。公鸡就抱窝一事，从来不负一点责任，它只顾采蛋，采完蛋也就完了。

记得，我母亲根据母鸡抱窝的规律，掌握孵化出小鸡的方法，学会了用手摸种鸡蛋孵化小鸡的方法，把鸡蛋放在炕上，鸡蛋上再放上一个温度计，用被子盖好，让鸡蛋温度恒定，热了，把被子掀开一会儿，凉了就在锅底添把柴加加温。每天用手摸种鸡蛋，白天摸种鸡蛋两次，夜里还要摸种鸡蛋两次，一天最少把鸡蛋翻动两次。有时还要喷点温水，当然也要在灯下照影，也要让种鸡蛋试水。21天后，同样能孵化出来小鸡崽。这要满足两个条件：一是鸡蛋一定要是种鸡蛋。如果不是种鸡蛋，换成石头或者寡蛋，就是给它一定温度，它也是不会孵化出小鸡的；二是要有一定的温度和水分，二者缺一不可。在母鸡抱窝过程中，内在原因起主要的作用，外在的原因起辅助作用，两者缺一不可。

在外力的作用下，比如母鸡不小心踩裂的鸡蛋，使鸡蛋走向毁灭、鸡蛋孵化自己，在蛋壳里孵化小鸡，小鸡在蛋壳里不断地成长，当长到一定的程度，小鸡就会啄破蛋壳，打开自己的门，破壳而出，打碎原先自己的鸡蛋，变成新的自己，这叫超越自己，这叫重生。

《辽西文学》2016年第2期

鸡叫几遍了

昔日乡村，以拥有土地为乐，以耕种田园为业，春种秋收，人与自然和谐静美。鸡为人报晓，犬为人看家护院。日常言语，也会合于自然，张嘴说出的话跟天籁似的。印象最深的是一句表示时间的话：鸡叫几遍了？

打鸣的鸡到了时辰，它们此起彼伏地、悠扬畅朗地叫几声，但在不该打鸣时，它们安静悠然得如同没事一个样。

那是一个春天，只听到雄鸡叫过头一遍，随着接生婆剪落手起，啪的一声落到了刚出生的婴儿的屁股上，这时婴儿发出了来到这个世界的第一声啼哭，于是这个女婴出生的时辰被记录为："下半夜公鸡叫的头遍"。这是新生命的开始，这是村里人爱听的哭声，添人进口，喜事连连。一出生就会哭的婴儿就不会被接生婆打一巴掌。接生婆把婴儿接到这个世上，要在婴儿的嘴上抹上一点姜汁，然后再抹上糖，让他尝一尝人间的滋味。

"你们家起得那么早，鸡刚叫的头遍不一会儿，你们家的灯就亮了。"不对，我想是鸡叫的二遍，我才拉开灯，又躺一会儿，才起来。

一个秋夜，只听得鸡叫了两遍后，村里一片嘈杂的声音，一片哭喊，一个老人走完了他的一生……

出一次远门，鸡叫过头一遍就起来收拾东西，然后离开家。

在乡村，鸡叫的遍数是有规律的，它总是在天亮之前、日头出后、半晌午、正晌午、半下午和夜间一更至五更的这些时辰里鸣叫。白天倒无所谓，人始终是清醒着的，鸡打不打鸣，人都可以通过看日头升到几竿子高了来确定是什么时间、该做什么事了；夜间就不同了，人处于睡着了或迷糊的状态，必须有其他声音来提醒，才可知道在大致的时间里需做的事情。在这种情况下，公鸡打鸣就充当了现在时钟的角色，夜间听鸡鸣就知道了大致时间。夜间唯一的时间刻度就是鸡叫声。

一般而言，老人们对公鸡在夜间打鸣的遍数记得比较清，后半夜里，鸡只叫三遍，子时开鸣，黎明收场。鸡叫第三遍就要起来做家务了。老人们睡眠少，听鸡叫的时间就多了，黎明之前，细心地倾听，等待天明。那等待是复杂的。

鸡的鸣叫，是间隔的声音，是有规律的声音，是黑夜的时间刻度表，乡村人们能从鸡叫声音中听出时间的脚步。

走夜路的人听见鸡叫可以消除恐惧和胆怯，听到鸡叫是一种温暖和亲切；他知道这有人间的烟火气息。

天亮之后，用太阳的高度来衡量时间，用太阳达到几竿的高度来说事。

声音也是有感情的，深沉的声音，沧桑的声音，是他经历的情绪流露。在听声音中，盼来了迎春花开，听鸭的叫声，报告春江水暖，听鹅的高歌，听狗犬吠，或有外人来访，或有人经过。听庄稼拔节的声音，听成熟后果实落地的声音。在鸡叫声中迎来了秋天，收获着一年的希望。

那聆听鸡叫的人，也是在用心聆听生活，他从声音中能听出痛苦、忧愁，也能听出快乐！虽然快乐很短暂，但是留给人的还是美好的回忆。

《辽河》2014 年第 7 期

太阳味

入伏了，有一股子潮气相随，盼望立秋，一进立秋，早晚天气就凉爽了，也带走了霉菌味。当我拿出要晒的衣服、被子时，就想起姥姥说的“太阳味”。

想起“太阳味”，童年时光穿过岁月而来。

立秋了，在我家的院里，长长的晒杆上晒着棉衣、棉被、棉絮，次第有序地排队，地面上闪着斑驳的影子，我两手抓住被角，把头埋藏在里面，不时地露出笑脸。

伏天是女人掐着指头算计的日子，也是村里的女人最累的时候，这时河里的水不凉，可以到河里洗衣物，脏衣物非常好洗，一洗就干净。女人要把一家人的棉衣棉裤拆了，洗干净，重新缝补好。棉被更是体现女人手工的活计，常常会听到大人唠嗑时问道：“你家的棉被拆了吗？洗没洗呢？什么时候捶被里被面，用完棒槌借给我家用几天。”

记得在三伏天的时候，太阳好的大晴天，阳光下的一切都那么金灿灿的、暖烘烘的，姥姥在我家常帮助妈妈洗衣服，把家里的被子的被里、被面全都拆了洗干净，晒干后，再用米汤浆洗晒干，还要把被里、被面放到东北独有的长方形石板上捶得平平整整，之后再把被子缝好，叠得整整齐齐，放起来等冬天冷的时候盖。看到雪白干净的棉被，就知道这家的女人是多么能干。

当姥姥收晒衣服的时候，姥姥都要闻一闻，我问姥姥闻什么？姥姥说：

“太阳味。”我咯咯地笑了，没有听说过太阳还有味。姥姥说：“不信你闻一闻啊。”如今当我收起洗过的衣服时，我也学姥姥的样子，闻一闻我真的闻到了太阳味。那是一种让太阳晒过而发出的淡淡的清香的味道。让人有温暖、干燥的感觉，就像太阳给人的感觉。

我惊奇姥姥这个生于封建社会的小脚老太太怎么会这么有生活感呢？说出的话富有哲理！

那时，我家的生活不太富裕，冬天基本上吃不到青菜，整个冬天主要吃白菜、酸菜、土豆、萝卜，还有咸菜。想要改善一下，就是吃姥姥晒的干菜，晒的干菜有葫芦条子、倭瓜片、茄子片、长豆角等。有一年生产队种了好多的冬瓜，长得可大了，一个有15公斤，由于没有销路，生产队没有卖出去，便分给各家各户了，我们家分了好几个，那么大的一个大冬瓜，一下子也吃不了，于是姥姥就想出了一个办法——晒了，晒干了，留着冬天吃。姥姥把冬瓜去皮，一片一片地切了，和妈妈一起晒，晒了好多，第二天翻个，再晒两天就晒好了。晒好的冬瓜片，姥姥用面袋子装起来，这时少不了她的习惯成自然的动作，闻一闻“太阳味”。记得姥姥切了几天的冬瓜片，手指头都肿了，问医生是怎么回事，医生说是冬瓜片里含有的物质刺激的，我们就让姥姥不要再切冬瓜片了。姥姥就负责晒冬瓜片，这时要是有鸡来吃冬瓜片，姥姥的小脚一拐一拐地跑来赶鸡，把鸡轰跑。

那年的冬天，我们吃到了姥姥晒的冬瓜片，有一股清香味，很好吃的，吃到嘴里好像吃到了肉的感觉。现在想起来都觉得好吃，味道美。太阳味最浓烈处就是这村庄的味道、乡情的味道、亲人的味道。

“太阳味”隔着岁月而来，童年的美好，姥姥的关爱，犹如“太阳味”暖暖的。

《锦州日报》2011年2月

儿时年画

满街都是中国红，红灯笼、红对联、红窗花、红衣服……更有年货大街的招牌，高高挂着。这一切说明要过年了。母亲很关心我是不是回去过年，我知道她早已准备好了年货，我爱吃的东西，如小时候一样。现在早就没有小时候对年的渴盼，那时候我是掰着手指头算着还有几天过年。跳着喊着要快一点过年，快一点长大。盼着过年，过年有好吃的，有新衣服穿，有压岁钱，更盼着买年画。妈妈说等把这一些事情做完了就过年了。“二十三，祭灶神；二十四，写大字，二十五，扫尘土；二十六，烀猪肉；二十七，杀年鸡；二十八，把面发……”二十五，扫尘土，就是打扫室内外的卫生。记得我家房屋内卫生大都由父亲来完成。父亲找来长长的竹竿，绑上笤帚，用它来扫去墙面与房梁上的蛛网和一年来落下的灰尘，然后要糊墙，记得有的年头是用报纸糊墙，有的年头是用大白纸糊，之后再在墙的正中贴上年画。

买年画是一件不好干的活，年画要在每家的墙上张贴一年，来人去客都要欣赏观看，买不好是要被人笑话的。可是要买到好的也没有，供销社就那么几种，每年开始卖年画时，就得赶快去买，去晚了就买不到好看的了。记得我有一次担当买年画的重任，要给我家东墙买一个单张的，当时有这么几种：大好河山、年年有余、鲤鱼跳龙门、五谷丰登等，还要给西墙选择一双开的画。

双开的画有：《沙家浜》《智取威虎山》《红灯记》等样板戏年画。我这边看看那边瞧瞧，眼花缭乱的，拿不定主意。看这张也好，选择了这张又舍不得那一张，都买还没有那么多的钱，后来终于下定决心，买了一张鲤鱼跳龙门单张的和双开《红灯记》，我很爱看李铁梅那红色的衣服，还有鲤鱼的红色，红色代表喜庆、吉祥、祈福、驱邪，同时又充满节日的气氛。总算买到称心的年画，小心翼翼地拿回家。每次贴年画都是家里人一起动手，妈妈负责打糨糊，找一个小盆，用水和点白面，在灶火熬成糊，这个糊要熬得不能有疙瘩也不能太干。若是糨糊有疙瘩，贴上画时会起包。大哥负责贴画，我负责往画的边缘上刷糨糊，刷时要把有疙瘩的去掉，而且要刷匀称了。姐姐负责传递给大哥，大哥站在小凳子上，负责贴画。爸爸负责看倒正。高了，低了，往左一点，再往右一点。好热闹的气氛，为年拉开了序幕。

年画是儿时春节的一道风景线，“千门万户曈曈日，总把新桃换旧符”。贴上年画，来家里串门的亲戚朋友们和左邻右舍都会认真地看年画，品头论足，话丰年。好像人在画里，画在农家。体现了欢乐和万象更新的动人景象。

年画是那个时代的文化名片，承载着人们对丰收和幸福的盼望。想起年画就想起了老家，就想起了儿时。那种亲切，是发自内心的。

《锦州日报》2009 年 2 月 6 日

三岔河湿地的百草

许是恋乡之故，我经常回老家的三岔河湿地里转一转，亲近一下记忆中的百草。在我看来，百草皆是有生命的，它们都有着存在的意义和它们存在的价值，百草治百病，它们与人类唇齿相依。

三岔河湿地是名副其实的百草园，目之所及，到处是青青的草，艳艳的花，翠翠的菜。“花穗迎秋结晚红，园林清淡更西风。织条尽日差差影，时落钓璜溪水中。”早在宋代，宋祁就为三岔河湿地的红蓼写过的诗句。

这里更有那“万草千花一晌开”。开白花的有荠菜、车前子、苦麻菜、龙葵、小根蒜；开黄花的有蒲公英、鬼针草、马齿苋、鱼腥草、苦菜；开紫花的有紫花地丁、刺儿菜；开红花的有红蓼、红花酢浆草；开粉花的有益母草、刺蓟菜、马鞭草；开杂花的有牵牛花、野菊……再说结果实的，有藕色的甜沙果，有紫色的天葵，有鹅黄的蒲黄，有红珊瑚似的野菇娘……它们从春到夏，生生不息。

三岔河湿地的百草名不虚传，不仅让人赏心悦目，还可以果腹和治病。在三岔河边地干活的人饿了，随手就可以揪到一些野菜进肚，“酸巴溜”让人品咂出生活的多滋多味，天葵，我们叫它“天天”让人品尝到了人生苦尽甘来的滋味。

还有很多东西是值得咀嚼的。小根蒜和野葱虽然有些辛辣，薅上一把，洗净，也足可解饥的；“甜根”和“水荠菜”，白白净净的根须嚼起来甜得很。

据老辈人讲，在20世纪60年代，这些百草曾救了很多乡下人的命。百草中很多都是中药，很多小病小灾在三岔河湿地里可以找到治病的草药。手上破个口子，薅把刺儿菜，洗净，把叶子揉烂了敷在伤口上，既可止血止痛，又可消炎消肿；不小心让马蜂蜇了，把马齿苋的汁涂抹在肿处，不消一刻钟，痛感迅即消失，马齿苋对糖尿病也有疗效；在乡下，许多草的根、茎、花、果、叶都是药材，我童年时就采过车前子、红蓼、益母草、鱼腥草、蒲黄、艾蒿等草药。

开红花的红蓼是三岔河湿地野生的，是标配植物。它高大茂盛，生长迅速，叶绿、花密果艳。红蓼喜水又耐干旱，适应性很强，没有病虫害。红蓼的果实可入药，有活血、止痛、利尿等功效。夏天有人将它割断、晾干，用来驱蚊蝇，效果不错，只是气味辛辣熏眼睛。

百草还往往给人一种意想不到的惊喜。譬如：艾蒿编成绳子，晒干，夏夜点燃，可以用来熏跑蚊子；野辣椒叶燃后的灰烬撒在墙角，附近的蛇类闻风而逃。

三岔河湿地最有名的草应该是芦苇和蒲草。水边的芦苇是一道风景，也是一首诗。从先秦《诗经》里的“蒹葭”，到唐宋诗词中的“芦花”，让我怎能不爱它。现在盘锦芦苇形成编织产业，编织各种物品，出口海外。湿地上的蒲草秋后割下晒干，编成床垫、坐垫。

蒲草还可以用来作烧柴，黄蒿、刺棵的秆又粗又高，晒干后特别耐烧。

每当百草繁盛之季，我的心便也长出了草，恨不能肋生双翅立马飞回三岔河湿地，闻一闻草香，嚼一嚼“天天”，嗅一嗅草花。

在百草的簇拥中，我愿用一生体味生命的美好和三岔河湿地的丰茂。

《中国应急管理报》2020年4月11日

乡村四季的声音

一

春分时节，沙沙的春雨响声叫醒了草木，春雷声惊醒冬眠的蛰虫，春风跑到每一个角落，大声喊着：“春天来了！春天来了！”

大自然季节的变换，促使万物生长，春天的乡村穿起了迷人的新装。

这时，乡村春天的声音是积雪融化的声音，河面上覆盖的积雪和两岸村庄的积雪，在太阳照射的光芒中开始慢慢地消融，嘀嗒嘀嗒声成了这时的合唱。

早春，小草发出了嫩绿的新芽，像探出了头一样，远看一片嫩绿，近看却无。渐渐地，小草嫩绿了，柳树黄了，嫩绿鹅黄是初春的颜色，柔软茂盛，充满生机。

这时，春天的声音是河两岸芦苇发芽的声音，河边的芦芽短，河豚肥。岸上树尖的黄鹂的歌声传来，增添了春天的快乐。

柳笛呜呜把春天吹绿，春天的绿是嫩绿。柳笛声声把百鸟唤回，绿色的春天是百鸟的乐园。我听见喜鹊叫声，那是喜鹊的报喜声。

早春有白色的荠菜花，黄色的蒲公英花，紫色的紫花地丁率先开了，你可曾听到开花的声音？蜜蜂嗡嗡叫个不停。一只蜜蜂在花蕊唱歌，一只蝴蝶在花蕊跳舞，一只小鸟在枝头嬉戏，叫声细碎好听。

清晨我被叽叽喳喳的鸟鸣叫醒，鸟鸣好像在催促我们这些睡不醒的孩子们快快早起，做个好学生。童稚的儿歌飘过乡村："小燕子，穿花衣，年年春天来这里……"

一场春雨让乡村湿润了许多，雨过后路边的野花更鲜艳了，小草更生机勃勃了，林间鸟语发出春天的欢乐声。

那时，我们常常肚子饿得咕咕叫，有时挖荠菜、曲麻菜、苦麻子等野菜成为春天饭桌上的一道蘸酱菜，也摘过榆树钱、槐花做成饼来吃。

鸡鸣狗吠、鹅欢鸭叫声和人们的春耕声一起形成了乡村春天的交响曲。

二

流水落花春去也，不经意间，乡村迎来了夏季。夏天庄稼长高了，乡村披着青葱的夏衣，云雀在天空歌唱，霞光照着村庄。

夏夜的一声雷响，掀开了平静的河面，河面瞬间涌出千万个水冒泡，哗啦啦的雨声，像弹奏小河变奏曲，雨打在苞米上、土豆秧子上、倭瓜叶上的声音，雨落在河水的声音，青蛙呱呱的叫声，掺杂在一起，像在歌唱小村的过往。

孩子们见下雨了，跑到雨中唱着歌谣："大雨哗哗下，北京来电话，让我去当兵，我还没长大。"

河岸边长着芦苇、蒲草、红蓼、水芹菜。芦丛里时常有野鸭子，还有黄雀、喜翠等鸟儿飞出来。岸边那棵柳树上，一只蝉正在鸣叫，一声接一声，真是蝉噪绿荫多。儿童吹着柳笛，吹累了便在河里洗澡，抓鱼抓螃蟹。

伸出长舌头的大黄狗趴在岸上喘息着，以此散发着体内的热气，不时朝远方望一眼。

被炎热煎熬一天的老人们拿着蒲扇，不停地扇蒲扇。蚊子嗡嗡地叫着，也有人拿着用马尾巴做的蝇甩子驱赶苍蝇蚊子。

还有的叼大烟袋，抽着旱烟。他们坐在院子里乘凉，聊着古往今来。

院外有儿童弹着玻璃球的欢笑声，玩扑克牌争执的声音传来，大人们听了会心地笑了。

艾草一会儿明一会儿灭地在屋内墙边慢慢地燃着，熏蚊子。

院外树上，雀儿扑棱翅膀飞过声入耳，窗外墙根处那蛐蛐叫声缠绵不绝，像在拉歌比赛，虫的鸣响送来了暮色的苍凉。清风徐徐地吹来，野花寒露也芬芳，河水悄无声息地流向远方。黄色的油菜花开了，田间顿时呈现儿童寻黄碟、飞入菜花寻不见的景象，哪是蝶哪是花，需要细细地分辨。这是夏夜乡村的声音。聆听风的呢喃，雨的欢乐，虫的低语，蛙声一片。

这是大自然的音响，往往因人的心境不同而有不同的反响，与满天星对视，欣赏日出日落，生命此时进入最佳状态。

三

秋天，乡村穿起彩色的礼服。红彤彤的苹果、黄澄澄的鸭梨、金灿灿的稻子、火红的高粱在阳光下闪耀，还有黄的树叶、红的枫叶怪好看的，乡村的秋天是成熟的季节。

那条河向南流去，一直流向大海，鸟叫声与河水流动声相回应着。高粱红时，河里螃蟹长得黄满腿肥，河边茂盛的芦苇已开花。

捉蜻蜓、扑蝴蝶、逮蚂蚱、抓蝈蝈是秋天儿童主要活动。他们也会听到乌鸦呱呱地叫着，一个小朋友捡起一块石头要朝乌鸦扔去。另一个小朋友说不要打，这里也是它们的家。

老秋时，凤仙花结籽了，它会砰的一声爆裂开来，种子跳到地上，来年会长出小凤仙花来。

牵牛花纤细的藤慢腾腾地攀着小树，藤蔓开着喇叭状花。我固执地认为喇叭状花应该是会发声的，只是人类听不见而已。

秋雨嘀嗒嘀嗒打落在屋顶的瓦片上，落在庄稼上，落在河水涟漪里，这滴滴答答的秋雨伴我入梦。稻子熟了，金黄的稻穗散发着香气。秋收的欢乐声，秋虫的唧唧声，牛羊的叫声，上演了一部曲子，这部曲子有不同的节奏。

在村里行走，遇到的多是衣着朴素，鬓角挂霜的村民。他会问你今年能打多少苞米，稻子收成怎么样？乡村人在意秋收，看果实的大小，一年收成全在这里。

四

冬雪是冬天的主角，立冬刚过，雪便款款来，翩然而至的雪花沙沙地落下，乡村被染成了白色，换上了雪白长袍，村庄更加宁静与安恬。

下雪了，最高兴的还是孩子们。他们尽情地堆雪人、打雪仗。晚上坐在大炕上，围着火盆，听奶奶讲故事。当时最感兴趣的是公冶长传说，他能听懂鸟儿说话。

鸭子排着队，扬着扁扁的嘴，呱呱地叫着，一踱一踱地向院外赶去。小牛犊子出了圈门，对着天，哞哞地叫两声，然后悠然地走向田野。

秋天东北人挖菜窖来储存青菜。他们还晒干菜、腌咸菜、腌酸菜，这样一来，整个冬天的餐桌都不会乏味。

我喜欢听乡村四季的声音。受大自然的加持，我对声音特别敏感，聆听众多的声音，能分辨出声音中的喜乐忧愁，能听出声音里的故事。在乡村四季的声音中，最动听的声音是母亲的摇篮曲，最难忘的是母亲唤儿回家吃饭的声音。

《文学少年》2021 年第 11 期

一台缝纫机

母亲得了轻微脑出血，在一次昏睡醒后说："别把我的缝纫机扔掉。"

母亲说那台缝纫机是在我出生那年买的。1963 年，母亲圈养一头猪，年末卖了 100 多元钱，和父亲商量了多次要买台缝纫机，父亲才同意。当时，缝纫机是少数人家才有的一个大件，是极稀罕的。

那时，母亲在油灯下借微弱的灯光做针线活，全家人的衣服、裤子全由母亲用手针缝制，费时费力。母亲要起早贪黑地做，做出来的衣服不结实，容易开线扒缝子。开线扒缝子了，她还得补，于是这台缝纫机来到我家，成了母亲的帮手。

母亲做缝纫机活时，看着缝纫机的压脚，左手捏着布边，右手按着布片，两手慢慢送着布片，两脚用力地蹬着脚踏板。做得差不多时，母亲会让我们试一试衣服，如果肥瘦大小不合适，还可以适当地修改一下。一块布在她的手里变成几片布，她把几片布缝起来，只要上了衣领，一件漂亮衣服就做成了，等锁好扣眼，缝上扣子，就可以穿了。那时的欣喜、感动是无法说的。

我穿上新衣服，迈着方步在村里的小伙伴面前显摆，一连几天穿脏了也不想脱下。

村里人有的来求母亲给他们做衣服，邻居有困难应当帮忙，不好推脱，一帮就更忙。

母亲的缝纫机不许别人动，也不让在上面放东西。母亲对缝纫机的爱，是她对生活的爱，是她对子女的爱。那台缝纫机陪伴母亲多年，像老朋友一样不离不弃，从没有大罢工，它为这个家立过功，母亲怎么舍得丢弃呢?

噔噔的声音又在耳边响起，那是岁月的赞歌，那是岁月的记载，那是母亲的欢乐，那是女儿的思念!

《锦州日报》2013 年 7 月 30 日

夏天的声音

夏天，是一个充满活力和美妙声音的季节。当炎热的太阳高悬天际，大地被熏蒸得火热，葱绿葱绿的草木，万物生机盎然。此时，我想找一个不被人打扰凉快的地方来聆听一系列美妙的声音，它们组成了夏天的交响乐。

在林间，小鸟的歌声此起彼伏。它们用婉转的声音迎接着黎明的到来，告诉大家一个新的美好的一天已经开始。鸟儿的鸣叫充满活力，充满喜悦，将人们带入一个充满希望和阳光的境地。花丛中，蝴蝶绕花飞舞着，蜻蜓有目的地飞舞着。此时细听可听到蜜蜂嗡嗡的叫声。

当早晨的第一缕阳光洒落在大地上时，嘹亮的蝉鸣也开始响起。蝉爬上树干，高声鸣叫，声音悠扬而有力。它们的歌声飘荡在空中，给人们带来一种宽慰和安慰。蝉鸣是夏季的标志，是大自然告诉我们夏天真正到来的音符。

在夜幕降临之际，原野和农田中响起了那动听而熟悉的蛙声。青蛙倚在池塘的边缘或水稻田的泥土上，自由地鸣叫。它们似乎在与夜晚对话，让人沉浸在那微妙而和谐的声音中。蛙鸣融入了大自然的音符，使夏夜更加宁静而迷人。

除了小猫叫声小狗犬吠，乡间一匹老马的嘶鸣等动物声音，夏季还伴随着一系列愉悦的声音。河水从山间奔腾而下，流过岩石，发出清脆悦耳的声音。海浪轻拍沙滩，伴随着鸥鸟的叫声，仿佛在向人们诉说大海的奥秘。树叶在微风中轻轻摩挲，发出沙沙的声音，给人们带来一种宁静和舒适。

听雨是一种享受，滴答滴答的小雨声；哗啦哗啦瓢泼一样的大雨声；唰唰沙沙的细雨声；雨落到池塘里冒泡声，雨啪啪打在窗玻璃声，静静地听着雨声，聆听着内心五彩的世界。我想起南宋诗人蒋捷所创作的一首词《听雨》：少年听雨歌楼上，红烛昏罗帐。壮年听雨客舟中，江阔云低断雁叫西风。而今听雨僧庐下，鬓已星星也。悲欢离合总无情，一任阶前点滴到天明。少年时不识愁滋味；中年时颠沛流离的悲凉沧桑；老年时历尽离乱后的憔悴枯槁一生的悲欢离合谁也说不清，听那窗前的秋雨一无所动，任它滴滴答答直到天明。巧妙写出了由少到老的人生道路和由春到冬的情感历程。

夏天的声音是一部自然和乐谱，其中每一个音符都诉说着生命的活力和美好。它们润泽着人们的心灵，带给人们的是平静、宁静和喜悦。憩息在大自然中，静静聆听这些美妙的声音，是一种灵魂的安抚，是对生活美好的庆祝。

让我们和夏天的声音共舞，让欢快的蛙鸣、婉转的蝉鸣和悦耳的鸟鸣伴随着我们，沐浴在大自然的怀抱中。这些声音，如无尽的音符，在夏天的乐章中交织出美丽的旋律，成就了一场无与伦比的音乐盛宴。夏天的声音将我们带入一个梦幻的世界，唤醒我们心底深处最纯真的感动。

《锦州日报》2023年7月28日

芦苇荡

在水之湄，有一片芦苇荡，那是我心灵的栖息地。那是我魂牵梦萦的故乡。

我喜欢芦苇，它是我家乡盘锦最多的植物，小时候经常在沟渠、池塘旁看到它，那高大的身影总是让我心生敬畏，仿佛竹子般高贵。芦苇是一种自由、生命力极强的草，不需护理、不需要栽种，只要有一小根它就会串联成一大片浩浩荡荡的。河畔、滩涂、沼泽、沟渠、湿地，任意地长。

这片芦苇荡，见证了四季的更迭。春天的生机勃勃，春天，它们从沉睡中苏醒，嫩绿的芽尖探出地面，充满了生机与希望；大芦苇荡青葱无疆，仿佛是大地铺上的一层绿色绒毯，一直延伸到视线的尽头。微风拂过，芦苇轻轻摇曳，发出沙沙的声响，似在诉说着古老而神秘的故事。那青葱的色彩，是生命的蓬勃，是自然的馈赠，让人感受到无尽的生机与希望。芦苇的茎秆修长而坚韧，一节一节地向上生长。

夏天的葱郁繁茂，夏天，它们郁郁葱葱，为鸟儿和昆虫提供了栖息之所；大芦苇荡也是鸟儿的故乡。它们在这里自由翱翔，欢快歌唱。清晨，阳光洒在芦苇荡上，鸟儿们从芦苇丛中振翅而起，飞向蓝天。它们的身影在天空中划过优美的弧线，为这片宁静的土地增添了灵动的气息。傍晚时分，倦鸟归巢，芦苇荡又成为它们温暖的港湾，庇护着它们度过一个个宁静的夜晚。芦苇荡中，还有着丰富的水生动植物。清澈的水洼里，鱼儿穿梭其中，时而跃出水面，泛起层层涟漪。水草丛中，青蛙蹲伏着，等待着猎物的靠近。秋天，是芦苇最美的季节。当金黄的阳光洒在芦苇丛中，微风吹拂，芦苇摇曳身姿，仿佛在跳着秋天的舞蹈。它们在风中舞动，用最美的姿态告别；大芦苇荡芦花占霜。洁白的芦花在霜的映衬下，越发显得素雅而纯净。那如雪般的芦花，随风飘舞，宛如梦幻的精灵在空中翩翩起舞。芦花飘飞的姿态，轻盈而自由，仿佛要带着我的思绪飘向远方。冬天有一种宁静而深沉的美。冬天，它们在冰雪中沉睡，等待来年春天的召唤。冬天的芦苇荡，是一幅素雅的水墨画。曾经青葱的芦苇已被岁月染成了枯黄，干枯的芦苇相互依偎，在一片白茫茫的背景下，勾勒出简洁而有力的线条。纷飞的雪花轻轻飘落，为芦苇荡披上了一层银装。雪花落在芦花上，堆积成晶莹的雪团，仿佛给芦花戴上了一顶顶白色的帽子。而那些未被雪花覆盖的芦花，在风中摇曳，像是在与寒冬进行着一场不屈的抗争。

秋意渐浓时，我走进了那片芦苇荡。风，轻轻地吹过，芦苇摇曳着，发出沙沙的声响，仿佛在诉说着岁月的故事。

我记得，家乡的强壮劳动力们每年冬天都会去苇塘割苇子。那是艰辛的日子，寒冬腊月，脚踏冻冰的苇塘上，手会冻得不听使唤，脚被冻得麻木了，当脚缓过来时像猫挠的一样。但他们没有完成任务是不能离开的。我大哥出工去苇塘割苇子的日子，母亲也不做好吃的了，有什么好吃的都要留到大哥回来一起吃，盼望他们的苇子早日割完，盼望大哥早日回家。

芦苇不仅是一种植物，它还有着丰富的用途。秋后的苇叶能取暖，能当柴火烧。粗的苇秆，能编席子，用一种叫苇穿子的工具把苇子破四瓣，喷水用辊子压平，用撬刀把织好的花纹挤压紧凑，使席子更美观好看。光滑的苇子皮在巧手女人的手里，能编出花纹美观的炕席。苇秆还有一个最大的用处是用来造纸。苇膜也有用处，破开的苇子里面有苇膜，苇膜白色，薄如纱，苇膜也大有用处，吹竹笛时发不出声来，就用苇膜把笛眼贴上就能吹出好听的音乐来了。

芦苇修长而柔韧，它们相互依偎，又各自独立。素白的芦花在风中飞舞，如梦如幻。每一朵芦花都是一个小小的世界，承载着自然的诗意与柔情。

阳光洒在芦苇荡上，金色的光芒透过芦苇的缝隙，斑驳地落在地上。我沿着小径漫步其中，脚下是柔软的泥土，空气中弥漫着芦苇的清香，让人心旷神怡。

芦苇荡里，还有一湾清澈的溪流。溪水潺潺流淌，与芦苇的低语交织成一曲美妙的乐章。水中的鱼儿欢快地游弋，偶尔跃出水面，溅起一片水花。近年来，有人在芦苇塘钓螃蟹，阳光明媚的时候，钓螃蟹者脸上洋溢着笑容。

我坐在溪边，静静地凝视着这片芦苇荡。在这喧嚣的世界里，这里是一片宁静的港湾。芦苇荡的美，是质朴的，是纯粹的，它不张扬，却有着震撼人心的力量。

芦苇，在秋风中，芦苇摇曳，芦花飘舞，波浪翻滚似乎要淹没一切，卷走一切，风过后，芦苇又回到原位。这片芦苇荡，是我心中永远的家园，是我心中家乡的记忆，是我心中永远的乡愁。它如邻家的大哥哥一样对邻家小妹那样爱护有加，那种亲切友好是来自自己骨子里的。

夕阳西下，天边泛起了绚丽的晚霞。芦苇荡被染成了橙红色，如梦如幻。我缓缓起身，摘下一捧芦花拿回家，想插到家里的花瓶里。

我带着满心的欢喜与眷恋，离开了这片芦苇荡。但我知道，它会永远留在我的心中，成为我心灵深处最柔软的记忆。

2024 年 7 月

大黄狗

时下，有好多人都养宠物狗，公园里散步的人遛狗者多。这让我想起我家养过的大黄狗。

大黄狗来到我家时还是小黄狗，因为爸爸过世，姥姥怕妈妈孤单，带来了小黄狗，姥姥把小黄狗带到我家时，它才会吃东西，小黄狗非常厉害，如果有侵犯者，它就发出强烈的吼声……姥姥住一段时间后，回到大舅家。过了几个月，姥姥又来我家，小黄狗已长到半大了，小黄狗一见姥姥来，就在地上一蹿老高，并且扑向姥姥，前腿抱着姥姥撒欢，姥姥乐了："这小狗还认识我。"母亲对姥姥说："你回家时把狗带走。"小黄狗好像听懂了妈妈说的话，旺旺地叫着……

母亲和姥姥都乐了。

大黄狗和姥姥最亲近，姥姥总是给它喂吃的，有时姥姥还会给它梳一梳毛，大黄狗会摇一摇尾巴表示高兴，有时也会娇滴滴地嗯一声。

有时姥姥去院门外抱柴火，大黄狗会跑去跟着。姥姥知道大黄狗厉害，外出时不敢带它，怕它误伤了人，其实这是姥姥过于担心了，大黄狗懂人性，知道谁是好人谁是坏人，从不误伤了人。

大黄狗只要往院子里一趴，看家护院功能就凸显，自家的猪、鸡、猫都得绕着它走，别人猪、鸡、猫根本别想进这个院，就连树上的麻雀都会安静下来。要是有生人在院外站往我家看一看，大黄狗都会旺旺地叫，这时母亲就知道院外路上有人经过。

那年，我在外地上学放暑假回家，姥姥正背对着门外，抱着柴火。我喊了一声姥姥，当姥姥听到声音回过头来时，吓了我一跳。姥姥脸部扭曲，皮肤是刚刚脱痂的嫩红色，分明是烧伤的痕迹。

母亲说：“她有事去了外地，姥姥一个人在家，不知道是怎么搞的，厨房里放的柴火就着起火来，姥姥一边喊人，一边往外抱着火的柴火，这时我家的大黄狗不是好声地叫着，也冲到火里往外叼着火的柴火，火顺着柴火烧到了房山，姥姥抱出一次又进去一次，大黄狗叼了一次又一次，直到村里人都来救火，房箔被烧焦烧黑了。新盖不到一年的房子保住了，姥姥脸受到了轻伤，大黄狗眼眉被烧光了。”母亲回家后看到姥姥在抱着大黄狗掉眼泪。

村里的医生给姥姥的脸上了药，做了简单的处理，也查看了大黄狗的伤势。大黄狗勇敢帮助主人救火的事在村里传开了，村里人都说大黄狗是义狗。

后来大黄狗丢了，有人说是被城里开狗肉馆的给偷了。大黄狗丢了之后，姥姥和母亲伤心很长时间，吃不下饭睡不好觉，之后她们就再也不吃狗肉了。

自从大黄狗丢了之后，母亲再也不养狗了，说狗是伤心之物……

《辽宁职工报》2019 年 2 月 22 日

把春天带回家

春天的气息，是如此清新而温暖，仿佛一缕微风拂过心间，让人心旷神怡。在我们的书房里，留一块小地方，放一个花盆，种下春天的种子，精心地护理，浇一点水，见一点阳光，让它生根、发芽，让书房里充满春天的气息。正如钱锺书所说："推开窗子，让阳光和风细雨招惹进来，使屋子里每一个角落充满春的气息，那我们就无须到外面去，在屋里一样可以享受春天。"

春天，是一首诗意盎然的乐章，是一幅美不胜收的画卷。在春天里，离人的相思春思、春光、春水流、春花盛开，都是那样的美好动人。春天的美，是如此的多姿多彩，如此的温暖醉人。

把春天带回家，就是把春意留住，把阳光带回家，就是把温暖留住。在这个瞬息万变的世界里，我们需要一份宁静与美好，需要一份希望与温暖。让春天的气息充满我们的生活，让心灵在春天的呵护下得到滋养，让希望在春天的阳光下生根发芽。

把春天带回家，也就把梦想带回了家，也就把收获带回了家。在这个春意盎然的季节里，让我们把春天的美好带回家，让生活充满阳光和希望，让心灵在春天的呵护下绽放出绚丽的色彩。愿春天的温暖永远伴随着我们，愿春天的美好永远留在我们的心间。

春去秋来，花开花谢，从前的小燕子如今已年过半百。

流年如风般吹走了春华秋实，也吹走了一些亲人。燕去燕归，如燕子花一样一年又一年，开了落，落了又开，年年岁岁。

生为一种花，脱俗冷艳，生命过程有含苞欲放的萌动、有迎风盛开的绚烂、有花瓣凋零落成春泥，“无可奈何花落去，似曾相识燕归来”。一天一年一辈子，流年就在弹指间。

《锦州晚报》2018 年 9 月 13 日

三 乡村儿时的记忆与味道

儿时贴春联

满街都是中国红，红的中国结、红灯笼、红对联、红窗花、红衣服……更有年货大街的招牌，高高挂着。这一切说明要过年了。

看到这些，于是想起了儿时贴春联的事。

一过了腊月初八，年味就越来越浓。大人们忙年，赶年集，年集上人来人往，热闹非凡，带着笑容，辛苦劳动一年了，到要过年可以放开花钱，我们能看到最吝啬的人，也买了好多的肉和酒，买好多的年货！

“忙年”不光是准备些吃喝的东西，还有年文化、年习俗方面的准备。比如贴年画、贴春联。腊月二十三，民间称这一天为小年，意味着宣告春节正式开始。

腊月二十四，我们通常把这一天定为扫房日。有除陈布新的含义，寄托着人们破旧立新的愿望和辞旧迎新的祈求。腊月二十五，旧时民间在这一天有糊窗户的习俗。早年的住房一般没有玻璃，主要靠糊纸挡风。腊月二十四扫完房子后，转天要把旧窗纸撕下，房顶、墙纸都要除旧布新。贴上新窗纸、红窗花，有鸡和羊的图，寓意吉祥。糊好白墙并贴上新年画，以烘托喜庆的节日气氛。

过了腊月二十五，就开始准备对联了，那时没有卖对联的，我家由父亲来写。事先到供销社买红纸，然后裁成所需要的格式。放上炕桌，笔墨伺候。要写好多，也有邻居来求父亲写对联的。

有的贴门心、框对、横批、春条、斗方等。“门心”贴于门板上端中心部位，一般都一个字如春或福或富；“框对”贴于左右两个门框上，上下联的字句相等，句式相称，平仄相谐，结构相应，词性相当，上下关联的两副对联，内容都是吉祥话。“横批”贴于门楣的横木上，就是刚贴过的对联的正中央张贴着四字，内容与对联相关。“春条”根据不同的内容，贴于相应的地方，有的贴子屋墙上边，内容多为抬头见喜；有贴于粮仓的内容为五谷丰登或贴“年年有余”；有贴于猪圈六畜兴旺，或肥猪满圈；有贴于鸡窝的，上面写着金鸡满架。

年三十早上贴对联，每次都是家里人一起动手，先把父亲写好的春联拿来，分春联。哪个是贴堂屋门，哪个是贴东屋门，哪个是贴西屋门，哪个是贴在大门口的或猪圈粮仓鸡窝这一看就知道。再用刀把春联一个一个都割开。姐姐做贴春联前期工作，用热水把以前贴的春联用毛刷先刷掉，要贴的地方必须干净，妈妈负责打糨糊，找一个小盆，用水和点白面，在灶火熬成糊，这个糊既不能有疙瘩也不能太干。若是糨糊有疙瘩，贴上对联时会起包。糨糊太干对联会看出有糨糊痕迹。三哥负责传递给二哥，二哥站在小凳子上，负责贴对联，我负责往对联的边缘上刷糨糊，刷时要把糨糊的疙瘩去掉，而且要刷匀称了。爸爸负责看位置，高了，低了，往左一点，再往右一点。上下联也不能贴错了，一家人要忙上小半天。贴完对联后，我看一看村里不论贫富，几乎家家都贴对联，只是对联的内容不同而已。红对联代表喜庆、吉祥、祈福、祛邪，同时又充满节日的气氛。想起春联就想起了老家，就想起了儿时。那种亲切，是发自内心的。如今父母都不在了，不过贴春联的习俗还在，我们每年过年都要贴春联。

《辽西商报》2015 年 2 月 10 日

吃饺子的变化

民以食为天。我们北方有一句名言“舒服不如倒着，好吃不如饺子”。饺子是我国北方民间的主食和地方小吃，也是年节主要食品。

可是在从前，只有过年才能吃上一顿肉馅饺子，平时只能吃素馅饺子，偶尔来了客人才有可能吃肉馅饺子。而且因为白面金贵，也只有生活条件好的人家才能在年节都吃全白面的饺子。那时谁家吃了饺子，从嘴唇都能看出来，满嘴唇的油。

按中国习俗，吃饺子的日子有很多，过年吃饺子，大年初一吃饺子，头伏吃饺子，立秋、冬至吃饺子，出门吃饺子，真难为家庭主妇了。

20世纪六七十年代，在城里的居民凭票供应每个月每人大米几斤、白面几斤、粗粮几斤都有数的。在农村，只有在麦子收获时才能分到几斤面。那时，谁家能买到白面、买到肥猪肉，会被看作是能人。我二大伯家境相对较好，爸爸常来二大伯家坐着，陪着大奶奶说话，一连去了几天，二大伯终于发了话，问爸爸是不是有事。爸爸说：“没有事。”二大伯说：“要过年了，我给你批10斤白面吧。”当爸爸把白面买到家时，邻居好羡慕。

有一年春天，五奶奶来我家，带两个外孙子一个外孙女。在我家住半个月，要走时，按老理，出门要吃饺子，爸爸托人买了半斤猪肉，让妈妈包饺子，看到要吃白面饺子了，我们小孩子很兴奋。妈妈让我摘苏子叶，蒸饺子时放在盖帘上，那样蒸出来饺子味道特别好。饺子出锅了，让客人先吃，客人吃完了还剩四个饺子散落在盘子里。我们想吃，妈妈说："把剩饺子拿过来，"就这样被端走了。

一个邻居来我家串门，闻到香味，问我家吃的是啥馅饺子，还说她家也包的是饺子，要尝一尝我家的饺子香不香。于是爸爸就把那四个饺子出拿来，这位邻居都给吃了。她走后，妈妈说："肉馅饺子连自己的孩子没吃到，你都给她吃了？"这时，我们才知道饺子是两种馅的。给客人吃的是肉多的，给我们小孩子吃的是菜多的饺子。

我从农村到城市，从童年到中年，吃过的饺子无数次。现在生活条件好了，想吃饺子就可以吃饺子，但让我记忆最深的是 1975 年春节的那顿饺子。因为 1974 年腊月二十四营口、海城发生地震。我们家也有强烈的震感，大家在院子里搭地震棚子，一连六天没有吃好睡好。

大年三十那天，我家包的是芹菜猪肉馅饺子。当年在冬天能看到绿色芹菜，那真是不容易的。芹菜是秋天收藏在地窖里，留着正月给客人吃的。地震了，母亲说估计正月不会有客人来了，于是母亲就把芹菜拿出来做饺子馅了。

每次家人在一起说起那顿芹菜肉馅饺子，都说好吃。而且再也没有吃到那么香的芹菜猪肉馅饺子。

后来，公社忽然鼓励农民搞起多种经营来，这时村里的人都搞起了副业，有养鸡的、养猪的专业户，这回吃饺子可不用愁了，饭后有剩余的饺子，还要给住在附近的亲戚送一盘，亲戚接过饺子连说："破费，亲戚理道的，不必这样客气。"

后来，农村推广家庭联产承包责任制。从人们的笑脸、走路的姿势和说话语气上感觉出来了，其特点是牛气了，手里有了钱，说话都不一样了，我家吃饺子是家常便饭了。

后来，取消了用了多年的粮票、布票。从此人们买米、买面、买布再也不用凭票排队了。

后来，我们村在种植业的基础上，搞了蔬菜大棚，生产多种蔬菜，我的弟弟开了一个机动车修理部，弟弟说现在吃饺子不用愁。我们的村子每天都要杀一头猪，要买肉包饺子，卖绞肉的给绞馅，可方便了。

20世纪90年代初，村子里又悄悄地发生了变化，修了公路，村民富了起来，谁家有个大事小情的，随礼也不拿白面了，但是饺子应是接待客人必须有的。

如今，我却记得有关吃饺子的往事，我上高中时，家里生活条件不太好，吃的菜没有多少油水，我的好同学雅君家里包饺子时总不忘记给我带来一些，让我解解馋。

现在无论是在春夏秋冬，想吃什么菜馅饺子，随时都有可以吃到。小小的饺子的变化诉说社会的变化。

《锦州晚报》2019年8月28日

除夕夜看热闹

儿时过春节，虽然没有电视，也没有春节晚会，但是，我们对春节还是那样的期盼。春节有好吃的、有压岁钱、有新衣服，还有露天电影，有扭秧歌和踩高跷的，村里人管这叫热闹。家长常对孩子说：“等吃完年夜饭，领你看热闹。”

年夜饭是丰盛的，讲究的是八碟四碗，凉的热的菜、荤的素的菜搭配着来，鸡鸭鱼肉必须有，有鸡吉祥、有鱼富富有余。

我们着急去看热闹，年夜饭就很快吃完。弟弟戴上狗皮帽子，系紧帽子带，我和姐姐用围巾把头紧紧地裹住，上身穿棉袄，下身是大棉裤，脚上穿着家做的千层底棉鞋，冲到屋外院子里，刮风也不怕，下雪也不怕，一直走到大队部。扭秧歌和踩高跷的地点在大队部，人们从四面八方拥入大队部，站满了大队部四周围，中间空地就是扭秧歌场地，人越来越多。只见人头攒动，不知谁家调皮的小男孩隔一会儿在路边点燃小鞭扔向人群，吓得人们慌忙躲闪，小男孩就趁机钻到人群里边，抢占到了有利地形。有的人坐到东墙头上；有的人站到了西侧靠墙的柴火垛上；也有的人爬房顶；有的大人怕自己的小孩子看不到，就让自己小孩子骑在自己的肩头；有的人推来了“二八架子”自行车，他扶着自行车让孩子站在后架上。调皮的小孩子在人群中钻来钻去假装是在找人。

那时的天真冷，西北风不停地刮，发出呜呜的吼叫声，窗外麻雀冻得叽叽喳喳地叫着，飞过院墙来觅食，电线也吱吱地响。脚冻得像猫挠一样，于是跺脚，大家都跺脚了，发出的声音产生共振，好像发出一种祈求，快点来吧。

来了，来了，只听院外传来了秧歌队的锣鼓声。看院外来高跷队，那高出院墙的演员，有手舞金箍棒、头戴金箍火眼金睛的孙悟空，还有一个是憨态可掬、袒胸露肚、身背新娘的猪八戒……人们就开始找那个慈眉善目、身披袈裟、念念有词的唐僧，他在队伍的最后头。秧歌队员有着鲜艳服饰的、头戴男娃、女娃面具的大头人，还有才子佳人、神话中的人物造型，在人们手拿的灯笼照耀下真是漂亮极了。

高跷队的演员有的踩着高约两米、要坐在平房房檐上才可以绑缚在腿上高跷，行走起来高大无比，人们需仰视才看清；有的踩着只有一尺高的高跷，显得小巧玲珑、动作敏捷。

站在队伍前面手拿彩旗，口含口哨是指挥员，只看到双手摆动的彩旗、锣鼓、唢呐响起，双手摆动的彩旗随口哨的哨音长短的变换，演员们则随着哨音改变而变换队形。或前排变作后排或队伍交叉行进或围拢成一个大大的圆圈或腾出空间以便于表演舞龙、舞狮，表演“老汉推车”“跑旱船”。

擂鼓人咚咚的鼓声震耳欲聋，面带微笑，越擂越兴奋；吹唢呐的人两腮鼓起，越吹越起劲。听到了爆竹声，人们知道年来了，这时高跷队和秧歌也正是高潮时，一个热热闹闹的除夕就过去了。

此时，雪飞舞着，大人看到下雪了，笑着说：“好，下雪好。”

《锦州晚报》2017 年 1 月 13 日原创版

腊月闻年味

儿时一进腊月，就闻到了年味。

年味是小孩子天天撕下、恨不得一天撕下两页的日历。年味是母亲忙碌的身影，年味就是小孩子手中零星的鞭炮声，渐次地稠密了村庄头顶上喜庆的炊烟。年味是爸爸下地窖取出藏了一冬的绿油油的芹菜，那是冬天见不到的绿，用芹菜做馅在年三十包的那顿饺子。

年味是裁缝家堆积如山的等待过年穿要做的衣服，年味就是人家屋檐下挂的年货。

听到有的人家杀猪，为过大年做准备，一切都以过年为主，乡村渐渐热闹起来，一年没有见到的亲人回村了，年味也慢慢浓了。

我小的时候是那样祈盼过年，还有几天过年，爸爸说等日历撕下最后一页就要过年了，为啥盼过年？过年妈妈有好多承诺：“等过年给你做一件新衣服、等过年就给你做新棉鞋。”过几天又去问妈妈啥时过年，妈妈说：“等我啥时忙完了，坐在炕上了啥时就过年。”那天邻居来求妈妈给她家孩子做衣服，妈妈坐在炕上裁衣服，让我看见了，我就过去说：“妈妈过年了。”妈妈笑说：“鬼丫头，年还没到呢。”

妈妈啥时能忙完呢？一进腊月妈妈就忙个不停，年前要把家里的被子褥子通通洗一遍。还要赶集买新布给我们做衣服，穷过日子，富过年。平时紧一点，过年也要把孩子们从头到脚打扮一新，进了腊月还要做起黏豆包黏火烧，蒸了一锅又一锅黏豆包放在外面冻上，然后放在仓房里，留着正月里吃，黏火烧是芝麻馅的，烙起来更费事一些，弯腰翻动火烧累得母亲腰直不起。忙完了嘴里吃的、身上穿的，就要到腊月二十三。

腊月二十三是小年，这一天家家户户一清早就忙着打扫卫生，大人会戴上防尘帽，拿着一根长竹竿，竹竿的顶端捆绑一把扫帚，把屋梁、天花板和墙壁上的灰尘都扫下来，再打扫清洁地面。这件事不敢马虎，因为这天要送灶王爷上天向玉帝报告人间善恶。家里不弄干净，要是让灶王爷捅到玉皇大帝那里，那还得了？还要吃灶糖，以期灶王爷上天为人言好事，求得来年风调雨顺，五谷丰登。母亲常说过年就要有过年的样子。在母亲心里对年有一种尊重和敬畏。

过了小年还没有杀年猪的就要杀年猪了，杀年猪、更是累人的活。杀年猪要请一些亲属来吃猪肉猪血肠，光是准备就得大半天，好多人来家里热热闹闹，吃着猪肉猪血肠喝着酒，唠着嗑，一年的收获与艰辛在这酒里消化，来年的希望与梦想在这唠嗑中体现，那份年的味道令我们终生难忘！

当贴上年画只能说是要过年了，这时房子已打扫过了，墙糊过阳光照射进，墙上反着光。

当贴上对联，“喜”“福”“寿”也都上墙才真的要过年了，烀猪肉的香味传来，年姗姗而来。母亲又要杀年鸡，又忙了一天，一切为着年夜饭做准备，一家老小围坐在一起吃年夜饭，享尽了天伦之乐。年夜饭的酒肉香，那噼里啪啦的鞭炮声，将年味推向高潮，整个乡村沉浸在浓浓的年味之中。

用白菜做馅在年三十包的那顿饺子，全家一起来包，里面放了硬币，谁吃到来年能有钱花，能挣到大钱。谁把包有硬币饺子暗做记号让母亲发现，母亲会说自然的才准，作弊的不准。那寓意白菜“百财”能富的饺子，是我们一家幸福地嗅着年的味道。

《中国散文家》2017 年第 2 期

父亲的外号

在小扇轻摇的悠悠时节，我怀着满心的期待与眷恋，踏上了归乡的路途。当我缓缓走近那熟悉的村庄入口时，偶遇一位面容和蔼的叔叔。他微微眯起眼睛，满脸疑惑地看着我，轻声说道："不敢认我了呢？"我微笑着上前搭话，当我说出父亲的名字时，他的眼神瞬间一亮，满是惊喜地说道："原来是'小诸葛'的女儿呀！"我微微一怔，连忙回应道："不对，你记错了哟。"叔叔却坚定地摇摇头，缓缓说道："孩子，你不知道，你父亲的外号叫小诸葛。"

从我有记忆开始，便知晓村里有不少人都拥有着独特的外号。有的外号确实十分形象，就比如，有一个男人外号叫"八斤"。他出生在中华人民共和国成立前那个艰难困苦的岁月里，在那个物资极度匮乏的时期，他的母亲竟能生下一个八斤重的大胖小子，这着实让人惊叹不已。于是，"八斤"这个外号便如同长了翅膀一般，不胫而走。村里还有一个陈姓男人，别人都叫他"陈包了"。或许是因为他在生活中习惯于大包大揽吧。村里有个女人特别爱留大辫子，于是人们送她外号"李铁梅"。那时样板戏《红灯记》中李铁梅总爱梳着个乌黑靓丽的大辫子，给人留下了极为深刻的印象。此刻，我也渐渐想起来了，这位叔叔其实也有个外号呢。

在此之前，我全然不知父亲也有个外号。在我的认知里，大凡外号似乎都带着些许不雅。而且，别人给起的外号，自然不能当着他儿女的面叫，更不能让他的儿女知晓。

这位叔叔谈及我的父亲时，脸上满是感慨与惋惜。他说："你父亲去世得实在太早了，不然你们家早就富裕起来了。你父亲极有头脑，毕竟家里孩子众多。为了一家人的生计，你父亲总是想方设法地去挣钱糊口。在那个不允许搞副业的年代，你父亲却能偷偷地搞起副业；不让做小买卖，你父亲也总能想出各种办法去做。"他不无遗憾地感叹道，"如今这经济也开放了，你父亲若健在，可了不得了，不然村里人怎么会送他外号'小诸葛'呢？他能掐会算，是个极为精明的人。"

诸葛亮，那是三国时期蜀国的军师，睿智非凡。而父亲——小诸葛，当我第一次听到父亲的这个外号时，内心着实有些接受不了，脸颊瞬间变得通红，火辣辣的发烧。我赶忙匆匆离开了这位叔叔。

然而，如今静下心来细细思量，却觉得这个外号真的有些道理。父亲有着许多独特的生存智慧，让我受益无穷。父亲一直教导我们要多读书，他常常挂在嘴边的一句话便是"家有黄金万两，不如送儿到学堂"。父亲还时常叮嘱女孩子说话不要太大声了，家里的菜刀、剪子的刀刃不要朝上朝外，以防伤了人。他对子女的殷切希望，都巧妙地寓于我们的名字之中。为了生计，父亲毅然放弃了当小学老师的工作。为了养活一家人，父亲总是哪个行业挣钱多就投身哪个行业。瓦匠、木匠、油匠他都做过，而做得最多的行业当属瓦匠，他经常给人家盖房子。在农村，似乎就没有父亲不会做的活计。

我静静地坐在大树下，微风轻轻拂过，树叶沙沙作响。我的思绪渐渐飘远，开始幻想着，如果父亲在世，活在这个盛世，我们家会是怎样的一番模样呢？那定是充满着温馨与幸福，父亲或许会继续发挥他的聪明才智，带领我们一家人走向更加美好的未来。

2012 年 7 月

难忘的杀猪菜

在东北那片广袤而质朴的土地上，杀猪菜，一道承载着浓郁乡情与岁月记忆的特色美食，散发着独特的魅力。

小孩、小孩你别哭，过了腊八就杀猪；小孩、小孩你别馋，过了腊八就是年。

每逢年关将至，或是有重大喜事的时候，杀猪菜便成了人们餐桌上的主角。年猪一般都要留到快过年时再杀。新鲜宰杀的肥猪，那是农户们一年辛勤劳作的成果。

杀猪菜是由猪肉血肠和酸菜组成的。新宰杀的肥猪，猪肉被切成大块，在热锅中翻滚，煸炒出诱人的香气。血肠，这杀猪菜中的经典食材，由新鲜的猪血灌入肠衣制成，细腻滑嫩。酸菜，更是杀猪菜的灵魂所在。经过长时间的腌制，酸菜散发着独特的酸味，与猪肉的醇厚、血肠的鲜美相互交融，演绎出一场舌尖上的盛宴。

过了腊八，年的脚步就更快了，母亲像一个三军统帅，指挥着一家九口人的活计，还掐指算计着今天是腊月初几，哪天是集，哪天去赶集，在集上应当置办哪些年货。主要的是定下杀猪的日子，因为要请一些亲戚来家里吃杀猪菜。要吃杀猪菜，自然就把话题扯到了杀猪菜的事情上。因为杀年猪是农家春节前的一件大事，不像杀一只鸡，只要父亲一个人就能完成，只要母亲一个就能处理好给鸡煺毛，开膛破肚，让鸡成了白条鸡。只是妈妈说几声：“小鸡小鸡你别怪，你生来就是人间一道菜。”就完了的事，杀猪巴不得让乡亲们都知道，那是家道兴盛的昭示。

一年到头养一头猪，要是这头猪大一些就能早点杀了，可以很早就吃上猪肉，要是这头猪小一些就要等到过了小年以后才能杀猪，在我的记忆中好像是谁家的猪杀得早，就说明他家的生活条件好些。一头猪是这家一年生活的油水，村里有个专门的杀猪地方，一进腊月就开始陆续有杀猪的，几乎天天有人家杀猪，这时小孩子天天跑去看杀猪，回来告诉父母今天谁家杀猪了，言外之意希望家里早点杀猪，想早一点吃上朝思暮想的杀猪菜。大人也会去看热闹，回来诉说着谁家的猪肉膘有四指宽，好像在说谁家的女主人能干一样，把猪养得这样肥。哪家猪肉膘薄的，哪家的女主人好像做了错事一样没有面子，抬不起头来。要是有谁家先杀了猪就要给亲戚家送猪肉和猪血肠，杀猪菜是最好吃的了。

杀猪这天是腊月里最火热的一天，那一些请来吃肉的人已到家里来了，老北风也跟随着起哄，使劲地刮，刮得人们伸不出手来，刮得柴火垛上的柴火掉落一捆。把树刮歪，可是它刮不动人们杀猪的事情。

长大了才知道，这猪全身都是宝。猪头、猪脖、猪腿、猪蹄、猪心、猪肝、猪肺、猪肉还有猪骨、猪脑、猪油、猪肚、猪皮……都是营养价值极高的补品，猪毛还能做肥皂。

在乡下，杀猪用刀，只见这会儿几个壮汉跳进猪圈，将猪翻倒，四蹄交叉双结猪蹄扣，将可怜的猪绑个结结实实，抬到院中。猪发出死命的吱哇号叫，听着揪心、吓人。圈里剩下的那只小猪惊吓得在猪圈乱跑，它看到大猪被抓走了，不知道小猪知不知大猪之死，小猪一天没有吃食，是抗议还是祭奠，说不清楚。

院中间放一张农家吃饭用的炕桌，猪就放在上面等待宰杀。猪的头朝向大门外，脖子要放得超出桌子的边，正对着脖子的地上，放一个大泥瓦盆子，接血用的，泥瓦盆子保温，盆子里放一个高粱秆，用来搅动猪血的。屠户要一刀杀死猪，然后用一根铁线在猪腿切口处用嘴巴吹气，这时猪鼓得圆圆的。预示以后养猪长得又快又大。燘猪毛时，要在猪头和猪尾各留一块毛，意为“有头有尾”。

屋内灶房里，大锅早已烧好了热水，等着给猪燘毛了，杀猪前给猪脖子泼冷水，清洗猪脖子，好从这个地方接血。杀猪的全过程是先在猪脖子扎一刀，刀抽出来后，开始接猪血，这时要有一个人不停地搅动猪血，以防猪血凝固。接完猪血后，4个人把猪抬到大锅里用热水烫，然后再用专门的铁皮刮猪毛……

挑选一些灌血肠用的猪肠，要反复地清洗，先用大粒盐清洗3遍，再用小苏打清洗3遍，再用清水洗多遍，闻一闻没有内脏的味道了才可以用。做这活的是五叔儿子小龙，小龙看到四叔家今年新娶过来的媳妇，他叫嫂子，就和柱子说：“看见没，那新媳妇，我能让她亲我，不信咱们打个赌，赌五块钱的，她要是亲我你就给我五块钱，她要是不亲我，我给你五块钱，咋样？”柱子一听有门，谁家的媳妇能当着这么多人的面亲一个小叔呢，这个赌肯定能赢，于是和小龙下了赌。小龙在屋里换水时，半闭着一只眼，热情地和新媳妇说话，嫂子长嫂子短的，嫂子切的酸菜是全村最细的。最后小龙说：“嫂子求你一件事，我的眼睛迷了，磨得睁不开眼，你给翻翻呗。”新媳妇说：“我不会，没有翻过。”小龙就装作痛苦状，新媳妇就喊谁会翻眼皮，没有人回话她只好自己来给小龙翻眼皮，她用一根火柴棍横放在眼皮上面，伸着兰花指用大手指和二拇指捏住眼皮用嘴吹风，问出来没，小龙第一次近距离地接触女人，她闻到了女人的香味，赶快说没出来还痛，嫂子拿出了她在家时给人家翻眼皮的本领，她用舌头舔内眼，这一舔，屋外的柱子在看着呢，小龙的五块钱就到手了。

杀猪师傅的最后一项任务就是灌血肠了。有的人家自己会灌血肠，有的人家不会，血肠好不好吃，香不香，要受众人品评的，是露手艺的活。所以他特别仔细认真。化盐水冲兑，放花椒粉、大料粉、葱花、碎猪油，每一项都要自己亲自操作。大肉锅里煮肠更是绝对不能马虎的，时间短了不熟，香味出不来；时间长了会把血煮老了，不鲜嫩；还得勤翻动，用女人做活的针刺肠皮放气，不然会煮爆的。尺把长的猪大肠，定要特制加工，肠内辅料以猪油为主，做出来特别好吃，鲜亮、滑润、清醇、浓香；一碗入口爽心润肺，满口流汁。一个字——香。我从乡下出来以后就再没吃过那么香的血肠了。

血肠灌好，猪已成了两半肉，猪水油、猪板油都被扒出来，这时只有猪头和猪下水挂在院落中的水泥柱子上。鸡迈着梅花步，围观猪肉也想叨上一口，猫早就在那瞧多时了，一个没注意，猫叼起猪吹巴就跑，家人也不追，是默许了。狗一直摇尾巴，流着口水看着，想分一块肉。

已过晌午，烀一锅的肉随着热气带出了肉香味。东边锅里煮一锅饭也熟了，饭已出锅，人们抢着吃锅巴。再炖一锅酸菜。一家人就像是办事情一样，往往要把一年来对家里有过关照的人都请来，客人正在说话唠嗑。我在一边扒蒜皮，大蒜辣得我眼睛直流泪，这时让新媳妇看到了，说起了俏皮话，说我眼睛出汗了。扒完蒜皮，在蒜缸捣碎成泥，倒上酱油成了蒜酱。

一口大铁锅，底下柴火熊熊燃烧，锅中的杀猪菜咕嘟咕嘟地冒着泡。热气腾腾的景象，仿佛能驱走冬日的严寒。

一家人和客人们围绕桌子坐在一起，吃猪肉、猪血肠、炖酸菜，喝酒。肉肥而不腻，瘦肉塞牙。把那五花三层的夹一片，蘸着酱油蒜泥，一口进嘴，嚼吧，那个香啊。然后再端起酒碗，仰脖一口，咕噜一声，咝哈一口，通身汗就出来了，两杯酒下肚，男人的话就多了起来，这一些人中有的特能说，有的特能吹，讲起了新中国成立前村里发生的事："这话不信你可以问谁谁。"眼睛瞪得圆圆的，听得身上直起鸡皮疙瘩。

真是好热闹啊！好多的亲戚在一起，叙叙旧，说一说今年的收成，明年的打算，孩子的学业，儿女的婚姻等，这些问题在这时有了定论。品尝着这美味的杀猪菜，欢声笑语在屋子里回荡。那浓浓的亲情与满足感，是任何山珍海味都无法比拟的。

这时小孩子是不能上桌子吃饭的，得等到这些客人吃完了才能吃饭。这时小孩子就会趴在窗台上看这些人吃完没有，说着咋还没吃完、咋还没吃完。这些人吃完后，有的还得往家带走一些。

我家杀猪时还要给没来的亲属送一些猪肉和血肠。这一天是母亲最累的一天，要做好多饭、切一大盆酸菜。等到晚上一看这头猪没剩下多少。为了储藏猪肉要在河冰上刨洞，取一些冰块放在大缸里，放一层肉再放一层冰，最后在上面洒上水，肉就这样放着不会坏的，这就是那时的天然大冰箱。

杀猪菜，不仅仅是一道美食，更是一种生活的态度，一种对传统的坚守，一种对家乡的深深眷恋。它见证了岁月的流转，承载着人们对美好生活的向往与期盼。

想杀猪菜，想的是那时热闹的气氛，浓浓的亲情久违的乡情和那种本不该丢掉的纯朴东西。

《锦州日报》2009 年 2 月

葫芦条印象

秋天的田野一片金黄，收获的时节到了。每到此时我就会有些嘴馋，很想吃一种东西，虽说只是一种来自乡野，上不了大台面的农家菜，可由于出自母亲之手，便溢满了浓浓的亲情和乡愁的况味，这个美味就是葫芦条。

那年回乡下老家，嫂子问我想吃啥？我脱口说出来了它的名字——葫芦条。

晚饭吃的就是带有清香味的葫芦条炖鸡肉，吃得我是满口生香，从此，嫂子和姐姐每年都要给我晾一些葫芦条，每当吃着自家地里生长出来的葫芦，旋的葫芦条时，我就会回想起当年母亲旋葫芦条时的情景，心里便涌起对母亲深深的思念。

小时候，常听母亲说到了秋后如何如何，后来我才明白，经过春种夏耘的艰辛劳作，秋天的收获可是以农为业的庄户人家最殷切的期盼。乡下人盼秋念秋，对秋天有着难以割舍的眷恋。“春种一粒粟，秋收万颗子。”北方的秋天，是农家小院最忙的时候，人们忙着拾起大自然秋天的馈赠。

记忆中，老宅的院落很宽敞，从大门口一直到老宅房舍，是一条笔直的路，路两边是东西菜园，路两边用碗口粗的木棒搭起高高的架子，夏天，架子上爬满了葫芦秧、倭瓜、丝瓜、葡萄藤，葫芦秧居多，葫芦秧开白花后结出了青嫩的小葫芦。有一天，突然发现葫芦秧藤蔓之间冒出一个花生米大小的小瓜纽，通体碧绿，长满了白绒毛，顶端开着白色的小花，不是所有的白花都结葫芦，也有谎花。小瓜纽长得很快，第二天长得像鸡蛋大小，第四天长得有拳头大，再过几天就长得像饭碗大，再过几天长得像大海碗大，葫芦的成色一般都是墨绿或者幽绿瓜上密密的毫毛一寸长，一碰就扎手。翠绿的葫芦架下，一家人一边做着农活一边说笑着，还时常在葫芦架下放上饭桌，农家饭菜的香气伴着微风中飘来葫芦的清新，每每想起这些，就会使我感怀不已。

当棚架上坠满了大大小小的葫芦时，我就会踩着小板凳，去抚摸青嫩嫩的表面长着毫毛的小葫芦，母亲看见后一边喊着："你这个疯丫头，别用手摸葫芦啊，葫芦摸完就不长了，它会化掉。"一边把我从凳子上抱下来，我知道，母亲是怕我摔着。从此，小葫芦不能用手摸的说法便在我的心里落了根，也不知真假。有一天，我惊奇地发现一个长出两个肚的小葫芦，下面的肚大，上面的肚小，满棚架上只结了一个，我可是头一次看到。听母亲说它叫"亚葫芦"，只能观赏不能吃。

立秋后，棚架上的葫芦就要成熟了，母亲开始忙碌起来。母亲先给葫芦们分类，首先挑选好壮实的葫芦留做种子，并在葫芦上做好标记。看到长得周正端庄的葫芦就系上了花布条，留着做水瓢，留作葫芦瓢的葫芦一直在架上挂到老秋，摘下来还要放上一阵子，把葫芦竖起来，锯开两半就是两个瓢，取瓜瓤子掏空，葫芦籽做种子，瓢可以做舀水舀面用，还可以装量很少的杂粮像绿豆、红小豆；嫩葫芦可以摘下来做菜吃，葫芦果肉嫩滑、清爽、筋道，用碎玻璃片来刮葫芦皮后，从中间分半，取出瓜瓤后，切成片炖肉，或者包饺子做馅；大多数的葫芦都用来旋葫芦条了。当葫芦长到够大又很鲜嫩时就要采摘了，摘葫芦时，母亲还要在葫芦顶端挖一小块放嘴里尝一尝葫芦是甜还是苦的，只能用甜的葫芦来旋葫芦条。

旋葫芦条的家什是巧手父亲做的，一块薄铁皮裁剪成片，做成一个小拇指粗的圆筒形，再固定在木棍上，还要把刃部磨锋利。还需要有一个辅助工具，一个长条凳子，在凳子一头钉上一根木棍，头是尖的，葫芦底部插在木棍上，当用手转动时，葫芦就旋转起来了。旁边还要放上一个大盆，用来装葫芦条，另一个大盆要放一些水，过水的葫芦条干得快。母亲还教我用碎玻璃片刮葫芦皮，当把葫芦青涩的外皮刮得露出嫩白的瓤时，就可以旋葫芦条了。

母亲扎上围裙，围裙外面还要系上一层塑料，坐在长条凳子上，左手握住葫芦，右手用大拇指和食指拿着工具，按切在葫芦上，顺着时针方向，一圈一圈地旋转起来。刀片在葫芦上旋着，每旋动一次就转动一下葫芦，随着吱吱的声音，葫芦条像长长的丝线落在大盆里，不一会儿，一个大葫芦就变成细细的葫芦条了。母亲还要拿起葫芦条，张开双臂丈量葫芦条长度，就这样，一条条长短一致的葫芦条就诞生了，然后过一下水，挂院内的铁线上，顿时，嫩嫩的葫芦条，小院里溢满了葫芦特有的清香。

一个大葫芦，母亲通常要旋出三层。第一层颜色比较青涩，做出的菜口感稍差一些，第二三层就是雪白鲜嫩的葫芦条了。母亲说，这两层的葫芦条晒干后口感最好。宽粉条炖葫芦条，可是乡下人家的美味佳肴。

旋葫芦条，看似简单可还真需要技巧。我看着好玩，常学着母亲的样子旋葫芦条，结果不是把葫芦条弄断了，就是粗细不匀。母亲说我方法不对，力气也不够。看来，旋葫芦条可是件既需要技巧又需要力气的活计。每当旋葫芦条时，母亲的额头就会淌出细密的汗珠，我就会跑着送去毛巾。

年复一年，母亲每年都忙着种葫芦、收葫芦，旋葫芦条，就像完成一项光荣的任务。在寒冷的冬天，饭桌上有一大碗热气腾腾的炖葫芦条，看着孩子们吃得满口喷香，母亲的心里该是多么甜啊。那一条条洁白清香的葫芦条，就是母亲对儿女们扯不断的浓浓的爱。

在硕果累累的秋天，我要回一趟老家，去品尝葫芦条的清香味道，去感念母爱的恩泽和难舍的乡愁。

《宁远文学》2018 第 5 期

难忘那次插秧劳动

我的老家在盘锦。一提起盘锦，人们就会想起好吃的盘锦大米，说到盘锦大米，我的脑海中就会想起那一望无际的稻田，以及我仅有的一两次插秧拔草的劳动场面。

五月的乡村，杏花已开过，正是农忙季节，这时的水田已经翻过耙，灌上了水，就等插秧。

那天，我们初中学生放农忙假，我被姐姐叫去地里插秧。我没干过农活，在院子里换了一身旧衣服，跟在爸爸、哥哥、姐姐的后面向地里走去。“快点下来干活呀！”早已跳下去的哥哥、姐姐冲我喊道。他们都光着脚站到了水里，家里仅有的一双水靴子放在田埂上，留给了我。

我穿着水靴子，心里暖暖的。水田里全是烂泥巴和浑浊不清的水，我站到水田里时还是感到了水的冰凉。我却没敢说，家人没穿靴子不更凉吗？我的两脚笨拙地向前挪动着。爸爸、哥哥、姐姐每人一排插秧，看他们干得那么起劲，刚下水的我寸步难行。我学着他们的样子，手中拿一把秧苗，一次分出两三棵，抓在根的上面，弯下腰把秧苗插到泥里。

爸爸告诉我秧苗不能插得太密也不能太稀，否则影响收成。身后已有了一排我插过的秧苗，不过有几棵秧苗已浮出水面了。爸爸见了，对我说：“你把苗插浅了，要插到泥里去，就不会浮起来了。插秧不光是要插到泥里，还要注意秧苗之间的距离，横竖行之间要有点距离。插秧的时候，用大拇指、食指和中指三个指头把秧苗拿着往泥里插。”爸爸说着还示范给我看。我按爸爸教的方法去插，先把两棵苗拿在手里，再插入水中，并让秧苗根进入泥土……插了一会儿，抬头看看，我已经落了老远，我不禁着急起来：“爸爸、哥哥、姐姐，你们为什么插得那么快？”哥哥回头笑着说：“会插了，熟练了，自然就快了。”

我终于学会了插秧，就是慢了许多。看到爸爸、哥哥、姐姐已经另起一行了，我还在默念着“秧苗不能插得太深，也不要太浅，眼要看前面，不能歪了……”邻地吕姨一家人也在插秧，吕姨看到我也来插秧，笑着说：“艳子放假了帮家里插秧，好孩子，中午让妈妈给你做好吃的。”我红着脸难为情地说：“吕姨，我插不好秧呢。”

六月一个周末，我放假在家，跟爸爸、哥哥、姐姐去拔草，站在水田埂上就能看出哪排是我插的秧，看了让我觉得挺不好意思的。

下到水里拔草对我又是一次考验，要分辨出稗子来，稗子和水稻秧差别不太大，得仔细辨认才行。爸爸告诉我们下水后，若有蚂蟥叮腿，不要喊妈，你越喊妈，它越叮腿，上田埂上用鞋底子打……

从育秧到插秧、拔草……秋天收割后还要及时脱粒。许多人只知道盘锦大米好吃，想不到大米生产要经过这么多的工序。

这两次劳动让我体会到了“锄禾日当午，汗滴禾下土。谁知盘中餐，粒粒皆辛苦”的真正含义了。

《锦州晚报》2019 年 5 月 27 日

烙油梭子饼

烙油梭子饼，它的制作过程虽然简单，但是却能带给人们浓郁的乡土气息和独特的口感。在过去的岁月里，油梭子饼是家常面食，是许多人童年时期最喜爱的美食之一。

制作油梭子饼，要用面和油梭子，首先需要准备好油梭子。腊月杀年猪时，人们会将猪的板油、水油以及大肥膘子切成小块，然后放入大铁锅进行熬制。经过漫长的熬制，猪油脂会被逐渐提取出来，形成略带泛黄色的液体。当液体凝固后，就成了白净净的荤油，十分纯洁细腻。而在油脂被提取出来后，剩下的油块和肉块就被俗称为“油梭子”，或者叫作“油滋了”。

新鲜出锅的油梭子香得十分美味，尤其是在撒上一些白糖后，更能带给人们无比香的滋味。然而，当天熬制的油梭子往往太多了，吃多了会很腻。为了避免浪费，一些人家会将大部分油梭子直接掺入荤油中，让它们凝固在一起，以便日后慢慢享用。而另外一些人家则会将所有的油梭子捞出来，单独留着吃。等到正月里好的吃得差不多时，一些人会取出油梭子，用它来调制各种美食。

其中最令人怀念的就是油梭子饼。将冷却的油梭子剁碎成末，放入葱花、花椒面、盐、味精、酱油一起搅拌均匀。然后将面粉和适量的温水搅拌成面团，再将面团擀开成饼皮。把油梭子末均匀地铺在饼皮上，接着将饼皮卷起，盘成圈状，压扁并擀成饼。最后将饼放入热锅中烙制，等到两面全部变得金黄色就可以出锅了。

烙油梭子饼闻起来香浓，外面的饼皮金黄酥脆，内部的油梭子则让口感更加丰富。咬上一口，给人一种焦酥香脆的美妙体验。这油梭子饼充满了家的味道，能勾起人们对往昔美好时光的回忆。

无论时光如何变迁，这道美食都能给人们带来满满的幸福感。

《锦州晚报》2024 年 2 月 29 日

长寿菜马齿苋

在故乡盘锦的田野里，马齿苋是最寻常不过的植物。它不择地而生，田埂上、沟渠边、菜地里，随处可见它那肥嫩多汁的身影。

春末夏初，马齿苋便悄悄从土里探出脑袋。柔软的茎紧挨地面，细细的叶子成对生长。在微风中轻轻摇曳。几场春雨过后，它便迅速生长，叶片肥厚，茎秆粗壮，像是要把蓄积了一冬的力量都释放出来。六七月开小黄花，果实又细又小。马齿苋为一年生草本，长度可达 35 厘米。茎的下部匍匐、四散分枝，上部略能直立或斜上，肥厚多汁，呈绿色或淡紫色，整体光滑无毛。马齿苋同时也是一种野菜，只是不可过量食用。在灾荒之年，它也曾拯救过世人的生命。

因为这种菜的叶子形状像马齿一样，而外表光滑像苋，所以叫马齿苋。马齿苋又名“五行菜”，是因为它的叶子为青色、梗为赤色、花为黄色、根是白色、种子是黑色。按照五行来说，青属木、赤为火、黄为土、白属金、黑是水，小小的马齿苋把金木水火土都占全了。

马齿苋在东北被称为马蛇子菜、蚂蚁菜。马齿苋不挑地势，在路旁、田间、园圃等向阳之处皆能见到。母亲早就告知过我，我也曾使用过。夏日里被蚊子叮咬后，胳膊、腿上的红肿之处，用马齿苋揉出汁液涂抹，红肿便会消退，也不再瘙痒。

在药用价值方面，马齿苋具有清热解毒、散血消肿的功效。中医认为马齿苋入心经，可以清心火；入肺经，可以散肺热。《黄帝内经》中说：“诸痛痒疮，皆属于心。”而肺主皮毛，也就是说各种痈肿、溃疡、湿癣，都跟心火和肺热有关。马齿苋既清心火，又散肺热，它的排毒功效既走血分，又走皮肤，可以说是内外兼治。马齿苋对大肠杆菌、痢疾杆菌等多种细菌的生长和存活有很强的抑制作用，有天然抗生素的美称，能有效治疗腹泻等疾病。

小时候，跟着大人去田间劳作，总喜欢在休息的时候，去寻找马齿苋。我们用小铲子小心翼翼地将其挖出，不一会儿就能装满一篮子。那时候，并不懂得它的营养价值和药用价值，只是知道它那圆润的叶片和脆嫩的茎秆挤出水来抹在被蚊虫叮咬处解毒消肿，

回到家中，母亲会把马齿苋洗净，用开水焯一下，然后凉拌。简单的调料，却能激发出马齿苋独特的清香。一家人围坐在桌前，品尝着这道带着泥土气息的菜肴，欢声笑语回荡在小小的院落里。

夏日的午后，阳光炽热，马齿苋却依然精神抖擞。路过田间，随手摘上一把，带回家中，母亲便能变出一顿美味。有时是马齿苋馅的饺子，有时是马齿苋和面粉混合蒸出的菜团子。那味道，至今想起，仍让人垂涎欲滴。

如今，远离了故乡，走进了城市的繁华。超市里的蔬菜琳琅满目，却再也寻不到那熟悉的马齿苋。偶尔在街头的小摊上看到，也只是匆匆一瞥，那瞬间，心中涌起的是对故乡深深的思念。

马齿苋，它不仅仅是一种野菜，更是故乡的符号，承载着童年的欢乐，寄托着对那片土地的眷恋。每当想起它，故乡的山水、亲人和那些温暖的时光便一一浮现在眼前，让我在这喧嚣的世界里，找到了一份宁静和慰藉。

马齿苋营养丰富，药用价值极大，其有效成分能促进胰岛素分泌、调节人体内糖代谢，具有降低血糖浓度，保持血糖稳定的作用，可降低血压，减慢心率，具有保护心脏的作用。常吃马齿苋，还有明目解毒消肿的功效，是名副其实的长寿菜，马齿苋的食用方法多样，可以用来煮汤、炒食、凉拌，也可腌制为调味品，或者与白菜、萝卜或肉等原料一起做馅，还可制成罐头保存。不过，马齿苋虽好，但并非人人适宜。脾胃虚寒的人要少吃，腹部受

寒引起的寒性腹泻者、孕妇不宜食用，马齿苋与鳖甲相克，入药的时候也不要同服。

2024 年 5 月

荠菜饺香舌尖

仲春的日子，姐姐在电话里告诉我，家里挖了好多荠菜，让我回家拿些荠菜吃，说起故乡的荠菜我一直情有独钟，我小时候没少吃野菜，最爱吃的野菜是荠菜，直到现在依然想念令我惦念的荠菜饺。

在我家乡三岔河畔生长着各种植物。小时候春季常常挖野菜，人能吃的野菜有几种，荠菜、夫子苗、马齿苋、婆婆丁、灰菜、小根菜、苣荬菜。

在这些野菜中，有苦味的，有甜的。荠菜就是香甜的。荠菜长相有两种：一种是灰黑着脸的；一种是鲜绿的。灰黑着脸的它塌生长，向四周拓展成莲座状，叶缘羽状，有浅浅的裂口，有点像大锯的齿，这锯齿微微地钝。锯齿的大小取决于叶片的肥瘦，随物赋形。

鲜绿的荠菜，新生的小叶子，柔嫩的、绵密的小叶子，叶片羽状分开，叶缘深裂，使小叶子看起来碎碎的，蹲下闻一闻，一股清香，这种清香是春天独有的味道。

这便是我童年里常挖的荠菜。每次母亲带我挖完荠菜，总会为我们挑些个大的洗净，控掉水剁碎，为我们包饺子，可以是肉荠菜也可以是鸡蛋荠菜，放在锅里蒸熟后吃，那个香的啊，蒸荠菜饺子成为我记忆中为数不多的解馋食品。

家乡地属于黑土地，适合荠菜生长，在田间地头堤坝树缘河边都长着荠菜，在那缺衣少食的年代，家家户户都挖过荠菜，都吃过荠菜。

春天挖荠菜成了乡村里最美的风景线，每当荠菜生长出来的时候，乡里乡亲都有春天吃荠菜的习惯，家家户户总是挖过荠菜，吃过荠菜。

诗文中经常和苦菜并提的是荠菜，苦菜苦味，但荠菜却是甜的野菜，即《诗经》：“谁谓荼苦？其甘如荠。”在白居易的《溪中早春》：“归来问夜餐，家人烹荠麦。”诗中的荠菜和大麦是百姓的主要食物。到了宋代苏东坡的《春菜》诗：“烂蒸香荠白鱼肥，碎点青蒿凉饼滑。”这荠菜已不仅是野菜了，如今更是城里人喜爱的菜肴之一。

小的时候看过母亲做荠菜水饺的整个过程，先到地里采来荠菜，将荠菜挑选去枯叶，清水洗干净，然后开水焯过后，控掉水剁碎放在盆中待用。拿几个鸡蛋打一小口，鸡蛋液流入碗中搅起沫，放在热锅中煎炒，和馅不必细说，和面醒二十分钟后，就可以包饺子了，饺子的大小因各家习惯而定，擀饺子皮也是一项技术活。包好饺子可以水煮也可以蒸，放入锅中的饺子约十分钟后，荠菜饺子的香气溢满堂屋。一种浓郁扑鼻的芳香，常让人在不知不觉中陶醉。

荠菜做法多种多样，春天摘些荠菜的嫩茎叶，焯过水后可凉拌、蘸酱、做汤、炒食，荠菜水饺、荠菜馄饨、荠菜粥，而我独爱荠菜水饺。

“阳春三月三，荠菜当灵丹”，传说三国时期神医华佗给许多一到春天身体就虚弱者开了一味药，荠菜煮鸡蛋。《本草纲目》曰：“荠菜明目，益胃。”

春天挖荠菜，现在人贮存冰箱里，荠菜甘中带着一缕淡淡的清香，常常是即便吃，还想吃，因为荠菜水饺里融入了太多的亲情，有妈妈的味道。春天村民外出打工，上车前总是吃荠菜水饺，客人来时少不了用荠菜饺子来招待，如今是尝鲜。

漂泊的日子里，吃上一顿有着家乡味的荠菜水饺，就会觉得肠胃很舒服，身体很健康，这让我对故乡荠菜水饺多了一种深深依恋之情。

《锦州晚报》2019 年 6 月 28

一张老照片

昨夜，北风吹得很猛，吹得铝合金的窗发出吱吱的响声，楼层高越听到的风声越明显，我久久不能入睡，坐在床上，后背靠着软软的绒毛狗靠垫，怀里抱着热水袋，想着一些人和事，想得深远和入神，想起很多尘封在心底的往事。

我想起了在老家时的情景，想起记忆深处的一张老照片。在老家农村，那是 20 世纪 70 年代初，寒冷的北风吹得人们直打冷战，四弟 7 岁、五弟 4 岁，穿着母亲为他们做的棉衣棉裤，那时穿衣没有过渡层，外面没有罩衣，那时布匹紧俏，要买布得凭票购买。仅有的一身罩衣穿脏了，洗了就只能棉衣棉裤朝外，时间长了就有了补丁。三九天，天寒地冻，洗的衣服没几天是干不了的。他们没有冷的感觉，经常出去玩，上树，爬墙头，在柴火垛、树林里玩捉迷藏。四弟棉裤左腿磨破两个洞，五弟的棉裤右腿磨破一个洞，像小孩子咧开嘴一样，露出白花花的棉花，母亲日夜操劳家务，还没来得及缝补，磨破的地方越来越大，不知道的还以为他们是让狗给咬开了花。

一天，村里来了一个走街串巷照相的人，照一张相两元钱，当时不要现钱，一周后洗好送照片时交钱，也就是说照不好不要钱。四弟和五弟在街上玩，照相的人和他们一说，他们想照不好不要钱，多合算。他俩把照相的人领到我们家，和母亲说照相的事，刚开始母亲不同意，哪有闲钱让他们照相呢。但是禁不住他们俩磨，照相的人还在那极力劝说着，夸这两个孩子虎头虎脑地长得可爱。母亲经他这么一说，也就同意他们照了。就在我家的院子里照了这张相，背景是我家的老宅，典型的东北民居，三间草房，房檐挂着冰川、冰凌，四弟穿着黑布的棉袄，灰色棉裤，棉裤上露出一两个小口子，五弟穿着花棉袄，带格子花的棉裤，棉裤上露出一个小口子，露出白白的棉花，四弟五弟戴着单的带沿的类似军帽一样的帽子，两个天真稚气的儿童，瞧着镜头，露出微笑，留下了他们童年时永恒的回忆。

半个月后，照相的送来照片，两张照片一张底版。大家抢着看，上面还写着日期，1971 年 12 月 24 日。堂姑当时正好在我家，堂姑看完后就不松手，说她想要一张，母亲就给她一张，自已家留一张。堂姑家的墙上挂着一个玻璃的相框，里面镶嵌着好多照片，两个弟弟的照片就镶嵌在相框右下角处，每次我去堂姑家，我都要先看一看她家东墙上的年画，然后看北墙上的照片。

随着岁月流逝，经历的事有的已忘记了，但这照片还是记得很清楚，是由堂姑夫引起的。堂姑父是新中国成立前村里面少有的几个读书的人，他和一个地主家的小姐相爱，终因没有父母之命、媒妁之言没能成婚，后来和我的堂姑结婚了。姑父一直在我们中学教书，那一年他被调到市里的高级中学教书，那个地主家的小姐早已成为别人的夫人了，她听说堂姑父要调走的事后，那几天天天在我家的那条街上转悠，是在寻找过去的堂姑父，还是在凭吊自已的初恋？不得而知。

堂姑家要搬走的事已成定局，三哥想起了两个弟弟的那张照片，说穿着露出棉花的棉裤会让城里人笑话的，还是把相片要回来吧，我认为是这个理，于是就去和堂姑说这事，堂姑听了非常生气，说："我就要搬走了，想两个侄儿时我还得看呢，不给，哪有给完人家的东西往回要之理。"堂姑家搬走，两个弟弟穿着露棉花的棉衣棉裤的照片就这样定格在我的记忆里，挥之不去。堂姑姑和堂姑父去世十多年了，不知这照片的去处，我家的那一张也不知哪去了。现在两个弟弟的生活条件好了，也许他们早已忘记童年的那张老照片。一张老照片，勾起陈年的往事，那段贫穷是悠然的岁月之歌，充满着回忆幸福的滋味！一张珍贵的照片，一份深厚的手足情谊。

《锦州晚报》2010 年 2 月 2 日

四 乡村春天的花语

春天的味道

立春过后，天气时冷时热，乍暖还寒，在难以适从中迎来了雨水季节。下过两场淅淅沥沥的雨，大地阳气回升，春天就在一次次不经意的凝眸中来到身边。

小城的季节变化似乎不太明显。熙熙攘攘上下班的人，高大林立的楼群，一辆辆爬行的车构成不变的风景，也只有在广场略显广阔的上空，一只只形状各异飘飞的风筝上，在大街上的水果摊上红红黄黄的草莓和菠萝上，在早早就脱掉冬装露出腰肢的少女和优雅中年女人的羊毛衫和裙裾上，稍微有点春天不易察觉的模糊影子。

小村里，自然是另一番惊奇地发现，虽然天是一样的凉，清晨是一样的冷，稻田地里已有男人在平土地上准备育秧苗。小院子里，阳光暖暖地晒在身上，风好像小了，温暖更强烈些了，相信花信子也许明天来了吧，葡萄藤明天也许会挂上架吧？顺手压一压水井，冰封了一个严冬的水井虽已化冻，但就是不出水来，“倒一瓢水一引，水出来了，”一试，水真哗哗地流了出来，急不可待的，诉说着憋屈和焦灼。空气都是新鲜的味道。母鸡在身后传来几声咯咯哒，红着脸得意望着你，蓦然回首，鸡窝里跳下来一只母鸡，原来它已经开始下蛋了。

此时的菜园本来是没有吸引力的，大芍药花还没有栽吧，更谈不上开花了，没有开紫花的茄子，黄瓜秧没上架也没有开黄花，什么也没有，干巴巴的土地一览无余。可是，已经有几家人在忙碌加固院墙的篱笆，菜园里有一块塑料薄膜盖着的地上是一小片韭菜，透过塑料薄膜已看到了一片绿地。还有几棵过冬的大葱冒出头来，诉说着春的消息，人们开始忙春了。其实那些扣塑料大棚的人们根本没有闲冬，只有夏天他们才真闲几日。那不，有几家开始准备栽土豆了。

有几朵闲散的云在天空偶尔飘来，远处隐隐地听到有火车路过，近处是空旷的田野，翻开的土，黝黑湿润，还有一枝干草的根生生蹦出来还有草叶，老大爷弯下腰拾起来，放到一边，然后娴熟地挥舞镐头，开出来几道深浅一致的沟来。老大娘也舒展开了皱纹，坐在地头进行种薯处理，用消毒切刀对种薯有芽的方位切块，她小心地把切好的土豆放在一个大筐中，儿子在前面刨坑，儿媳妇在后面栽土豆，一会儿工夫，垄上又恢复了平整，但是能看出等距的地方栽过土豆，用不了多久，土豆芽会露出头来。

和小城相比，小村的人是很奢侈的。拥有新鲜的空气，一望无际的田野，不用动身就能看到春天的百花，生活有滋有味，淳朴本真的心，最容易在春天最初的况味中陶醉。

小村和春天，像是一幅画和画框，是一种绝代的双骄。

《辽河晚报·大泽地》2017 年 5 月 18 日

向阳而生的向日葵

周三，我独自踏入锦绣花谷，一片向日葵的海洋在眼前铺展。

阳光洒下，它们宛如金色的火焰，热烈而耀眼。

在锦绣花谷这片广袤的田野上，迎着太阳的方向，把头颅昂起，再昂起，向日葵宛如忠诚的卫士，挺拔地站立着，以它们独有的姿态诉说着生命的坚韧与热烈。这些向日葵，它们仰头追逐着太阳，坚定而执着。

向日葵是桔梗目、菊科、向日葵属的植物。因花序随太阳转动而得名。人们也叫它太阳花，是一年生高大草本植物。“墙边田畔，随地可种，生长极易”。蜜蜂采集花蜜和花粉常选向日葵授粉。

王象晋《群芳谱》记载了向日葵：“丈菊，一名西番菊，一名迎阳花。茎长丈余，干坚粗如竹。叶类麻，复直生。虽有旁枝，只生一花；大如盘盏，单瓣色黄，心皆作窠如蜂房状。至秋已转紫黑而坚。取其子种之，甚易生。”这段记载收录了向日葵的三个名字，记录了向日葵的前世今生。

向日葵，拥有着粗壮而笔直的茎干，仿佛是支撑起梦想的脊梁。那绿色的叶片，宽大而舒展，如同为梦想张开的翅膀，在微风中轻轻摇曳，奏响一曲生命的乐章。

它的花盘，是太阳最虔诚的追随者。从晨曦微露到夕阳西下，始终坚定地朝着太阳的方向，不曾有过一丝的犹豫和偏离。那金黄的花瓣，像是被阳光精心镀上的金边，熠熠生辉，璀璨夺目。每一片花瓣都充满了生命的张力，仿佛在向世界展示着它们对光明的热爱和追求。

向日葵花开了，就要有喷香的瓜子嗑了。这是一种很香甜的等待，这样的等待很幸福。

向日葵并非只是徒有其表的美丽，它还蕴含着深沉的力量。在风雨中，它傲然挺立，不低头，不屈服；在烈日下，它欣然承受，不抱怨，不退缩。它用坚韧和勇气，诠释着生命的不屈与顽强。

向日葵结籽这个时候，蜂窝一般，当向日葵的种子成熟时，沉甸甸的头颅开始低垂，那密密麻麻的果实，是它生命的延续和传承。种子可食用，可加工成供人类食用的油或脂肪来源，也可用作动物饲料和可能的替代燃料来源，也可用作观赏植物。

每一颗种子都承载着希望，等待着在适宜的土地上生根发芽，开启新的生命旅程。

我静静地凝视着它们，思绪渐渐飘远。

凡·高在1888年的《向日葵》里，用大把金黄来渲染葵花。画中，一朵一朵向日葵花，在阳光下怒放。凡·高说，那是爱的最强光。在众多贫困众多失意众多彷徨的日子里，那大朵的向日葵花，给他阴晦郁积的心，带来最后的温暖。

在这喧嚣的世界中，我们常常忙碌着，追逐着各种目标，忘记了停下来，欣赏身边的美好。感知爱的存在。

而这片向日葵，它们教会了我一个简单而重要的道理：生活中，也需要像它们一样，坚定地朝着自己的目标前进，同时不忘欣赏沿途的风景。

一个人的旅程，或许有些孤独，但也让我更加自由地思考，更加敏锐地感受周围的一切。

在这片花谷中，我看到了蜜蜂在向日葵金黄的花上飞舞，蝴蝶翩翩起舞。我找到了片刻的宁静与美好。

向日葵的海洋，是大自然的馈赠，也是心灵的慰藉。

向日葵，是光明与希望的象征。它教会我们，无论生活中有多少阴霾和黑暗，都要始终怀揣着一颗向阳的心，勇敢地追寻光明，绽放出属于自己的灿烂光芒。

让我们像向日葵一样，以坚定的信念和无畏的勇气，向着梦想的方向，一路前行，永不停歇。

2024 年 7 月

英英木槿花

木槿花又开了，迎风舞动的木槿花吸引到了我的目光，我驻足，我对视，就像第一次看到它一样地欢喜。那样紫粉而又美丽的花朵，开了满树。每次，我都不能无视地走过一棵开花的树。木槿花早上开放，傍晚凋谢。第二天，木槿的枝头又会有新的花朵盛放。木槿花朝开暮落，每一次凋谢都是为了下一次更绚烂地开放。木槿就这样日复一日花开不断，花期从春到秋，前仆后继，生生不息。

每天经过教学楼前，看到盛开的木槿花，让我怦然心动的风景，我曾为之驻足片刻，欣赏它。

第一次看到木槿花，是20世纪90年代初，我到外市开会，第一次看到木槿花就被它的美丽所吸引，此花应是天上有。以至于不顾初次见面的朋友就怯生生地管她要这花，我喜欢便想拥有它，朋友大方地给我一棵，说它的生命力极强，很好养活的，剪下枝节扦插，等待生根须，埋在土里就可成活。

回到家，我买来花盆，急切地把木槿栽上，每天都要看一看有没有新的变化，适时地浇水，适时地松松土，木槿长得很好。

只是到了秋季，木槿的叶子开始发黄，一周后我再看它时，已有黄叶子落下来，我伤感地看着它，又是浇水又是施肥，也不见好转，无奈地看着它在一个冬天到来时成了枯枝，这时我没有放弃它，每当给我的兰花浇水时也会给它浇水。

儿子说："那花都死了，你还留着枯枝做什么？"我说："现在不是栽花的季节，等到春天时我再栽上别的花。"我悄悄地扒开木槿枝条看里面有没有生命迹象，让我失望的是它没有一点生机和枯枝一样。我想什么时候再去朋友那里再要一棵吧。

来年春天，木槿又奇迹般地活了，先是长出一点点绿芽，渐渐地长出了叶子，我对它更上心了，把木槿放在阳台上，让阳光照得到它，每天还要打开窗子通通风，浇一些水，让它快快长好开出美丽的花。

然而到夏天时，木槿的叶子上长满了腻虫，没到一周腻虫把叶子吃没了，木槿萎缩了。我找园艺专业的小杨老师，问这个情况，小杨老师说："木槿是室外生长的木本花，不适合在室内养活，室内不通风，所以它就会生腻虫。把它栽在教学楼前吧，给它一条生路。"我说：冬天冻死怎么办？小杨老师说："木槿和树木一样的，会过冬。"

经过一年的等待，我终于明白了木槿的生活方式，我知道了木槿不会因为我喜欢它，把它放在温室里而改变它的生活习性，有些东西靠自己一厢情愿的热情是无法改变的，每种植物都有自己的生活环境。

太多的欲望，容易错过一些唾手可得的美丽，而错过后就只能期待到下一轮回中，在下一轮回中已是花非花雾非雾了。落花有落花的约定，美丽的东西总是转瞬即逝，瞬间就绽放消失，我们又能抓住或者拥有多少呢？对于已飞逝的时光，似水流年，我们真的无能为力，留不住过去也抓不住未来，唯一可做的就是好好活在当下，让我们快乐每一天吧。

《锦州晚报》2015年9月15日

三月桃花谁作赋

桃红又见一年春，喜欢我家后院的桃花。

乡下老家后院有两棵桃树，是父亲从水果之乡买回来的水蜜桃树。自从栽下那两棵桃树，也就栽下了我的希望。父亲说三年之后就能结桃了。不知父亲是否读过白居易的《种桃歌》“食桃钟其核，一年核生芽，二年长枝叶，三年桃有花，忆昨五六岁，灼灼盛芬华。”父亲知道桃花三年就能开花。

一缕春风吹来，后院那两棵桃树在早春就开花了。先是一枝两枝，然后就是一片花海。抢占春光之先，绿叶红花地开着。光着脚，踏着桃花水，吹着柳笛，去看《诗经》中的“桃之夭夭，灼灼其华”的美，是人生之初见的美，是花未全开月未圆的好。

粉红色的桃花开满枝头，那桃花朵朵地开着，在春阳下妖娆着，风情万种，美得让人心痛，从“人面桃花相映红”到“桃花依旧笑春风”，我知道桃花深得古代诗人的喜爱，桃花与美女并肩，桃花是美女的化身。可惜当时我太小了，还不懂得欣赏这美艳桃花。盛开的桃花把一年的光阴和祈望浓缩在此，让我看到了希望，看那桃花都开了，缤纷落下的桃花之后结出一枚枚桃子。

小时候盼望春天来，是有私心的，其实就是盼着桃花早日开，早结桃子。

桃比起家常的杏、李、枣来说它是成仙的，我家东墙上贴着一幅五女拜寿图，五个漂亮美女，都穿着桃红的衣衫，双手捧着雕花托盘，托盘上放着红得醉人的桃。父亲说那是仙桃。我瞧见那桃馋得直流口水。

第三年，我是不会错过那“开给春灼灼，结实夏离离”朵朵开的桃花。

桃树绿得可人，是蓬勃的青春的象征。而桃子是我童年接触到最甜蜜的水果。桃子红了熟了可以天天吃桃子，那是一个多么甜蜜的等待。

桃花是女人花，想找到人生另一半的人，在新年之始要把桃花放在适当的位置，这样才能行桃花运。只要桃花花开的时候，幸福就会离我们不远。那艳丽的桃花，喧闹不几天就落英缤纷了，每一朵花下都会隐藏着一枚青桃，桃叶慢慢地长大，青桃渐渐丰满，长得水灵可人。乡村把自己开成一首桃花赋。

《辽海散文》2015 年 3 月

人间四月天

人间四月天是美丽的，无论是在烟雨江南，还是塞外，都是令人向往的季节，它是绿色的，是生命的象征。春姑娘张开了笑脸。一切都是那么可爱，连初生的小兽都是招人喜欢。我领悟到初春独有的芬芳，燕子回来了，飞上屋梁，在巢边呢喃地叫着。小河岸边干草丛中冒出一簇簇新绿，天下起雨来，春天的雨是柔和的，每一粒雨滴是金贵的，谓之喜雨。

春天里的阳光是和煦的，空气是新鲜的散发着青草的气息，春天的天空是蔚蓝的，春天的云朵如棉花白。记得小时候曾经看云，云像山像牛像马像房子，云里有一个包罗万象的大世界。

四月，春天的大地是酥润的，滋养着生命。春天孕育了花丛，使花蕾绽放，姹紫嫣红的花喜庆地开着，花朵是春天的诗，抒情，浪漫，灵秀，这诗铺满山野，成为乡村温暖的名片。

在花串压低枝头的时候，燕子也来了，柳叶也密了，春意也浓了。这时蜜蜂嗡嗡地飞着，蝴蝶在花丛中嬉戏。杏花静静地灿烂开了，杏花粉白，在雨中杏花幸福地承受着春雨的滋润，那杏花雨仿佛让我不知今夕何夕；笑春风的桃花开了，桃花粉红，“人面不知何处去”；妩媚的梨花开了，梨花雪白，“梨花一枝春带雨”；迎春花开了，迎春花，花中的先行者！迎春花金黄，这和油菜花一样的色彩让人喜欢；大芍药花开了，大芍药花是国色天香的那种，还有蓝色马莲花，黄色蒲公英，紫霞一样的号子花。我陶醉在春天里，一对蝴蝶在飞舞着，你们是梁祝吗？

人间四月天是林徽因。她那首《你是人间四月天》让四月属于了她，那年，在4月1日的清晨林徽因去世了，金岳霖为林徽因送上了一副挽联：“一身诗意千寻瀑，万古人间四月天。”

春天是播种的季节，每一种花都不会错过春天，想起我的家乡和在另一个世界的母亲、我的童年、我的春天。由此我对生命更加敬畏，春种秋收，春天立下一个小目标，像一棵庄稼一样成长。

“从明天起，做一个幸福的人/喂马、劈柴，周游世界/从明天起，关心粮食和蔬菜/我有一所房子，面朝大海，春暖花开。”像海子诗中所说的一样行动吧，活在当下决不负四月天。

《辽河晚报·大泽地》2017年5月18日

燕子花前感流年

前几天，我看到一幅画《燕子花笺》，才知道有一种花叫燕子花。我的名字叫雨艳，曾有多次，同学惊呼我写错名了，应叫雨燕。记得第一次发表文章，编辑也认为是雨燕，文章署名就成了蔡雨燕。而我小名就叫燕子，单位同事都亲切地叫我燕子。

绿叶、蓝紫色的花朵，燕子花，多么亲切，好像亲人在叫我的小名。燕子花，是生命力极强的小花，是乡村常见的那种，叶片柔美，花朵清秀，没有浓郁的香味，淡淡的，很清爽。其花形别致，酷似一只只燕子，故名之。形态优雅，甚是惹人喜爱，不但花美，其寓意也相当好：清静、轻盈、正义、自由，花语是幸运到来。

蓝紫色，也是我最迷恋的色彩，记不清我买了多少件蓝紫色的衣服。

一年四季，我最喜欢春天，喜欢春天的迎春花、灼灼其华的桃花，还有千树万树的梨花，从今往后还要加上一种花——燕子花。无论将其种植于堤旁溪畔，还是点缀于院内庭前，都生机勃勃。

这有如我对中唐诗人刘禹锡《乌衣巷》的莫名喜欢：“朱雀桥边野草花，乌衣巷口夕阳斜。旧时王谢堂前燕，飞入寻常百姓家。”燕子是寻常的，记得我小时候，姥姥说谁家屋檐住有燕子，谁家就会幸福。

年后回老家，见到分别 30 年的邻家哥哥，邻家哥哥一声“燕子”，仿佛又回到从前，儿时我们一起玩捉迷藏、骑竹马、老鹰捉小鸡游戏。时光如梭穿过，春去秋来花开又花谢，从前的小燕子如今已年过半百。

流年如风般吹走了春华秋实，也吹走了一些亲人。燕去燕归，如燕子花一样一年又一年，开了落落了又开，年年岁岁。

生为一种花，脱俗冷艳，生命过程有含苞欲放的萌动、有迎风盛开的绚烂、有花瓣凋零落成春泥，“无可奈何花落去，似曾相识燕归来”。一天一年一辈子，流年就在弹指间。

《锦州晚报》2018年9月13日

春天的脚步

诵读着英国诗人雪莱“冬天到了，春天还会远吗？”的诗句，我拥入春天的怀抱。

是啊，谁能挡住春天的脚步呢？雨水节气过后，天气渐渐地变暖，冰封的大地从沉沉的睡梦中苏醒过来，伸展着腰肢。虽说昨天还是寒风瑟瑟，雪花纷飞，今日却已春风拂面，春雨淅沥，白雪消融，春水东流，好像只是转眼之间。冬去春来，寒冷的冬天，又留给深深的美好回忆。

迟来的那场瑞雪，是来护花的，一夜春风唤醒了含羞而眠的花朵，唤醒了酣然一冬的草木，唤回了春天，开启了人们憧憬春天的心扉。

一个鲜亮亮的春天，在优美的歌声中，迈着轻盈的步伐款款而来，“向阳花木早迎春”，阳坡上的小草，早已迫不及待地从酥松的土壤里探出头来，蒲公英、荠菜、苦苣菜……一束束、一丛丛竞相破土而出，把春天装点得愈加鲜亮。

可爱的小燕子从南方飞回来了，它那形似剪刀的尾翼，在空中划出一道道优美的弧线，恰如春之歌的五线乐谱。燕子飞过，招引来绵绵细细的春雨洒落在土壤里、河水中、石阶小路上，书写着湿漉漉的故事。如丝线般从天际散落下来的春雨，细密如烟、如雾、如纱、如丝、如絮。我曾在烟花三月去过水乡江南，在烟雨茫茫中感受着那份清幽、那份恬淡、那份缠绵。

一年之计在于春，一个欣欣向荣的三月走来了。空气是清新的，泥土是馨香的，柳枝抽芽了，欢快的河水流动着，嫩绿的草儿在招手。

在春天的路上，谁的脚步也不会慢，菜花黄，桃花红，杏花粉，梨花白……灿烂绽放、如诗如画的花海，每朵花都不会错过春天。一切都在萌动，一切都在生发，一切都在跃跃欲试，一切都在奏响生命激昂奋进的乐曲。

我养的几盆花也该换土了，当我去取松软的新土时，耳边传来一个小女孩和妈妈的对话，小女孩问："妈妈，春天来了，春天在哪？春天有脚吗？"妈妈说："看风筝在天空中飞，鸟在丈量天空了，蝴蝶在数花朵，蜜蜂在尝花蕊，风穿过飘动的柳枝，这些都是春天啊。""妈妈，我们把春天留住好吗？"透过纯真善良，更让我感受到了春的可爱与美好。

我捧读着作家张峪铭的文章："我不知道春行走的路径有多少条，但有一条是肯定的，那就是从一粒种，一棵芽，一根茎，一片叶，一丛花，尔后零落成泥，循环往复地坚实走着，走进炎炎夏日，走进猎猎秋风，走进皑皑冬雪，再走出桎梏，走向阳光，走向自由。"

踏着春天的脚步，在广袤的大地上吟唱着春之歌，我要把种子播撒进土壤中，看幼芽生长、开花与结果，去体验耕耘的辛劳与收获的喜悦。

《锦州晚报》2019 年 3 月 18 日

漫步油菜花丛

江西婺源的春天是金色的，婺源是金色油菜花盛开的地方。

儿时见过油菜花，当时村里种油菜，是因为它是重要的油料作物，用油菜籽榨油。那时，我还小，还不懂得欣赏油菜花的美，等懂得欣赏时，我已不在家乡了。

求学时，在宋朝杨万里的“篱落疏疏一径深，树头新绿未成阴。儿童急走追黄蝶，飞入菜花无处寻。”的诗中感受到油菜花的美。它的美不仅百姓喜爱，就连走出宫廷的乾隆皇帝，遇到它，竟然为它写下一首著名的《菜花》：“黄萼裳裳绿叶稠，千村欣卜榨新油。爱他生计资民用，不是闲花野草流。”

多年来，我有一个心愿，去一次婺源，去看油菜花。穿过几个省，就为看油菜花，是不是有点太奢侈了？于是，自打有这个小小的心愿以来，不敢声张。

几年后，我真的有了一次去婺源的机会。

我提前半个月就订了去江西的火车票，买了速干衣服，又买了双肩包。当火车票拿到手了，我还不敢相信，我真的要去婺源了。

在火车上，遇到两个女子，言谈中得知她们是去江西打工，问我此行的目的，我说去看油菜花，她惊得不说话，心里一定在说我是有钱闲的。

到了江西地界，在火车上就能看到油菜花，它在人家屋前房后，零星的碎地上，大大小小的一块块，它们亭亭玉立。一片片的油菜花偎依着村舍，这里的人不会让他们的土地闲着，油菜花不择地生长。我惊叫“看油菜花”，没有人应声，更没有人过来看。

在丝丝小雨中，我来到了婺源，我看到了一株株、一丛丛、一片片油菜花。油菜花是春天的使者，它们没有错过春天，相约在这短暂的春天里绽放。“满目黄金香百里，一方春色醉千山。”它就开放出朵朵黄色花蕾，金黄波纹把大地打扮得更美，让金黄镶嵌在早春的画卷中……

这是油菜花的海洋，油菜花漫山遍野地长着，远处山峦起伏，梯田层叠，油菜花绵延浮动，间或有桃花、李花，色泽辉映，缀饰成趣，油菜花淹没了田野，也淹没了村庄。

看到这样美的油菜花，想想生活在这里的人一定非常幸福。虽然穿薄羽绒服还冷，但是我没有后悔此行。

白墙黑瓦民居，使我仿佛走在画中。在小雨中，在没有网络的情况下，我的手机误按了升级，结果手机不能用了。走在青石板路上，流连于小巷之中，这是极有可能失联的，我却没有害怕走丢了，倒有点不思归。择一城，爱一个人，寂静欢喜，慢慢变老，也挺好的。

暗香犹在，清风未远，一如油菜花“黄金香百里”，相互照见了“春色醉千山”。春天，我收获了一颗不老的花心，来爱这美好的景色。

当我看到有的油菜花要谢了，我没有像林黛玉葬花，而是想到了到春残时，这些花总是易落的，更懂得了珍惜拥有。

一起走吧，趁这大好时光，去看油菜花。一路遇见温暖，遇见美好，遇见喜悦，然后转身，遇见那缕人生初见的目光。

《锦州晚报》2020 年 6 月 11 日

鸡草花的芬芳记忆

今年夏天，我去拜访一位老师，偶然间在他家楼下的花坛中看到了久违的鸡草花。鸡草花绚烂地开着，红的、粉的、紫的，其中还有一种我从未见过的花，开在鸡草的顶部，老师告诉我它叫佛顶珠。

鸡草花的花瓣形状各异，有单片的，双片的，花瓣像是小鸡的鸡爪一瓣瓣对起来，或许正是因为这个特点，才得名鸡草花吧。

鸡草花是我童年最喜爱的花，因为它满足了我小小的爱美之心。在我童年的记忆中，鸡草花的花瓣不大，呈现出鲜艳的红色，可以用来染指甲。每到端午节前夕，鸡草花盛开的时候，我和姐姐都会早早地摘下鸡草花，洗净后，姐姐会帮我们加白矾捣碎，再用小耳锅熬成糊状，然后将其涂抹在豆角叶或其他植物的叶子上，再将指甲一个个包裹起来，用线绳缠好。

姐姐总是那么认真，那么专注，而我则兴奋且期待。这个过程是如此美好而温馨。充满期待地入睡，第二天醒来，八个手指上都会呈现出漂亮的红色，而我们通常会留两个手指不染，通常是大拇指。只有用鸡草花才能染出如此美丽的红色。它是天然的染料，不仅色彩鲜艳，而且不易褪色。那种红色，与红墨水的颜色相近，比现在所有的指甲油都更加漂亮，而且透气。

鸡草花，不仅是一种美丽的花朵，更是我们童年美好回忆的一部分。它教会了我们用简单的自然材料，创造出美丽的色彩，也让我们感受到了大自然的神奇和温暖。

2023 年 9 月

槐树花开时光

前几天，好友邀请我去校园里看花，说有几棵树开的花非常美丽。我们一同前往，在新栽的槐树上，开着粉红色的槐树花，不常见的颜色，我第一次看到粉红色的槐树花，真是美不胜收。尽管同事们都已下班，我们却仍然沉浸在看花中，因为看到如此美丽的花朵，让我们心旷神怡，不愿离去。

槐树，在过去是农村老家最常见的一种树，常常在自家庭院里栽上几棵，在大坝坎上长着槐树，到了开花时节，花儿散发着淡淡的清香，弥漫在空气中，让人心旷神怡。

记忆中，槐树总是最晚带来春天信息的。春天有开不完的花，而槐树总是在春天接近尾声时才开花。槐树开花了不用看，用鼻子闻一闻就知道了。白的花、绿的叶，一簇簇、一串串、一朵朵槐花挂满枝头。槐花在槐树上摇摇摆摆，在绿叶中闪烁着，弥漫在空气中的槐花香甜。槐树花可以食用，小孩子常常食用，那花瓣虽然没什么滋味，但将花瓣摘下后露出的花蕊，却是香甜可口。

每年农历四月，是采摘槐花的时候。在村头、路旁、大坝坎上，你都能看见穿着各色衣服的女人们，有的提篮挎筐，有的提着篮子、袋子，带着绑了钩子的长竹竿，在槐树下采摘槐花。选择槐花开得正艳、花朵较密集的树枝，用绑了钩子的长竹竿钩树枝，用力一拉，拉到人能够到树枝，捋槐花进挎筐、篮子里，有些人性急，不等回家就先掐下几颗放在嘴里嚼一嚼，品味着原野的气息，清香中带着一丝甜味。槐树的花可以食用，叶子和枝条可以作为柴火燃烧，槐木坚固耐用。据《本草纲目》载：“槐是虚星的精华，十月上巳日采子服用，可去百病，长寿通神。”槐树枝上的小刺尖尖的，能用来保护自己，童年时曾让我不小心受伤，但也成了美好的回忆。

槐树花在我国的困难时期，帮助了许多家庭闯过难关，成为人们的口粮，成了度日的伙食。至今，人们仍然念念不忘，用槐花制成的包子和槐花薄饼散发着清香的原野气息。虽然现在只是换换口味，解解馋，但也体现了对过去时光的怀念。

2019 年 4 月 8 日

晚饭花

秋风习习，傍晚的乡村弥漫着一股特别的花香，那就是晚饭花的馥郁气息。在我小时候的记忆中，晚饭花是家家户户必种的植物，或者去年落的籽，今年自己生长的。而今再次听到这个名字，竟让我不由得回想起了往昔的乡村生活。

在东北农村的夏天，晚饭花在阳光的照耀下，变得格外灿烂。我还记得小时候，我们称它为胭粉豆花，它的花瓣盛开着，红、黄、白、粉、紫等各种色彩交织在一起，犹如一个个小小的艺术品。而叶子则呈现出鲜绿的色泽，叶上还有一些独特的纹路，给晚饭花增添了一抹迷人的风采。

对于女孩子来说，晚饭花不仅是一种美丽的植物，更是游戏中的小伙伴。一起摘下晚饭花，会把花的尾部拔出来，将其塞入耳朵里，仿佛戴上了一对漂亮的耳环。女孩子们戴上晚饭花耳环后，会蹦蹦跳跳地去找母亲，展示自己的新饰品。母亲忙于琐事，未必会第一时间注意到变化，但当女孩子耸起耳朵时，母亲终于发现了，夸奖女儿漂亮的模样，这时女孩子的笑容就格外灿烂。

在小女孩们玩耍的时候，还会将晚饭花摘下几朵，用指尖轻轻揉捏，红色汁液便会油润地洇溢而出。这些红色汁液就像是一瓣瓣鲜艳的指甲油，小女孩们将其涂在指甲上，为自己增添了一抹俏丽的气质。

可晚饭花并非只有女孩子才喜欢，男孩子们同样对它着迷。当晚饭花开过后，花苞旁边会结出比黄豆稍小的果实，开始是青色，慢慢地变成墨色。男孩子们会采摘这些种子，将它们制作成小小的子弹，用来发射。女孩子们往往成了他们的目标，双方在游戏中流淌着最纯真的友爱。晚饭花墨色果实是可以用来做胭粉的，美白效果很好的。

曾经，晚饭花是农村夏日的一抹亮色，是童年游戏的一部分。如今回忆起来，那些如画的场景依然鲜明如昨天。虽然岁月已逝，但对于曾经的胭粉豆花，我深深怀念。

时光荏苒，人已长大，我们离开了家乡，奔向了繁华的城市。然而，晚饭花那份纯真的美丽，在记忆中永不消逝。它教会了我们欣赏大自然的美妙，品味生活中的小确幸。或许，踏入城市的喧嚣，我们错过了更多的美好，却也从不敢忘记曾经与晚饭花在一起的童年时光。

晚饭花，如此平凡而美丽的存在，如同曾经在我们生命中闪耀的一颗璀璨星星。它，是我们无尽情感的源泉，是梦开始的地方。无论在人生的旅途中走多远，我们都不能忘记那片乡村的晚饭花海，那里留存着我们单纯而美好的回忆，如今依然发出迷人的香气，指引着我们前行。

《自学考试报》2024 年 1 月 19 日

聆听益母草的心声

益母草，是一种生长在山坡阳面、草地、田埂、路旁等处的唇形科植物草本植物，别名：茺蔚、益母蒿，备受我家乡人们的青睐。它以其独特的药用价值和秀丽的花朵而闻名。

每逢春季，随着大自然的苏醒，益母草也会逐渐在盘锦古城子村生长起来。我当它是杂草，母亲说它是个宝，它对生的叶，掌状 3 裂，密生细毛，它繁花似锦，欢乐地绽放在原野之间。花朵小巧而姣美，色彩绚丽多样，有粉红色或淡紫色，犹如仙境中的花朵般迷人。淡淡的花香弥漫在空气中，吸引着许多蝴蝶飞舞和蜜蜂前来采蜜。

益母草是一味珍贵的中草药，被广泛用于妇科调养与保健。它主要具有调经止痛、活血化瘀的功效，对于妇女的月经不调、痛经等症状有很好的疗效。传统上，人们在夏季益母草植株生长茂盛时，花未全开便割取地上部分，舍去杂质，洗净、润透、切段、晒干、煮水饮用，或者研成药粉服用。它温和而有效的药性，受到了许多女性的青睐和信任。

然而，益母草的历史不仅仅局限于药用。早在古代，它就被人们视为一种神奇的植物，因其药用价值而备受称赞。许多医圣和医药大师都在他们的医书中记录着益母草的药理作用和疗效。从古至今，益母草作为一种天然的草药，被广泛应用于中医药领域，并且随着人们对健康的重视，它的美誉和市场需求逐渐提升。

益母草不仅在医药上有价值，在园艺上也非常受欢迎。由于其姣美的花朵和独特的风雅之气，许多人喜欢将益母草种植在花园中，作为庭院的点缀和观赏。当益母草的花朵在花园中绽放时，给人一种宁静和舒适的感觉，让人心旷神怡。

益母草的生命力强大，即使在恶劣的自然环境下，它仍能顽强地生存和繁衍。它的坚韧和顽强的生命力，也成为人们称赞的对象之一。在益母草的倔强茎干和矫健的叶子中，人们看到了一种乐观和勇敢的力量，这力量也在潜移默化地影响和鼓舞着身边的每一个人。

益母草，它是一种草本植物，也是一种天然的宝藏。它既给人们带来了药物的庇佑，也给人们带来了美丽和快乐。让我们心怀感激，感受到大自然之美和万物之灵动。在和益母草相伴的岁月里，让我们展现出乐观和勇敢的力量，坚定地追求自己的梦想和目标。让我们与益母草一起，在生命的征途中不忘初心，追寻真善美。

2023 年 8 月 8 日

五 乡村人生的滋味

关外的秋

一年四季，我独爱秋，尤其是关外的秋。

当夏日的炎热渐渐褪去，乡村迎来了如诗如画的秋色。

看着我家窗前的银杏树把曾经血肉相连的叶子潇洒地放下，任凭叶子在风中作生命的最后一次飞翔，如蝴蝶般舞落，一树风景足以影映四季，点缀了秋色，一畦清露渲染了秋凉。一季落花飘进了秋的门扉，我知道秋天真的来到了。秋迈着轻盈的步伐，款款地向我们走来了……

小时候听母亲说得最多的是等到秋后，如何如何。我不明白，为什么要等到秋后，才能得到想要的，才能满足我那小小的愿望。后来我知道了，秋的意义：秋天是收获的季节，秋天也代表着成熟，秋天代表着美丽，秋天就是希望。于是我慢慢对秋有了期盼。

田野里，一片绚烂的秋色。金黄的稻穗沉甸甸地低垂着，仿佛在向大地诉说着丰收的喜悦。秋风拂过，稻浪层层涌动，发出沙沙的声响，如同大自然演奏的丰收交响曲。田边的果园中，红彤彤的苹果挂满枝头，宛如一个个小灯笼，散发着诱人的香气。黄澄澄的梨子圆润饱满，在阳光的照耀下闪烁着金色的光芒。果农们脸上洋溢着灿烂的笑容，忙碌地采摘着成熟的果实，欢声笑语在果园中回荡。

老家的秋天最能代表关外的秋天，那是收获的季节，也是农家小院最忙的时候，山里的秋天不等人。

首先要收的就是蚕蛹，看到收回家的一个个摇头晃脑的胖乎乎的秋蚕，真是可爱极了。山里红红的，红得像火；山楂红了，红得有一些羞涩、李子也红了脸。

栗子熟了最不等人，如果不早收回家，它就会在地里炸开，撒泼满地，海棠果也成熟地挂了一树，房屋后的两棵核桃树，满树核桃也得采摘的。

还有好多要收回家的作物和种子，大地里的玉米早已发出金色的光，告诉我们这是它的种子。要及时收回，它虽没有经济作物值钱，但是一年吃的酸汤子全得靠玉米来做。地瓜还在地下，花生还在土里埋着，太多的农活需要干，这时的女主人们希望天长一些再长一些，恨不得多长几双手好把一年的收成收回家。

常常是收了玉米丢了栗子，每当听到别人家说起时，我就说明年我来帮你们收秋，明年复明年，我一次也没有回来收秋。

我也曾在农家小院赏秋，天空格外湛蓝，如同一块巨大的蓝宝石，纯净而深邃。洁白的云朵像棉花糖一样飘浮在空中，时而变幻着形状，仿佛是大自然这位神奇的画家在肆意挥洒着自己的创意。阳光洒在大地上，温暖而明亮，给这片土地带来了生机与活力。蜿蜒曲折的小路上铺满了落叶，枫叶红得似火，银杏叶黄得如金，还有那依然翠绿的松柏，为乡村的秋色增添了一抹生机与活力。鸟儿在枝头欢快地跳跃着，叽叽喳喳地叫着，仿佛在为这美丽的秋色欢呼。我尤爱那葱郁的秋，超越生命的秋，总给人以生命的感悟。我更爱那向日葵，每天向阳开，以高贵的金黄，积蓄着一生力量成就辉煌。

乡村的房屋错落有致，大多是用石头和木头建造而成。屋顶上覆盖着灰色的瓦片，烟囱中升腾着袅袅炊烟。院子里，如果说用“沟满壕平”来形容夏天的一场雨，那么就得用“仓满筐平”形容关外的秋，我家大小不等的粮仓装的全是金黄的玉米，小于粮仓的柳筐装满饱满的大豆、花生，再小一点的柳筐装满地瓜、土豆等。用一个字来形容就是——满。一串串火红的辣椒挂在房檐上，与辣椒做伴的还有几串作种子的玉米也挂在房檐上……构成了一幅丰收的画卷。农舍的烟囱中升腾着袅袅的炊烟，空气中弥漫着饭菜的香气，让人感受到家的温暖。

我看见一位老人在地上捡起一片树叶来，细细地端详，在老人的眼里，一片叶子又能代表什么呢？我想老人家一定是回望岁月蹉跎。这树叶在春天初发芽时，本是薄薄的，嫩嫩的，油绿中泛着红晕，给人无限的爱怜和欣喜。渐渐地，在和风细雨的滋润下，它长大了，丰硕了，在枝条间轻歌曼舞，以绿意婆娑的姿态向路人炫耀着它的青春、它的美丽，在炎炎的夏季给人以绿荫凉爽。

而今，秋风来了，枝条即使化作最有力的臂膀也挽留不住它了。一片枯叶，能让人看出生命的枯败荣华。

作家丁立梅说："我只愿全世界的花，都好好地开，而我，希望秋风中的每一片叶子都能有好的归宿。"

我希望秋风中的每一片叶，都能找到回家的路。

《锦州晚报》2017 年 9 月 5 日

长生果

“麻屋子，红帐子，里面住着个白胖子。”童年与哥哥猜这谜语，猜对得到的奖品是谜底——花生。花生又名落花生、长生果、番豆、落地松、万寿果、无花果等。落花生这个名字是“落花而生”的意思。清代陈淏子《花镜》一书描述花生说：“花落于地，根即生实。”《汇书》中也说：“近时有一种名落花生者，茎叶俱类豆，其花似豆花而色黄，枝上不结实，其花落地，既结实于泥土中，奇物也。”

花生是一年生草本植物。从播种到开花只用一个月多一点时间，而花期却长达两个多月。它的花单生或簇生于叶腋部，每株花盛开少则一二百朵、多则上千朵。花生的结果方式很特殊，花生有地上开花地下结果的习性。它为什么要在土壤里结果实，从遗传特性的研究发现，花生果实需要水分、暗黑、压力、机械刺激等条件，其中以水分、暗黑环境最重要。这些因素已成为荚果生长发育不可缺少的条件。因而，为了生存和传种，它只有把子房伸到土壤中去结果实。这是花生固有的一种遗传特性，也是对特殊环境长期适应的结果。

我国有花生的记载在明朝，从那时以来就有“长生果”的美誉。民谚道：“常吃花生能养生。”落花生，它没有引人羡慕的鲜红和嫩绿，在地下质朴地结果，全身都是宝。“生”字带着“吉祥”的象征，逢年过节，或者参加婚宴，都会得到一把花生。在东北，新婚之夜，新房里新娘子要盖的被子下常由平辈的女人放上几把花生和栗子，寓意早生贵子。

小时候，我们管花生米叫花生仁。大人们逗孩子讲着：从前有座山，山里有座庙，庙里有个缸，缸里有个盆，盆里有个碗，碗里有个碟，碟里有个匙，匙里有个花生仁。我吃了，你馋了，我的故事讲完了。

在我国，花生被认为是“十大长寿食品”之一。中医认为花生的功效是调和脾胃，补血止血，降压降脂，其中“补血止血”的作用主要就是花生外那层“红衣”的功劳。

花生果具有很高的营养价值，内含丰富的脂肪和蛋白质，有降低胆固醇、延缓人体衰老、促进儿童骨骼发育、预防肿瘤的作用。

花生还可以做油。花生油色泽淡黄，透明度好，清香可口，是优良烹调用油。花生油被称为“中国的橄榄油”，它的营养价值不容忽视。花生油所含脂肪的绝大部分都是不饱和脂肪酸，并且不含胆固醇。这种脂肪酸不仅不会像饱和脂肪一样堵塞动脉，反而有动脉“清道夫”的美誉。另外，花生富含的叶酸、膳食纤维、精氨酸等，也都能对心脏起到了保护作用。

“仙子黄裳绉春谷，白锦单中笼红玉，别有煎忧一寸心，照入劳民千万屋。”这是诗人对花生的赞歌。

长生果，珍藏着童年的美好，记载着过往岁月的点滴。

《锦州日报》2013 年 8 月 23 日

初为人母

儿子已结婚两年了，他们还没有生小孩儿。儿子说起将来要生小孩子的种种打算，这个话题把我带到了当初我怀孕时的情景。

1989 年 6 月我怀孕了，孕期前三个月反应特别强烈，一闻到油烟味就吐，那真是翻江倒海地吐，像要把苦胆都要吐出来。偏偏是谁家的油烟味都能闻到。

那时住的房子是 20 世纪 50 年代建的筒子楼，为这套房子，他提出登记结婚，我就无条件地答应了，我们得到学校分给的第一套房。

楼高只有两层，楼里中间是走廊，两侧是教室，我们住的房子就是由教室改成的，因为楼的主体砖是红色的，大家都管它叫红楼。当时二楼有 12 户人家，我就住在二楼东面北侧第二户，二楼都是我们学校的老师，每户有两室一厅，没有厨房，大家都在走廊里做饭，放一个小桌子当灶台，一个液化气罐，液化气一点，大炒勺放上油的嗞啦声，都能听见，油烟味也全楼都能闻到。谁家做啥吃的，全楼也都知道。当时楼上没有上下水，也没有水房，我一口一口吐到垃圾桶里，再由他倒到楼下的水房。三个月后反应减轻，直到不吐了。

一边做菜一边唠嗑，家家敞着门，小孩子哧溜就钻进去，动动这摸摸那，光顾后又哧溜地跑了。有小孩子来我家，我拿玩具给他们玩，这个小孩子拿玩具就跑，见到别人家开门就跑进去，等他出来时又拿着这一家的另一种玩具，见到好的玩具就把从先前那家拿的玩具扔到这家了，这场景在一个电影里出现过。

看着别人家的孩子，想着自己将来的孩子，都说女人不生孩子就不是完整的女人，女人只有生了孩子才是真正长大，有了孩子后自己才不像个孩子。在别人的询问中，我和他下定决心想要一个孩子，因为生孩子是早晚的事。

为要孩子，我们从精神上到物质上都做准备：我们先找来了一些书刊如早期育儿、父母必读、准妈妈必读，有时间就看；我不准他吸烟喝酒，我们多吃蔬菜、水果、瘦肉；我还买了一本测算人体生态钟的书，这本书上说人的情绪、智力、体力都有一个周期。这三个周期在高峰期时受孕生的孩子是最好的。算来算去只能有两项都是最好的日期。我们就选情绪、智力最佳时期。

我怀孕后照常上班，没有如今怀孕女人的娇气。为了孩子的到来也做了些准备。

我为孩子准备小衣服、小棉被，还买来胎教的磁带，在录音机里播放，有婴儿的第一声啼哭，也有舒缓音乐；还在怀孕第六个月后，天天对肚子里的孩子说话……听说吃猪肝对胎儿好，本不爱吃猪肝的我，为了孩子好硬是吃了下去，听说吃核桃对胎儿大脑好，我就买来好多，一天吃几个核桃。还有定期要去医院做孕期检测，看一下孩子发育是否正常，等待结果的过程是最难熬的。

有一次，我做孕期检查，朋友给找的医生，我躺在那做B超，医生说挺好的，还多一块肉，我听到后吓得脸都变色了，心想多一块肉那不是畸形吗？还得做手术？医生看我误会了，忙说和他父亲一样的。我才明白医生说的是啥。

一天夜里，我做了一个梦，梦见我去一同事的农村老家，这是我从来都没有去过的地方，我看到庄稼长得特别好，豆角架上结了好多的豆角。苹果树也结了好多的苹果。第二天见到这个同事和她说了我这个梦，她说我怀的孩子一定是男孩子。

记得那是早春二月的一天，我到了预产期，我母亲已来到我家，准备照顾我和孩子。母亲拿来了她为孩子准备的小衣服、腰带、大小被子、褥子垫子还有尿褯子。我和母亲到附属医院办理了住院手续。因为离家近，晚上我没有住在医院，当晚 10 点多时，我感到了肚子痛，还伴随羊水流出，经过九个月的怀胎，孩子要出生了。于是去了医院，在去医院途中我就不省人事了，经过抢救，我有了意识，然后肚子不痛了，没有了动静。医院只好给打了催产针，第二天上午，我的孩子出生了，是个男孩。

生孩子之后我就长大了，在没有生孩子之前他出差，我一个人不敢在家待，要找一个女人来陪我。为人母之后，他出差，我就不知道害怕了，也许是因为孩子需要我保护。给襁褓中的儿子喂奶时，儿子吃饱了，就甜美地睡觉，那些与儿子哭喊声、欢笑声相伴的不眠之夜，虽说很累，但感到心里很甜。

从孩子的第一声啼哭到孩子牙牙学语再到会说话、会走路，不知费了多少心血。这都是让我从一个女孩变成女人，体验初为人母的幸福。从一个生命的孕育开始，母爱就显示出强大的力量，孕吐再厉害也要强迫自已吃下有营养的食物，因为腹中的宝宝需要；捏着鼻子喝没有滋味的油腻的肉汤，度过忙碌而缺乏睡眠的婴儿期，攒钱为孩子选择最好的幼儿园。在每天接送孩子去幼儿园的路上，边听他讲述幼儿园的趣闻，边盘算着晚餐的食谱……

那地板上散落的积木，收起来不一会儿又散落一地；那讲过上百次的《一个穿靴子的猫》故事，儿子还是一次一次地想听爱听，只能一次一次地讲；还有带孩子上医院，带孩子打各种预防针，孩子哭声让我的心跟着痛，恨不得自己替他挨这一针……这些仿佛发生在昨天。

母爱的付出是需要代价的，需要女人用精力、心血甚至青春作为铺垫。

初为人母，在我失去自我的同时，也发现了我身上的孩子气，而这促使我重新看待这个世界。儿子让我感到充实，让我重新体味到童年。当我在儿子身上看到自已的影子时，我获得了一种生命的延续感，儿子让我永不止步，与儿子一起学习，一起成长。让我惊叹于这个世界的丰富多彩和美丽，这些是不做母亲就永远享受不到的。那奶声奶气的一声甜甜的“妈妈”的呼唤，让你感到初为人母的幸福。

养育一个孩子，需要用孩子的眼光看世界，这样我们才不能停下来，看到本来不应错过的，但通常因为忙碌而错过的东西，如晓风残月、天空的云彩，堆积的雪人、冰上飞舞，坐游船等和孩子享受快乐的时光。

《锦州晚报》2017 年 11 月 8 日

感念生命中的恩情

我不清楚，我是否在亲人的欢声笑语中来到这个世间的。母亲生育我时，家里已有四个孩子，用我大娘的话说，家里可是不缺男也不少女，我是个“小多余”。

20世纪的60年代初，母亲意外地怀孕了，那时还没有实行计划生育政策，我也就意外地来到了这个世界。父母并没有嫌弃我这个小多余，相反对我的关爱远远超过了我的兄弟姊妹。

为了一大家子人的温饱，父亲忍痛割爱、放弃了当老师的工作。先后做过多样工作，只要能挣到钱，他起早贪黑不管苦累地忙碌着。虽然每天很忙累，可父亲每天早上，都会给我梳头洗脸。父亲那双粗糙的大手，早已深深刻印在我的记忆里。

那年高考前夕，我和父亲说：“后天我要参加高考。”父亲说：“你才高二就考吗？”我说：“学校让我们试一下，只是想让我们有一个考场经验。”他望着我，没多说一句话，可我却读懂了父亲那期待的眼神。我对父亲说：“要是我考不上大学，就下地干活，让您退休在家养老。”他使劲摇着头，又笑了笑。

其实，我知道父亲当时是手术后在家养病，我说的话让他很矛盾，他希望他的女儿考上大学，能出去读书就行。

天有不测风云，在我赶赴外地求学不久，父亲病情加重，经多方医治无效，去世了。我哭拜在父亲坟前，深深地责难自己，没能尽到为人女的反哺之情。父亲还没有花到我挣的工资，这成了我心中永久的遗憾，每每想起，我仍会潸然泪下。

我的母亲是一位普通的家庭妇女，上过两年小学，识些字。后来因家庭生活艰难，读不起书，只得辍学了。母亲心灵手巧，勤劳操持家务。记不清有多少个夜晚，母亲在昏暗的灯下，为我们缝补衣衫，为了儿女的温饱付出了一生的辛劳。母亲有一句话，常挂在嘴边：家有黄金千万两，不如送儿上学堂。受母亲的耳濡目染，我们兄妹都养成了爱读书的习惯，也都受益匪浅。

我在外地上学，毕业后又在外地工作、安家。虽离家远了，可思亲念故的情感却愈加浓烈，每周都要跟母亲通电话。当个人可以安电话时，我家就安了电话，就是为了往家里打电话方便，刚开始往大队打电话找母亲，后来邻居家安电话了往邻居家打，再后来我弟弟给家里安了电话，就直接往家里打电话。每次通话，母亲都说："啥都好，别惦记了，你就好好工作吧。"我心里知道，母亲不想让我们为她分心。

一次，回乡下老家看望母亲，见到母亲一个人在园子里一边拔草，嘴里还一边哼着歌。细听，歌词竟是她自己编出来的，我只听清一句："人世间我生下了我那好二闺女……"我鼻子一酸，眼泪禁不住断线般滚落。不管离家多远多久，我都是母亲心中深深的牵挂。虽说我在物质上给了母亲一些关照，可在精神生活上却忽略了。偏远的乡下小屋，漫长的冬夜，母亲既不会玩牌也不会打麻将，心里定会感到寂寞，想到这些，也为人女的我，深感愧疚。母亲去世后，我心痛不已，在遗憾与悔恨中思念着亲人。

此生，我最应感谢的是我的父母。感谢你们，我的父亲母亲。

我小时候，由于天生瘦小，身体很柔弱常闹毛病。听母亲说有一年的夏天，我患上了痢疾，本来就弱小，一下子就瘦成了麻秆，整天瘫在炕上。有邻居来串门，见到苍蝇围着我身边乱飞，直说："这孩子都招苍蝇了，活不了。"母亲不舍得，说啥也不能丢弃这个小生命。后来听说给病孩子喂小米粥，或许能救活。母亲就挨家打听谁家有小米。当得知村里朱姓人家有小米时，母亲就厚着脸皮跟朱家说："用高粱米换五斤小米。"那年月小米金贵，朱家人一听，就很不乐意，几句话就把母亲搪塞出去了。母亲无奈回了家，把我紧紧地抱在怀里，泪珠滴在我的脸上。

半夜，急促的敲门声把家人惊醒。开门一瞧，是朱家女人，我该叫二奶奶。只见她从长衫里掏出一个布口袋，塞到母亲手里，嘴里说着："快点给孩子熬小米粥喝吧。"说完，便急匆匆地走了。事后才知道，二奶奶据理力争，说服了家人，连夜给送来五斤小米。

那些天，母亲天天熬小米粥给我喝，二奶奶也常来看我，每次来，都会给我带来好吃的东西。在母亲和二奶奶的精心照料下，我的病渐渐地好了。后来听母亲说，病后的我由于小米粥的喂养，还比以前胖了许多。此后，母亲逢人就说，是朱家老太太救活了我的命。多年后我对小米粥还是情有独钟，常熬粥喝。每当喝着浓香的小米粥，我都会想起那时的人和事，从心里感激曾给予我关爱的人。感谢有你——我的朱家二奶奶。

读小学时，我的班主任是教语文的蔻老师。她身材高挑，一双水灵灵的大眼睛特好看。我们都爱听她讲课，她对我们很亲切也很严格。

蔻老师是下乡到我们村的知青，每当到了节假日，她都要回城里看望父母。回来后就给我们讲外面世界发生的新鲜事。那时没有电视，我们这群乡下娃从没走出村庄，对外面的世界一无所知，有好多新知识都是从老师那里得到的。蔻老师在城里看过电影回来后，就给我们讲。记忆里有个画面一直挥之不去。全班 40 多个小脑瓜，一动不动地听着老师讲金环银环与鬼子斗争的故事，还有电影《永不消逝的电波》里面的英雄人物，他们的形象深深印刻在了我们幼小的心里。

蔻老师常常鼓励我要好好学习，要有远大的理想和抱负。她曾兴奋地告诉我：县里要成立重点高中了，要恢复高考了，考上高中才能考上大学。我第一次听到了这些新词汇——高中、大学。从心里对大学有了急切的向往，在老师的精心教导下，我发奋读书，每次考试都名列前茅。初中、高中一路走来，终于考上大学，老师得知后兴奋地说："我学生考上大学了。"

我这个生在农村、长在乡下的农家女儿，由于在生命中遇到了恩师的教诲和指引，走出了村庄，开启了追逐梦想的美好人生旅程。如今，每当我走进工作的校园，有时就会涌动出感激的情怀，感谢有你——我的知青老师。

走过千山万水，也忘不了故乡的一山一水；尝遍了山珍海味，最忘不了妈妈的味道。回想起我人生的过往，就会心存感激，感念生命中的那些对我有恩情的人。是他们给予了我生命，给予了我无私的怜悯和关爱，给予了我追逐梦想的一双翅膀。感谢你，我的恩人，感谢一路有你。

《锦州晚报》2017 年 12 月 27 日

冬日暖阳恰盈怀

寒夜，月淡星稀。窗外，朔风凛冽。

蜗居家中，沏一杯香茗，将身心沁浸在班得瑞《寂静山林》的悠扬乐曲里，让心绪随之荡漾。捧一本好书，许是一部心仪的小说或是一篇神往的散文，抑或一首醉心的诗赋。把自己深深埋入书里，在文字的薰薰和风中去陶醉，去感受融融的暖意。

冬至时令，告诉人们寒冷正一步步临近。那天，我收到了很多朋友的温馨提示："别忘了吃饺子啊！"李大姐更是热心十足，盛情邀我去她家吃荠菜馅的饺子。接她电话时，我正行走在冷风飕飕的街路上，话筒中传来她亲切又几近命令的语气，说着和我的约定时间和地点。在这寒冷的冬天，这般受人牵挂，我的心里顿生暖意。结识这位李大姐是在去年春天，那时我受邀去锦州市民大讲堂，讲授课题《如何阅读欣赏格律诗》，李大姐前来听课。课罢人散后，她却迟迟没走，与我热情地攀谈起来，还相互留下了电话。日后，她又来我单位拜访，我们在一起畅谈诗歌，交流心得，如同久别的挚友和姐妹。因为懂得，所以彼此间便有了更多的关切。心通了，更加深了相互的珍惜。

周六早上，我去菜市场，要买回下周的菜食。没办法，返回时，途经一家临街的肉店，便走了进去。我看中了一块猪肉，便唤来店主称量。店主是一位壮实的中年汉子，长得平头正脸，黑红脸膛。说话的声音像是从小口大肚的瓷坛子里发出来，瓮声瓮气的。一番麻利地称重算账后，他报出价钱。我打开钱包一瞧，坏了，钱不够了。忙红着脸解释说："还差 20 多元钱，不买这么多了。"他瞧了我一眼后瓮声说道："你把肉拿走吧，差钱下次来时再给，我信你。""我下周六才能来呀。"我忙说。"行啊，没事。"他摆动着油乎乎的大手说道。

买到了可心的肉，回家包了一顿芹菜肉馅饺子。煮饺子时，我又想起那位以前从未谋过面的店主，他对我的信任，让我心生温暖。人与人彼此间的信赖，饱含着人世间最真切善良的情愫。

一周一晃而去。又是一个周六的早晨，我早早起床，掀开厚厚的窗幔，见到屋外天气阴沉。走进阳台凭窗向外张望，下雪了，地上已落了一层厚厚的雪。若在平时遇有这样的天气又逢周六，我当然不会去早市了。可今天不行，今天我必须风雪无阻地出去，去履行一个庄重的承诺。想来，那位瓮声瓮气的汉子，此刻也在期盼着得到理想的结果。也许他的家人已经多次数落他的憨直，他心里是否也有过后悔与不安？诚信，在此时承受着拷问，失落与希冀如同这厚厚的雪雾，在心里漂泊不定。

我推开肉店门，抖落身上的雪花，闻听一阵瓮声瓮气的笑声传来："哈哈！咋样，我没看错人吧，一准能来送钱。"当我把钱递给店主时，我似乎觉得，送出去的已经不仅仅是 20 几元钱了，在我与他这一送一接间，分明是一种叫"诚信"的东西在接力传承。店主接过钱后，一边递给身后的胖女人，一边说："咋样，还是你错怪人家了吧？"胖女人绯红着脸说："一瞧这位大姐就是实诚人，以后常来吧。"别说，此后，我还真成了这里买肉的常客。每次路过肉店都会进去攀谈一番，听听店主老弟瓮声瓮气的说话声和他胖媳妇爽朗的大笑，感受着他们辛苦忙碌中的那份坦诚与踏实，我的心里就会觉得亲切又痛快。

返回时，电话铃声响起，传来平素要好姐妹的声音，她兴奋地约我去东湖公园照雪景，我便欣然前往。几位谈得来的好姐妹在公园里嬉笑玩耍着，与知心的朋友们在一起感觉很是放松愉快。人这辈子能结识几位知心好友，在一起时可以尽情地哭和笑，没有猜忌和虚假，实在是难得。有时好友的一句话，一个眼神都会使心中的郁结释然。暖心暖肺的话语即使在严寒里，也能使人感受到人世间情感的温度。

晚饭后，工作和居住在外地的儿媳打来电话，关切地询问我的身体和工作情况。她还特意告诉我，从网上给我购买了一件款式新颖、颜色素雅的羽绒服，明后天就能送到。叮嘱我一定要穿上，要往年轻上打扮自己。甜甜的话语，听得我心都醉了。那股亲热劲，更使我眼泪湿润，感叹有儿女的平常日子，真好。

正值滴水成冰的小寒时节，而亲情、友情、相互信任之情却如冬日暖阳，盈满了我的心怀，使我感受着人世间真挚情感的暖意与温馨。

《锦州晚报》2018 年 2 月 18 日

悠车子的呢喃

记忆中儿时的一个场景经常在我的脑海中闪现，那时候，我三岁左右。一个夏天的午后，用绳子悬吊在火炕上方的房梁上的悠车子里空无一人，弟弟刚才睡醒哭闹，让姐姐从悠车子里抱出去了。炕上玩的我是多么羡慕弟弟在悠车子里荡来荡去。我也想坐一回悠车子，于是在炕上往悠车子里爬，一碰悠车子就动了起来，我不但没有爬进悠车子，还因为不得要领，弄出很大动静。伴随着我的哭声，母亲跑过来，把我从地上抱到炕上。不但没有实现我的愿望，为了让我长记性，下次别再向悠车子里爬，还打了我一顿。在我的记忆里这是第一次挨打，从此我记住了悠车子。

悠车子是一种专门带孩子的船形卧具，是东北独有的东西。人们一直以来所说的“东北三大怪”：窗户纸糊在外，大姑娘叼着大烟袋，养个孩子吊起来。其中“养个人孩子吊起来”，就是指把孩子放在悠车子里。悠车子形状像个椭圆形略显长方的笸箩，使用时吊在房梁或檩子上，拴上两根粗粗的长绳子，然后用钩子挂上，摆动起来幅度很大，孩子躺在里面忽忽悠悠很快就会睡着的。

那时哄孩子一是别磕着碰着，二是不哭就行，大人们为了腾出些时间多干活，总想让孩子多睡一会儿。悠车子多是木质的，也有竹质的，有些精美的会在中间的连接处加上铜箍，而且拴系绳子处，也是金灿灿的铜环。悠车子周身会涂上不同颜色的漆，多是红色为主，有的绘有图案。

我家那个悠车子是竹质的，悠车子周身涂的是红漆，有两条鲤鱼，可能是寓意坐过这个悠车子的孩子会鲤鱼跳龙门。轻轻一推悠车子，便来回摆动，一会儿荡到了炕上一会儿荡到了地上，里面的孩子听着母亲哼着的《摇篮曲》便会酣然入睡。

母亲说："我们这一代的孩子，从小都是坐过悠车子。"可惜我躺卧在悠车子里的感觉已全然不知，以为自己没有坐过悠车子。我家的孩子多，活也多，母亲针线活也多，缝缝补补的。我看过母亲哄小弟弟，常常是把小弟弟放在悠车里，一边悠着，一边做针线活。嘴里哼着小曲："悠啊悠啊，悠娘的宝贝睡大觉。"轻柔温婉，情不自禁，一种美意发之于心田，做母亲的神圣与自豪溢于言表。

于是多少次，我幻想躺卧悠车子里，悠悠荡荡，仿佛流年都漾着涟漪，窗外的星光月色忽近忽远忽明忽暗，能听到一个人的哼唱，感受到一双手的轻轻推动。或母亲，或姐姐，而如今，母亲已去世近10年，姐姐也老矣。永远回不去的团聚，那悠车子里度过人生的头二年，只能在心底回味陈年的旧梦。

我们的下一代，只有大哥的儿子坐过悠车子。后来我有了儿子，母亲也嘴里哼着小曲："悠啊悠啊，悠姥姥的大外孙子睡大觉。"只是没有了悠车子。

后来，我家翻盖了新瓦房，房梁也都隐没在棚的上面，没有地方挂悠车子了。于是，悠车子慢慢地淡出了我们的生活。我对那辆悠车子最后的印象，就是在老家的西厢房里，在角落处。再后来，我在外地工作一次回家突然想起悠车子，问母亲，母亲说："村里同姓人借去了。"从此就再也没有见过我家的悠车子。

《锦州晚报》2019年11月22日

采草药

乡村有很多草药，它们都活在我的童年。

小时候天空是蓝色的，四季是分明的，冬天看不到绿色植物。那些年，村里有卫生所，二姨是村里卫生所的接生婆。二姨认识很多草药，也认识城里收草药的人，他们和二姨说要收购什么草药，并且告诉二姨来收购日子。在来收购日期之前，二姨就带领我们采草药。哪些是草药，哪些是城里要收购的草药，采到后如何处理，二姨一一教给我们。采草药换钱，有了钱就可以买对我极有诱惑力的小人书。于是非常高兴地奔向田野。

在老家叫它车轱辘菜。二姨告诉我它叫车前草。二姨让我们挖全棵，回家用清水洗净晒干。

在采草药的时候，二姨跟我说一个故事：很早很早以前，有一支军队在去戍边征战的时候，被敌军围困在一个荒无人烟的地方。时值六月，那里酷热异常，又遇天旱无雨。由于缺食少水，人和战马饿死、渴死的不少，剩下的人马也因饥渴交加，一个个小肚子胀得像鼓一般痛苦不堪，尿像血一样红。

一天，马夫忽然发现他的三匹马都不尿血了，马的精神也大为好转。这一奇怪的现象引起了马夫的注意。他便紧盯着马的活动。原来马啃食了附近地面上生长的牛耳形的野草。他灵机一动，心想大概是马吃了这种草治好了病，不妨我也拔些来试试看。于是他拔了一些草，煎水一连服了几天，感到身体舒服了，小便也正常了。马夫把这一偶然发现报告了将军。将军大喜，立即号令全军吃“牛耳草”。几天之后，人和马都治好了。将军问马夫：“牛耳草在什么地方采集到的？”马夫向前一指：“将军，那不是吗，就在大车前面。”后来大家给草取了名叫车前草。

车前草的生命力极强，在荒山、野地、沟旁、大坝坡，甚至乡路上车轱辘下它也都能生长。人踩车压它都不怕，一直生长着。车前草是多年生草本，叶由根部生出，叶片卵形或椭圆形，叶尖端是尖的或钝的，叶基部狭窄成长柄，全缘或呈不规则波状浅齿，通常有五至七条弧形脉。它的叶子中存在着令人吃惊的秘密，它的叶子按螺旋状排列，而两片叶子的夹角都是137.30度，结果所有的叶子都能让阳光照射到，使它生长良好。生生不息的车前草，给人们带来启发，于是人们造螺旋形高楼，使阳光能照进每一个房间。

我们要采的草药还有蒲黄、马齿苋、蒲公英。蒲黄生于池、沼、浅水中。要采蒲黄得去三岔河边，或者南大坝外水沟边。站在水边，一只手把住蒲草，一只手撅断蒲秆，然后剥开蒲草露出嫩嫩蒲黄，我就像羊吃草一样地吃嫩蒲黄，二姨说不能多吃，吃多了会晕头。五至六月采收蒲棒上部的黄色雄花序，晒干后碾轧，筛取花粉。花粉为黄色粉末。体轻，放水中则漂浮水面。手捻有骨腻感，易附着手指上，气微，味淡。后来，听说生病人打葡萄糖，我固执地认为是我们采蒲黄做的。当然在成长过程中还有许多事比这个想法重要，于是这个想法早就忘到一边去了。我打这个蒲黄打得少，晒干就更少了，我采得最多的是生命力极强的即使在车轱辘底下也能生长的车前草。它为我换回的几张角票，我用手绢包起来，攒起来，攒到够买小人书了，就跑到供销社去买小人书。买到小人书，我就会用心地看，也会兴奋好一阵子。

那一些草药，都活在我的童年里，现在离开乡村不常见了，但偶尔听到它们的名字，心里一惊，原来是旧相识，会有人生初见一样的美好。

《宁远文学》2013年第3期

“当归”白头山

“紫气东来道可传，荆门山脉绕城边。朝时日出窗前望，旭字形成八月天。”这是清代翰林院陆善格曾作的一首藏头诗。

白头山在紫荆山顶，紫荆山在双羊。

八月末，我来到了小凌河左岸的双羊镇，双羊镇北依紫荆山，西望小凌河。我与文友登上了紫荆山，感受到了“双羊”的自然之美、历史文化之美、友情之美、爱情之美。

紫荆山顶峰，俗称“白头山”，站在山顶，眼前豁然开朗，精神为之一振。站在白头山上锦州方圆百里之内尽收眼底，极目远眺，南可见海，甚至见海上的点点船帆；西可观锦城全貌；东北方向是闾山山脉，蜿蜒起伏，层峦叠嶂，十分壮观。为什么叫白头山呢？有一种说法是山顶有一块大白石头，因此叫白头山。另一种说法是一个人走到山顶，看到山顶长着近根部有白色茸毛、形状像白头翁的小草，故把这山叫白头山。白头翁也叫野丈人、胡王使者、白头。从传统中医来看，白头翁有清热解毒、凉血止痢、治阴痒、擅清阳明之湿热的功效。

还有一种说法是因为紫荆山顶白雾茫茫，山顶四周一片岚霭迷茫，似连非连，白亮亮的，因此叫白头山。你是八月天里的云烟，秋风吹着风软，相爱的人眼睛闪闪，想共度一生站在面前。

紫荆山自然生态环境保留着原始状态，景色迷人，有着得天独厚的天然景观，生长着松树、柏树、油松、刺槐、侧柏、纹冠果、花曲柳和满山的紫荆树，春天紫荆花盛开的时候，满山香气吸引蜜蜂采蜜，蝴蝶飞舞。山上还有野生的山杏、桃、苹果、李子树，结着最让人惦记的水果；有知母、桔梗、光参、柴胡、灵芝、艾草、车前草等中草药，更有五行菜和《诗经》中记载的植物；有野鸡、野兔、刺猬等野生动物出没；树上各种鸟飞上飞下；山坡上有各种昆虫。这应了郭熙的“山以水为血脉，以草木为毛发，从烟云为神采”，这就是紫荆山的自然之美。

关于白头山有一个传说，明朝初年，有一年春天，双羊的女青年桂芝在紫荆山采草药，遇到了一条蛇，吓得桂芝惊叫。这时在不远处打猎的玉柱听到叫声赶来，把蛇赶走。桂芝家是中医世家，她常跟父亲上山采药，桂芝认识草药有 130 多种。玉柱经常来山打猎，两个年龄相仿的青年人就这样相识了。桂芝为了感谢玉柱把蛇赶走，给他一把五行菜，教他吃法，这是药食同源的。

春天里，万物生发，不分贵贱，每一棵草都会发芽，每一朵花都不会错过春天。两个经常上山的青年人，相知相爱，海誓山盟，“执子之手，与子偕老。”桂芝的父亲知道后，并没有为难他们，只是对玉柱说：“三年内熟读《黄帝内经》《本草纲目》，采来 81 种草药，并且知道药理药效，成为一个懂医者。”玉柱答应了这个条件，从第二天起就把《黄帝内经》当枕边书，并学起了桂芝送来的其他医书。

玉柱在书上认识一种草药，就去山上找实物并做成标本，桂芝有时教他认识几种草药。玉柱很聪明，记性也好。

有一次玉柱感冒了，他这天没有去山采药，没有看到桂芝，很想她。他在医书里发现了“桂枝”，桂枝汤治好了他的病，“桂枝汤”是一副上好的药，又与“桂芝”谐音，能医治他的身体更能治愈他的心灵。

为了完成任务，玉柱起早贪黑，两年多一点就熟识了 80 种草药，还差一种，玉柱决定去寻找一种连桂芝的父亲都不知道的海上方，玉柱临行前让桂芝等他，说很快就回来。

玉柱去寻海上方后，桂芝天天来紫荆山采草药，一直爬到山顶上，望一望玉柱回来了没有。桂芝苦等玉柱三年，玉柱也没回来，她啼哭着，嘴里说着“当归”，桂芝认为，她的出生，只为与玉柱相逢。原来，爱是如此简单，你为我而活，我为你坚守。在山顶上，她将眼泪哭干，黑发变白发，没等到她的心上人。不知何时起，她的身边多了一只鸟，鸟额至头顶黑色，两眼上方至后枕白色。毛色特点及其名称与白发老人相似，是白头翁，这鸟被人们类比为鹤发童颜、长寿白头老人的象征。作为一种吉祥图案的元素，如长春白头、白头富贵、堂上双白，这些都寓意了夫妻白头偕老、幸福美满。

白头山上这凄美的爱情故事，口口相传至今。

“人事有代谢，往来成古今。江山留胜迹，我辈复登临。”我花很大力气爬上白头山，回头看我所经历的曲折盘旋的小路，看那远山，看那大海，看那人间烟火，令我心胸开阔。满目白头山秋色，拂面秋风飒爽。

紫荆山以紫荆朝旭取胜，白头山以白头闻名。

我们恋恋不舍地下山，在心里默默寻找属于自己的白头山。

《北极光》2023 年第 2 期

北普陀山的山楂红了

北普陀山，我去过多次，可山楂园还是第一次去。导游带我们乘电瓶车到灵湫瀑布听山泉流淌，赏瀑布之壮观，然后直接来到山楂园。

沿着山路走，看到一个山门，门上有一副对联：山野绿时枝头鸟语传天趣，楂园红处风里果香寄情思。横批：山楂树之恋。这就是进山楂园之门。

我们沿着水系往顶上走，小溪上有木桥，木桥是由圆木一根一根接拼而成。正如导游所说，这里有春天花开的声音，夏天蛙鸣的声音，秋天的风声流水声鸟鸣声，冬天的落雪声，还有遥远的马蹄声。

小木桥对面有一座青砖影壁墙，上面写着金色的“千年之约”四个大字。想到明代书籍《增广贤文》中有：一日夫妻，百世姻缘。百世修来同船渡，千世修来共枕眠。

对于山楂树，我总有一种莫名其妙的眷恋，让我想起电影《山楂树之恋》，静秋与老三纯洁的牵手，以及一句歌词“永远站在你的身边，我保证我的爱不会变”。我独爱山楂树，那秀美的叶子中，似乎掩藏着欲诉不能的秘密。绿叶如翡翠，阳光下，通透且明亮。山楂树已经是一种象征、一个符号，浸润着善美之光的真爱。

北普陀山山楂园，大有江南乌镇风格，小桥、流水、凉亭，柔美之情尽显其中。

山楂园很大，大到需要你亲自感受才知如何形容。山楂园很美，美到你坐在凉亭听风赏景，听鸟鸣而不愿离去。

有人说，山楂园是锦州的乌镇。一路走在这幽静水系旁的小路上，仿佛走在一幅幅清新淡雅的水墨画里。

山楂园如画，四季皆美。春天山楂树开出了小小的花朵，许多的小花聚集在一起，簇成一团，就像是一朵大花，十分好看。山楂的花朵有伞状的花序，花朵是白色的，气味比较独特。山楂开花之后，就能结山楂了。

我爱吃山楂，一年四季都离不开山楂。长年喝的宝元汤里，除了一条鲫鱼、黄牛肉、猪蹄大红枣外，少不了三五个红山楂。

想来，舌尖满是津液。此刻，夏日里绿草茵茵，清风徐徐，蛙叫蝉鸣。

而我正计划着秋天的事……

《锦州晚报》2021 年 8 月 24 日

翠岩山——辽西的桂林

有人说，人一生至少要有两次冲动：一次奋不顾身的爱情；一次说走就走的旅行。

那年夏天，朋友说要带我去一个好地方，我没来得及换衣服就跟朋友去了，原来是我从没有去过的翠岩山。

翠岩山奇丽俊美，我很震撼。这里群峰秀丽，奇石巧叠如桂林的山，起伏山峦宛如一幅美丽的山水画卷，我居住的锦州城有这么美的地方，真是邂逅太晚。

锦州温滴楼满族乡西北 13 公里处，有一座嶙峋的群山，呈金黄虎皮色，奇而秀丽，它就是有名的翠岩山，讹称哑巴石。如果石头会说话，一定会说出翠岩山的前世今生，无论萧太后居住过的地方，还是当年的兵马场，或是琴声识知音的故事，都会娓娓道来。

翠岩山寺依翠岩山而得名。翠岩山寺山门面阔三间，为重檐歇山式建筑，底层檐下书有"翠岩禅寺"四个大字。山门外，一对狮子，双目圆睁，鬈毛卷曲，一只脚踏球，蹲踞在须弥座上，神奇无比。气势恢弘的山门，加上两边的高墙，把院落包裹得严严实实，从外面向里窥探，只能看见寺院背后高耸的青山，在山石的映衬下，古寺愈发威严壮观。

翠岩山屹立了千年。良好的生态环境使两棵古槐已千年，四棵枫树也有600 年了，山与树相拥在一起，地老天荒。

清末光绪年间，锦州知府文超游历翠岩山时，即兴写下了：“山似桂林石，千川只欠桂林水”的诗句。

翠岩山，天生的美貌，众峰倒立，拔地而起，山上怪石嶙峋，各具特色，有的形如神龟，有的状如玉兔，有的如两只青蛙在开会，有的形如大象头，有的像在浩瀚的沙海中休憩的骆驼。在山的东南角，耸立一巨石，像思念游子登高远眺的老人。几块大岩石组成一座巨大的黛色屏风，不凡的神韵，谜一般的前世今生，赋予了它卓然超群的气势和风骨。

传说明正统年间，都指挥李贞于嵯岈山一带围猎，远见群山如翠堆成，信口说：“真乃翠岩山！”于是，翠岩山之名就取代了嵯岈山。群山之坳有一历史悠久的古庙清胜寺，清胜寺即以山为名称之为“翠岩山寺”。山之东侧有寺庙两座，一在山脚下，一在半山腰，人们称为上、下院（殿）。下院名翠岩山寺，上院名玉皇阁，两院之间有依山开凿的小径蜿蜒相通。晨钟暮鼓响了千年，山与寺相得益彰。

翠岩山石呈褐绿色，夏秋之季，青苔密布，峰峦苍翠，景色如画。

翠岩山空旷幽静，早在汉代就有僧侣修筑庙宇，古时的飞檐翘角早就成了烟尘，今仅存有下院的清朝帝王题写石碑两座及上院的玉皇阁大殿外壳，诉说着曾经的过往。

翠岩山以翠色闻名遐迩，最美的自然是枫叶。玉皇阁外遍植枫树，金秋时节，枫叶红了，皆如心状，足赤无瑕，而且那枫叶与情有关：我是你的唯一！相思枫叶丹。在最恰当的时候送你一幅最美的画卷。

“青青翠色入眼中，山似桂林水却空。人生难得佳景遇，半入行囊半眸中。”是我这次采风偶得诗句。

《锦州日报》2020 年 12 月 4 日

此生唯愿伴书香

小时候家住乡下，日子清苦。那时我对啥都好奇，最猜不透的是天，天边在哪？为啥会下雨？父亲说：“在书上写着呢，多看书吧。”从此我就对书产生了浓厚兴趣。

家里的书有繁体字的，而大部分是小人书。一本小人书图文并茂，先看图后看文字，不认识的字就缠着母亲让她读给我听。母亲识字，读过几年书。后来看的次数多了，一本小人书看到前边就知道后面的内容了，此时就想看新书了。过年得到的压岁钱都用来买书，可零碎的压岁钱也买不了几本，于是就想挣钱的道，像攒点牙膏皮、麻绳头、破塑料布，换钱买书。最难忘的是跟村里我叫二姨的接生婆去地里采草药，新采来的草药经清洗、晒干，等收购药材的人来时换钱，然后买新书。

读小学的时候，我家东边搬来新邻居，老两口带三个女儿。大女儿在我们村小学当老师，我就常去她们家，也常借书来读。二女儿考上了锦州的一所大专，她放假回家后，我就去她家听她讲学校的事情。记得她还给我买过算草本，本子的封面是锦州火车站。那时，我对锦州这座城市充满了向往。

多年后，我考进锦州一所高校读书。每当下午没课时，我就去图书馆排队借书，当最爱看的《读者》被人借走了，就很是失望。那时对图书管理员十分羡慕，我暗下决心，将来我也要做天天有书看的工作。

那时，每去一个城市首先去的地方就是新华书店，手里有了余钱就去买书，对书也很是珍惜，买来的书都要包上书皮。如果一本好书没有买到，怎么办？同学们就一起抄书，记得我抄写过《英语九百句》。

看书做笔记的习惯，也是那时养成的，现在家中还保存着当年的笔记本。1984年第12期《辽宁青年》上有一篇文章叫《把时间焊接起来》，感觉很好，我就工整地抄在笔记本里。文中说如果我们学习没有时间，把时间的分分秒秒焊接起来，那不也可以解决问题吗？这种聚沙成塔的方法使我受益匪浅。

从上学到毕业参加工作，一直有书相伴，因为我在图书馆工作，工作之余的爱好还是读书。书就像阳光、像空气、像雨水、像鲜花、像美食，没有书相伴，我的生活就会变得毫无情趣。在图书馆工作的人都知道阿根廷作家、阿根廷国家图书馆馆长J·L·博尔赫斯的诗句："我心里一直都在暗暗设想天堂应该是图书馆的模样……"图书馆的工作给了我一份自豪，我一直很珍惜这份工作。

记得管理期刊工作时，有一个读者借去一本杂志，送回时杂志封面多了一个大大的油迹，我很是生气，他怎能如此不爱惜书呢？后来想出了管理方面的办法，情况大有好转。

书读得多了，就试着写，然后投稿发表文章。后来写作成了爱好，书就更是不离手了。记得母亲打电话问我在做啥，我常回答说在看书，母亲说都上班工作了咋还看书呢？

如果说年轻时读书，那是为了求学、求职，似乎与金钱有些关联，可现在看书写作，多是精神上的追求和寄托。人是需要精神支撑的，书籍就是我的精神支撑，若失去，我的世界就会垮了。在我人生最灰暗的时候，是书陪伴我度过了那些不堪回首的日子。书与我，是朋友、老师和伴侣。

作家三毛说："读书多了，容颜自然改变。"毕淑敏也这样认为："读书会使人优美。"可以说，读书是一场精神的跋涉、是一种生命的化妆，多读书的人，谈吐风趣、举止得体、气质非凡，心灵会变得纯洁美丽，性情也会变得文明高雅。书香赋予人的高贵，绝不仅仅是一个转身、一个低眉，那神态气韵是金钱换不来的。

林清玄说：“读书，是成本最低的投资，是提升自己眼界和人格的最佳途径。”我认识一个作家赵凯，他用读书塑造了奇迹人生。他是一位初中只读了一半的残疾人，18 岁瘫痪在床。他在乡村小屋中写了长篇小说《马说》，并发表在文学刊物《中国作家》上，还被《中华文学选刊》选载。他荣幸当选全国十大读书人物，被聘为辽宁省作家协会签约作家，加入了中国作家协会。他用 30 年不懈的努力，实现了进入鲁迅文学院深造的梦想。

读书是一件很公平的事情，在岁月的流逝中，它会把最美好的运气融进你的生命中。我常去的地方依旧是图书馆，也喜欢在所去过的图书馆大门前照一张相。2016 年，我有幸被评为锦州市第五届全民读书节“最佳读书人”。

最近在家里，我为自己重新设计了书房。依着自己喜欢的样子，买了五组老红色实木书柜，把堆积成小山的书籍，分门别类地放在书柜里。如此，我的书房有书有花、有茶有墨。后来我搬家了，唯一搬的家具就是这五组实木书柜还有那些书籍。

如果把读书化作人生的一个驿站，那么驻足在这个驿站里就是最好的时光。唯有书相伴，此生无憾。

《锦州晚报》2018 年 5 月 3 日

天下所有的妈妈都是自相矛盾的

自从儿子出生以来，儿子就没有离开我的视线，我总是为儿子担心，怕这怕那，总怕儿子多走弯路，总想告诉他一些我的人生经验。

一天，儿子突然对我说："妈妈，你有没有发现，你跟我说的好多话，听起来都是自相矛盾的。"

我愣了一下。再仔细想一想，好像真是这样。

在你小学四年级时，我送你去学游泳，想让你学一门技能。你学会了游泳，我的担心又来了，每次你去海边玩，我都要说几句，大海和游泳池不一样，让你别到大风大浪中去。记得有一次，我带你到红河谷漂流，红河谷水流急、水又深。听说常有人落入水中，于是我说："看到落水的人，可别见死不救啊！"说过又后悔了，我开始担心你的安全，生怕你由于救人不成反而伤了自己。于是我又说："那些淹死的都是会水的。"三个小时的漂流，我坐车从起点到了终点，一直为你担心着，当导游说你们已回来时，我立刻拿着你的衣服走到出口等你。

当看到你一脸笑容，说漂流好玩、明年再来时，我的心才放下。

早上，看着你快骑车出门，我会说："你要快点啊，千万别迟到！"可我又会说："别骑太快，路上注意安全！"我不希望你是那个在安静的教室外面喊"报告——"的孩子，可一旦你消失在我的视线中，我就开始用种种可怕的虚拟场景惊吓自己，担心你遇到不长眼的车，担心你闯红灯，担心你只顾匆匆骑车没注意到前面行走的老人或孩子。我派自己的心追踪你，告诉你说："孩子，别急，慢慢骑。"

当上高中时，我给你买了手机，告诉你上课时千万不要开手机，怕你的心都放在手机上，怕你只顾玩游戏而误解学习。可是如果联系不上你，我更怕会发生什么不好的事情。所以我又告诉你，下课后别忘了开机。

在你报志愿时，我希望你考上理想的学校，所以我会对你说："孩子，你能飞多远就飞多远吧！"可是在我的内心深处，我希望你永远不离开我的左右，永远在我的关心和爱护下成长。于是，我又会说："还有什么比一家人生活在一起更重要的事呢？"

在你交朋友时，我怕你孤单，让你多交几个朋友。在你的学习生活中，共同学习一起进步。可是，我又怕你什么事都依赖朋友，反而自己什么事情也办不了，从而影响你的学习。所以，我又会说："靠人不如靠己！"

我就是这样自相矛盾着，重重的自相矛盾想法折磨我的心。因为爱得太深，所以才会昧，才会惑，才会颠三倒四。无论我说过多少自相矛盾的话，无论这些话让你觉得多么无所适从，我都希望你懂得我说这些话的出发点与归宿，那就是天下所有的妈妈都是自相矛盾的。

《知识窗》2013年第2期
《小读者》2013年第9期转发
《北方人（悦读）》2013年第10期转发
《中外文摘》2013年第8期转发

六 乡村时光里的风景

听雪

想你，冬天的雪。

清代张潮《幽梦影》中有：“春听鸟声，夏听蝉声，秋听虫声，冬听雪声，白昼听棋声，月下听箫声；山中听松声，水际听欸乃声，方不虚此生耳。若恶少斥辱，悍妻诟谇，真不若耳聋也。”。论述中把春、夏、秋、冬，白昼、月下、山中、水际应该听啥写得明明白白的，还说明了在什么情况下不如耳聋。

数九寒天的冬，听雪声，方不虚此生。

在幽静的寒冬，我期待一场雪。雪花，应了冬之约而来，轻灵的雪花，舞动着袅娜妩媚的身姿，为大地披上了晶莹的纱衣。窗外，窸窸窣窣的声响，似有还无，轻微细密，那是高洁的雪花，在轻轻地敲响寒冬。

在描写“风花雪月”的古诗中，柳宗元《江雪》中有：“孤舟蓑笠翁，独钓寒江雪。”的诗句代表了雪。

于是，想到儿时父辈们对雪的期盼，大雪兆丰年。

纷纷扬扬下着雪，铺天盖地的雪，大地白茫茫的一片。我看到了干净，像诗一样素白留韵。

阡陌之上，自由，飘逸，洒脱，不羁的雪飞舞着，它飞在田野、林间、小河，村庄炊烟升起的草房子上。那满眼的纯白，涤荡了天地间的尘埃，给生命以安适与温暖。

此刻，一个内心丰富的女子，倚窗，静静地，听片片雪花簌簌飘落。伴着班得瑞钢琴曲《初雪》，那是心灵深处的欢喜与欣赏。

雪落的声音，是天使的声音，能听见的人会幸福一生。静静听雪，品味雪的美轮美奂，更胜于奏名曲，因为，这是天籁之音呢。

雪花，是世界上最圣洁的花，当你静静地聆听天籁声音，尘世的烦恼与喧嚣，好像都离你远去，呼吸都畅快了，身心安恬与平淡。

雪小禅说："听雪，也是听心，听雪的刹那，心里定会开出一朵清幽的莲花"。莲花是佛前的花，纯净无瑕出淤泥而不染，跟它比美的唯有雪花。

在此刻聆听，你领悟了什么？听的是雪，领悟的却是世界。人生本是一趟单程旅行，要经历悲欢离合，酸甜苦辣。不要虚度年华，要有好的心态快乐生活，最好地珍惜这次旅行。

有人喜欢白雪红梅，我独喜欢清幽的莲花，让心灵在听雪中，开出一朵禅意的莲。

《锦州晚报》2022 年 1 月 11 日

人民街风景

走在人民街

人民街是锦州市南北向的重要街道，它是横跨锦州铁道南北的一条市内主干线。

从我家出门，左转 50 米就到了人民街。我在锦州生活了 30 多年，也在人民街上走了 30 多年，每天上下班接孩子买菜等都要从人民街上经过，人民街是起点也是终点。人民街的树绿了又黄，黄了又绿，花开花谢。多年来从来没把它当风景。

人民街五段东侧是北湖公园，在我们家对过。那年夏天，有很多从阜新来的僧人，他们去海边洗完海澡后，专程来北湖公园游玩。杭州有西湖，锦州有北湖。北湖公园动物区内有采用岭南风格建造的大型狮虎山、鸡禽馆、猛禽馆、熊舍、猴山等。园内建有假山、亭廊、棚架等设施，花卉繁茂、环境优美、动物繁多，是有山有水的大型公园。

2001 年北湖公园更名为锦州动物园，分成了休闲和游玩两个区。我几乎天天到休闲区散步，但从没把它当风景，这就是人们说的熟悉的地方没有风景吧。锦州是丘陵地带，人民街是一条高低起伏的街。我从人民街最高处气象台那一段往南走，一抬眼，景深处，我看到了耸立了近千年的古塔，再往前走点，想看得清晰一些时，古塔又不见了。可能是高的建筑物挡住了视线。

听单田芳播讲的评书《乱世枭雄》，才知道民国时张学良在锦州创建的东北交通大学。那次坐公交车去市里，顺人民街向南行驶，我往右手边窗外看，路过锦州铁路高级中学后，在无意间发现“东北交通大学”六个繁体黑色大字写在校牌上，在心里惊叫，历史照进了现实。

还有配水池战斗遗址在锦州古塔区人民街附近的82.5高地上，是辽沈战役中著名的战斗遗址。配水池战斗是辽沈战役中的关键一战，东北野战军以“打铁的汉”的精神气概，浴血奋战、奋勇杀敌，攻取配水池，打开了通向攻克锦州的胜利道路，为辽沈战役的最终胜利奠定了坚实基础。

生活中，是否曾经有这样的一个角落吸引了你的注意力？你又是否曾经仔细观察过这样一个小角落？其实生活中有许多美丽的一角，等待着我们去发掘，仔细去品味它的存在。人民街就这样走进了我的视野，当我触摸它的历史时，我的眼睛湿润了，原来我天天路过的人民街有这样厚重的历史，我还不晓得。我麻木的神经苏醒了。

走在人民街，我发现人民街一街横跨两区，一街贯通南北，商家林立；一街饭店密集，紧握着锦州的味蕾；一街各层次的学府林立，足以让当今的“孟母三迁”到人民街；一街穿越历史回廊，串起锦州老城记忆。东临锦州动物园，东辐射儿童公园，西辐射古塔公园。临街两家大医院，带给人们生的希望。这里吃喝玩购物应有尽有。于是，人民街在看得见的地方，我的眼睛和你在一起；在看不见的地方，我的心和你在一起。

听在人民街

每年9月，在人民街经常能听到“一二一”“一二一”的军训口号声，我知道是新生在军训。这条街有辽宁省农业经济学校（现已搬迁）、锦州铁路高级中学、锦州保二小学。同样在人民街能听到吵嚷的声音，人民街往南行有桥洞。桥洞是由于铁路穿越锦州城，阻断了铁北与铁南人们出行，人们充分发挥才能在桥下建的两个洞，称之为双桥洞。双桥洞是铁北与铁南交通的必经之路，上下班高峰期，这里经常堵车。来来往往的车辆多，车行如蚁。铁道北的人民街是“古塔区”和“凌河区”的分界线；铁道南的人民街属于“古塔区”地界，古塔区政府就在临街。铁北的想去铁南，铁南的想进铁北来。于是这声音多为噪音。

在人民街，你可以去中影国际影城，看电影、听音乐。

在人民街听到动听的声音，那一定是公园里播放的舞曲。在闲散的午后或者夜晚，老人们在跳舞，优美的舞姿，用夜色舞美，诉说着美好的生活。经常能听到优美的歌声，是傍晚来公园休闲的人们在唱歌，用歌声唱出他们的心声，唱出美好的生活。

从玫瑰之约、浪漫之旅 KTV 里传来了不同的歌声，让人们随着歌声进入那个时代。

生活多种多样，华丽的、朴素的、温馨的、清新的……

有时我只想做一个倾听者，静静地倾听这条街发出强烈或者微弱的声音，聆听这个城市散落在我眼里被遗忘的音符。

街角那个弹棉花的男人，在街角整天地弹着棉花，嘣嘣的声音湮没在种种声音中。

另一个街角，有一个老男人在爆爆米花，隔一会儿就会听到嘣的一声，确实吓你一跳，当你想怪罪时，发现他们为了生活实属不易。在人民街，夜晚灯光耀耀煌煌，醒目的漆黑地上金字商家牌匾排列两侧。走在这里，你会遇到外国留学生，他们说着你听不懂的话。一个大男人蹲在地上大哭起来，让他痛痛快快地哭个够吧，也许是遇到了无法排解的事了。也许他是这个城市艰难讨生活的人，是什么样的烦心事让他这样地大哭？我没有大惊小怪，善良的做法是不打断他的哭，哭出来了也许他的天就晴了，什么事都过去了。这哭声似乎蕴藏了许许多多的故事，人的一生中有太多的无奈和烦恼，有太多的伤感和惆怅，有多少往事不堪回首，有多少记忆如过眼烟云。

街上遇到一个南方女子，全身挂着葫芦丝，好半天也没有人买。当我看她一眼时，她上前主动给我介绍她的葫芦丝有多好，她给我示范如何吹，并且专心地吹上一曲动人的歌。我静静听她的欢乐与忧愁，这样的倾听其实是一种善良的倾听，听这条街奏出的交响曲。

读在人民街

人民街像一本厚厚的历史书，得用心来读才不辜负它。

2012 年暑假，无论我是到锦州市图书馆查阅地方文献资料，还是到人民街实地考察，都带有一颗敬重的心，曾经的繁华让我对它有了几分敬重。南四小学（现在改成古塔区中心幼儿园了）在从福德转盘以南至南京路这一段。原老锦州老城门那面墙是南四小学的院墙。我从不同的角度拍摄下了照片里，用青砖砌成的“锦州”两字镶嵌在高高的城墙上的照片。一个老人告诉我这是锦州的古长城。又问我是不是记者，让我向有关方面反映一下这古长城没有人管，经常有人会“拿”走古长城的青砖。古长城应当好好保管，这是锦州的历史啊。我很感激这位老人对我的信任，感谢他有保护古长城的意识。我没敢说出我的身份，怕他失望。

2012 年秋，我去吴楚山庄采风，同去的有锦州市摄影家会员南四小学的李校长，我们就南四小学这一古长城展开了话题讨论，李校长担心南四小学的命运，由于学生少加上家长都奔名校，要不了多久，这个学校将不复存在。南四小学是锦州的老宅，是古锦州历史的一个点。他的担心我懂得也能理解。南四小学往北走就可以看到锦州玉佛寺。这是一处青砖青瓦古建筑群，临街的墙上写着大字“阿弥陀佛”和“嗡嘛呢叭弥吽”六字真言，这里佛教每日课诵的：“瓶中甘露常遍洒，手内杨枝不计秋。千处祈求千处应，苦海常作渡人舟。”这里香火缭绕，初一、十五到这上香的人不少。

福德转盘西侧直走就是古塔公园，古塔公园是一座富有辽西区域文化和风土人情的休闲场所。该区以广济寺和天后宫等宗教古典建筑群为街景，为游人开辟展示锦州历史民族宗教文化场所。古塔耸立，见证了一段辉煌或悲凉的历史，延伸了一段亘古不变的历史。

古塔公园里面有一尊雕像，是元朝开国重臣耶律楚材，他是契丹人，耶律倍八世孙。古塔的黄昏像一部无声老电影，上千只乌鸦鸟雀围着塔转落在塔上，诉说着古塔的前世今生。

古塔公园石林观赏区，如油画般绚丽。该区以辽西地域的特产木化石为主要原料，用多种造型手法，堆砌成一处“虽由人作，宛若天开”的石林风景点，可让游人在古朴典雅中得到扑朔迷离的享受。我喜欢旅游，喜欢有故事的地方，常来古塔公园看看。

古塔公园北侧是锦州市博物馆，其前身为辽西省地志博物馆筹备处，属国家二级馆，地方综合性博物馆。锦州市博物馆是地方综合性博物馆，充分展示锦州的历史风貌，展示锦州的经济、文化建设成果，展示锦州的风土民情，锦州市博物馆自建馆以来，共收集藏品 16 大类，共计万余件，其中一二级文物占有一定比例，更不乏国家孤品文物，在国内外均有一定影响。

福德转盘东是锦州基督教堂，周日这里人如潮水。再往前走大约千米就可以看到高高的天主教堂。我想人应当有信仰，有信仰的人就有所敬畏，做事有底线，不能做坏事。

人民街与北京路交叉口处转到北京路，可去北普陀山景区，北普陀山是国家 AAAA 级风景名胜区，游客喜爱的辽宁五十佳景之一，锦州十二佳景之首。这里春日桃花红雨，夏日苍翠欲滴，秋日满山红叶，冬日石棚松雪，是集妙佛、宝树、玉泉、奇洞于一体的旅游胜地，是值得一去的地方。

吃在人民街

爱吃是锦州人的特点。“真是有事万千，吃饭当先。”吃是生活的第一要紧事，哪新开了一家饭店，不用太多的宣传，只要有人去吃过了，并且认为好，就会口口相传，用不了多久大家都会知道了。于是，一有机会一定去这家饭店品尝。虽然有的饭店用不了三年就换门面了，但记忆中留下来的味道还是时不时地钻出来，撩拨一下寂寥的心。

锦州特产锦华烧鸡、锦州小菜、锦一顺炸鸡等在人民街一带附近都能见到。关于人民街的味蕾记忆，会在朋友聚餐的照片中和一些文字中被唤醒。

吃在锦州，不能不提锦州烧烤，锦州烧烤有多好吃，你问一问周边城市的人就知道了。他们下班开车来吃锦州烧烤，足以说明锦州烧烤的吸引力，烤的品种繁多，能吃的就能烤。在人民街你会看到门前立一个块石头，上面写着锦州烧烤的店，没错，这是正宗的锦州烧烤。

烧烤店里还有一种食品叫回头，就是你吃过了之后，一定能回头再来吃。锦州人走到哪就把锦州烧烤带到哪，大有遍地开花之势。

在人民街闻到的气息，是亲切的，它是来自乡村的气息，有乡村味道。

紧握着锦州的味蕾，朋友们小聚出门选择餐厅时，首先想到的是人民街饭店。因为那里的餐厅多，这家没有餐位还可以就近换一家，不会有带着客人找不着地方吃饭的尴尬。在人民街闻到的是锦州的味道，有着初恋般的味蕾记忆。有时候，留恋一个地方的原因很多，那种真正的香，挑逗你的味蕾，诱惑你的馋虫。当夜色来临时，你闻的是烟火味，在人民街甚至是晚上都弥漫锦州烧烤味。

当你来到锦州闻到这种味道，就会想起童年的时光，想起小时候烧家雀的味道，那是久别重逢的故乡的味道。

这里物价低，搬到桥南的人家常回到人民街北湖动物园东边的石桥子早市买菜，这里的菜品种齐全，菜新鲜，还有很多小吃，有我儿子爱吃的肉夹，他从上幼儿园一直吃到现在，每次回锦州都要去买。生活在锦州城，居住在人民街，被古老的文明和现代气息包围着，是机缘，是幸福，是巧遇，是久违。

我没法把自己置之度外。同学说我说话带着浓厚的锦州口音了，说话尾音上挑了，像在歌唱。我生活在这里没法不被同化。那天朝阳籍的辽宁文院的同学来锦州，我带他们走、听、读、吃在人民街，过后他们说不虚此行，他们中竟然有人想把自己的房子卖掉，跑到锦州人民街来定居。

这辈子我住在人民街，走在人民街，听在人民街，读在人民街，吃在人民街，感受过人民街的怀抱，拥有过人民街温柔的岁月，今生有人民街相伴，何憾之有？

最美不过人民街，最美是和人民街一起走过的时光。

《春风文艺》2020 年 5 期

文字里的美景与深情

古人说：读万卷书，行万里路。读万卷书，是心灵的抵达，行万里路，是身体的抵达。生命是一场盛大的旅行，总有一个地方在向你深情召唤，即使脚步不能抵达，心灵也要前往。湘西就是这样的一个地方。

翻开沈从文的《湘行散记》，我就随沈从文来一次湘西沅水行。书中，沈从文描绘了湘西世界的风土人情，展现了沈先生的“桃源”记忆。澄澈纯净的沅水两岸，吊脚楼、山崖、妇人、水手、军人……他们与各种传说交融，描绘了淳朴的湘西画卷。

《湘行散记》让世人看见了湘西的前世今生，从此世人知道了湘西的风土人情。

那是 1934 年，沈从文回家探母，与妻子张兆和约定每天写信，信中，描写了归途中的所见所闻，《湘行散记》就是根据这些信写成。

沈从文循着沅水，边回忆边写。其中“湘行书简”是最为动人的篇章，家国之思，历史现实静观，分外动人。

“湘行书简”部分以三篇张兆和给沈从文的 3 封信为引子，随后是沈从文写给张兆和的 34 封信，结尾是沈从文致沈云六的信。

沈从文给新婚妻子张兆和写得满含思念之情。读起来好像耳边低语一般，感情浓厚。回乡途中，沈从文看见每一处景色，听说的每一个故事，吃的每一顿饭都想要跟张兆和分享。最经典的“我行过许多地方的桥，看过许多次数的云，喝过许多种类的酒，却只爱过一个正当最好年龄的人。”字里行间，我读到的，都是浓情和深爱。

沈从文乘船经过的是桃源与麻阳间的那段，属于沅水的中下游，两岸风光秀美，但由于重峦叠嶂，由下游至上游的回乡路程极为难走。晃动的船，没有影响沈从文的笔，他仍天天在写日记。他在写给张兆和的信里有一篇《夜泊鸭窠围》写道：“因这些曲子我还记起了我独自到锦州，一个人住在旅馆中的情形，在那旅馆中我听到一个女人唱大鼓书，给赶骡子的客人过夜，唱了半夜。我也一人躺在一个大炕上听窗外唱曲子。”

我很骄傲能从沈从文的文字里，看到他来过我的家乡辽宁锦州，听过一个女人唱大鼓书。

湘西沅水在沈从文的文字里变得柔和。《湘行散记》让那片神奇的土地、穿城而过的沅水如在眼前。最美的风景虽未踏足，但在作家的文字里，我一样认识了这个地方。

《中国应急管理报》2020年5月19日

六色缤纷的魅力之城——盘锦

盘锦，一个充满生机与富饶的地方，是大自然馈赠给人类的宝地。2024 年是盘锦建市 40 周年，从 1984 年建市开始，盘锦人民就以“艰苦奋斗、团结拼搏、求真务实、开拓创新”的盘锦精神，在这片土地上创造了一个又一个奇迹。他们用勤劳的双手和智慧的头脑，把一个荒僻的苇场变成了一个繁荣的新城。他们用汗水和心血，在这片土地上书写了一个又一个传奇。

盘锦的发展是一部创新史。从“油城”到“湿地之都”，从“盘锦大米”到“盘锦河蟹”，从“辽东湾新区”到“盘锦港”，盘锦人民始终坚持解放思想、与时俱进、改革创新、开放包容的理念，不断探索适合自己的发展道路。他们用创新的思维和行动，在这片土地上创造了一个又一个亮点。他们用勇气和智慧，在这片土地上实现了一个又一个突破。

盘锦的发展是一部文明史。从“全国文明城市”到“国家卫生城市”，从“国家园林城市”到“中国优秀旅游城市”，从“全国社会治安综合治理优秀城市”到“全国双拥模范城”，盘锦人民始终坚持物质文明、精神文明、政治文明、社会文明、生态文明协调发展的方针，不断提升城市的品质和魅力。他们用文明的素质和行为，在这片土地上展现了一个又一个风采。他们用爱心和责任，在这片土地上传递了一个又一个温暖。

我用红色、黄色、蓝色、黑色、绿色和白色之六色缤纷来诉说盘锦，感受盘锦的魅力。

红：中国红，红色是盘锦的象征，也是盘锦的灵魂。红海滩是盘锦著名的旅游景点之一，也是中国较大的芦苇荡湿地。多次代表辽宁出镜，盘锦红海滩醉人的中国红，从高空俯瞰，似辽河与渤海相拥亲昵的唇印。

每年秋天，红海滩上的碱蓬草变成红色，形成了一片美丽的奇观。红海滩不仅是一道美丽的风景线，也是一个重要的生态屏障。它保护了湿地生态系统，为珍稀濒危物种提供了栖息地和繁殖地。同时，红色也是一个重要的红色旅游文化基地。盘锦有许多红色旅游景点，如沙岭抗日义勇军纪念馆和沙岭战役纪念馆，如盘锦烈士陵园、辽河碑林、盘锦博物馆等。它见证了中国共产党领导下的东北抗日战争和解放战争的历史。

游客可以在这里欣赏自然风光，了解历史文化，接受爱国主义教育。这些景点展示了中国共产党领导下的盘锦人民在战争中所作出的巨大贡献和牺牲。游客可以在这里了解历史，缅怀先烈，弘扬爱国主义精神。

黄：中国古代黄色是高贵的颜色，是皇家御用的，平民百姓不准使用。黄色是众多色彩中最温暖的颜色，给人愉快，辉煌，温暖，充满希望和活力的色彩印象。盘锦有丰饶的黄。黄色水稻，盘锦市是中国重要的水稻产区之一，其水稻种植历史悠久，生产的水稻品质优良，深受人们喜爱。

每年的八九月份，是盘锦水稻生长的重要时期。在阳光的照耀下，一望无际的稻田呈现出一片金黄的景象，仿佛一幅美丽的画卷。微风吹过，稻浪翻滚，犹如金色的海洋。

盘锦的水稻以其独特的口感和营养价值而闻名。它不仅含有丰富的蛋白质和膳食纤维，还具有独特的香味和口感，让人回味无穷。

盘锦的水稻种植不仅为当地居民提供了丰富的粮食资源，也为当地的经济发展做出了重要贡献。近年来，随着农业科技的不断进步和发展，盘锦的水稻种植也逐渐向现代化、专业化和标准化方向发展，不断提高产量和品质，为当地经济的可持续发展奠定了坚实的基础。

总之，盘锦的黄色水稻是这座城市的重要标志之一，它不仅为人们提供了丰富的营养，也为当地经济的发展做出了重大贡献。

蓝：蓝色是永恒的象征。蓝色既代表着忧郁，又代表着慈爱、宽容。蓝色海洋，盘锦是一座与海洋紧密相连的城市，其蓝色海洋资源丰富，美丽而神秘。

盘锦的海域面积广阔，水质清澈。在阳光的照耀下，海水呈现出深邃的蓝色，仿佛一颗璀璨的蓝宝石。海浪拍打着岸边，发出阵阵声响，仿佛在演奏一曲美妙的音乐。

盘锦的海洋生物种类繁多，包括各种鱼类、贝类、海藻等。它们在海洋中自由生长，为海洋生态系统的平衡和稳定发挥着重要的作用。

海洋对于盘锦来说不仅是一道美丽的风景线，更是一个重要的经济资源。盘锦的渔业发达，渔民们通过捕捞海洋生物，为城市提供了丰富的海产品。此外，海洋旅游业也逐渐成了盘锦的一片重要产业，为城市经济的发展注入了新的活力。

海洋是盘锦的宝贵财富，也是人类共同的家园。盘锦人民珍惜和保护海洋资源，为子孙后代留下一片美丽的蓝色海洋。

黑：黑色是宇宙原始之色，黑色的光亮。黑色石油，是盘锦的宝藏，是黑色的珍宝，也是盘锦的骄傲。石油在富裕了这座城市的同时，更让全体市民萌生了一份空前的家乡自豪感。因此，他们给自己的城市起了个小名叫“油城”。在盘锦，在辽河油田，铁人精神非男人独有，还有铁姑娘。作为实体的关乎石油文化的探、采、掘、运、研等各个领域，都为人们展现出了别样的风情。油田人的生活本身就是这座城市的“符号”，他们的辛勤付出和智慧奉献，为这座城市注入了源源不断的动力和活力。油田开发建设 50 多年来，辽河油田累计捧出 5 亿多吨原油、900 多亿立方米天然气，实现财税贡献近 3000 亿元。“为国加油增气”，数十年来已汇聚成沛塞天地气贯长虹的精神力量，所向所行无难不克。

油田之畔的乡村，同样有着多彩的文化载体。这里的人们以水为脉，以油为魂，在这片土地上创造了丰富多彩的生活。水养育了生命，油带来了财富，这座城市的过去、现在和未来，都与“水”和“油”紧密相连。不同的是，

“水”是生命之源，“油”是发展之基。它们相互依存，相互促进，共同铸就了盘锦的辉煌与繁荣。

在盘锦，你可以感受到石油文化的魅力，也可以体验到乡村生活的风情。这里有现代化的石油化工企业，也有古朴的乡村小镇；这里有高楼大厦，也有田野风光；这里有繁华的商业区，也有宁静的自然保护区；这里有热情好客的人民，也有丰富多彩的文化活动。

绿：蓬勃的绿，绿色的城市，象征生命的绿色，满眼都是绿，醉人的绿，绿色绵延，层次清晰。树绿、草绿、稻绿，郁郁葱葱的绿色，在盘锦森林公园像林海一样绿得无边。其中最著名的当数大苇塘和地毯一样的绿色水稻。这片广阔的湿地生态系统，是大自然的杰作，也是盘锦人民的宝贵财富。

盘锦又称“鹤乡”，是丹顶鹤自然繁殖分布地的最南限、越冬地的最北界，是丹顶鹤大陆种群重要的栖息地之一。大苇塘拥有着美丽的自然景观，盘锦苇海之阔大，居世界滨海湿地之最。芦苇摇曳像绿色的波浪，芦苇临水而生，聚众而长，以昂扬的姿态挺立水中央，在最美的秋色里荡漾。微冷的风在苇尖上掠过，缓缓地将大片大片的芦花染红、染黄、染白，这里绿草如茵，芦苇荡漾，水鸟翔集，犹如一幅美丽的画卷。《舌尖上的中国》热赞的盘锦野生蒲笋，初夏最鲜。大苇塘也是一个充满生机与活力的生态系统，这里是各种动植物的乐园，其中包括珍稀鸟类和濒危物种。它们在这里繁衍生息，构成了一个完整的生态系统。

为了保护大苇塘的生态环境，盘锦市政府采取了一系列措施。他们禁止在湿地内进行非法捕捞和采伐，加强了环保教育和宣传，鼓励人们参与环保行动。同时，他们还积极推广绿色产业，推动可持续发展。作为退海之地，盘锦几乎每一寸土地都曾为湿地，都曾经历了“海洋——湿地——陆地”的变迁。

如今，大苇塘已经成为盘锦市的一张名片，吸引着无数游客前来观光和度假。它不仅展现了盘锦的绿色魅力，更是一个重要的生态环保教育基地。让我们共同保护这片珍贵的湿地，为盘锦的可持续发展作出贡献。

盘锦市拥有国家级和省级自然保护地各 1 处，国家级海洋公园 1 处，国家级湿地公园两处，省级湿地公园 4 处，省级森林公园两处，省级地质公园 1 处。候鸟迁飞通道保护得力，广袤静谧的辽河口湿地越来越被鸟类青睐。在广阔的湿地深处，密密麻麻的鸟儿形成鸟浪，时而高速俯冲、时而悠然盘旋，伴随啁啾啼啭的鸟鸣，它们表演了一场场震撼世界的大型歌舞，也凸显了辽河口湿地生态好。

白：白色光明的象征色。白色明亮干净、畅快、朴素、单纯、雅致与贞洁。盘锦有湿地鸟类和植物国家自然保护区，许多仙鹤飞回来，白鹤、白鹳、白鹭、白天鹅、白鹅大雁，够你欣赏的白。

盘锦产白色大米，绿色无公害，好吃有营养。盘锦处于世界黄金稻米带。稻蟹共生的环境好，无污染不打药。盘锦人对自然美味健康营养的极致追求，造就了盘锦大米近 600 亿元的品牌价值（居辽宁农产品榜首）。百年稻作史，使盘锦人对水稻及稻米的感情已非同一般。时至今日，水稻对盘锦人而言已不仅仅是农作物的一种，稻米也不仅仅是饱腹物之一，两者都已成了盘锦人展现艺术灵思的特殊载体，人稻情缘的文化大戏，一年四季，季季生动。浓郁的红、蓬勃的绿、丰饶的黄……

大自然是个画家，热情奔放的画家。在辽河入海口，渤海最北岸，恣意挥洒手中的色彩，涂满了盘锦大地。

“这是一座轻轻放在湿地上的城市”。“轻轻”二字透着盘锦的敬畏谦恭。自然美就是盘锦旅游的底色、底蕴、底气。中国红、高贵的黄色、永恒的蓝色、光亮的黑色、蓬勃的绿色和明亮干净的白色，多彩的城市，美丽的家园。我要说盘锦生态，好有色彩。盘锦，一座充满魅力与风情的城市，等待着你的探索和发现。让我们一起走进盘锦，感受它的独特魅力吧！

2024 年 5 月

春之鲜艳的风景

立春

岁月轮回，又到了二十四节气中的立春。2016 年 11 月 30 日，中国申报的二十四节气，被列入联合国教科文组织人类非物质文化遗产代表作名录。二十四节气的完整、科学记载，出自《淮南子·天文训》，里面确定二十四节气的标准，是北斗斗柄的运行方向。

立春是二十四节气的第一个节气，立春，象征春天的气象已经建立，标志着万物闭藏的冬季已过，开始进入风和日暖万物生的季节。从这天开始，天、地、人充满生机，万物顺利生长。在这个转眼即逝的瞬间，我仿佛看到了春天轻轻地敲响了大地的门扉。

古时将立春的 15 天分为三候：一候东风解冻；二候蛰虫始振；三候鱼陟负冰。

立春的早晨，微风婉转，阳光透过云层洒下来，给大地披上了一层温柔的光晕。站在户外，阳光的拥抱渗透到皮肤深处，让人感受到一股细腻的温暖。天空中缓缓飞过的候鸟，是春天的使者，它们指引着大地上的生灵，知道春天即将到来。

春的气息扩散在空中。大地悄然苏醒，植物开始发芽，散发着清新的气息。迎春花树上的嫩芽如一只只小手伸展开来，迎接着新的季节。小草从土壤中冒出头来，意志坚定地向阳光伸展，追求生长的梦想。

小溪里流淌的水声清脆悦耳，仿佛用一种细腻的语言歌唱着春天的到来。垂柳在微风中轻轻摩挲，发出沙沙的声音，宛如春天的交响乐。鸟儿的歌声不再单调，欢快地鸣叫，似乎在告诉大家，春天已经来临了。

立春也是农民朋友们最忙碌的时候。他们且育种且备耕，忙着农家的事务。在春的季节里，他们辛勤地劳作，种下了希望的种子，期待着收获的秋季。他们是这片土地上最伟大的劳动者，他们的辛勤和汗水，让春天的阳光更加灿烂。

立春之时，大家会进行一些喜庆的活动，以迎接春天的到来。人们穿上节日的新衣，走进庙宇祭祀祖先，祈求家宅平安、五谷丰登。

古代风俗，立春日以韭黄、果品、饼饵等簇盘为食，或馈赠亲友，称春盘。帝王亦于立春前一天，以春盘并酒赐近臣。什么是“春盘”呢？它是用芹菜、韭菜、竹笋等组成的，表示勤劳、长久、蓬勃的意思。小时候常听母亲说：春打六九头，立春，也叫报春、迎春、咬春、打春、邀春，当然还要惜春。鞭打春牛，祭祀春神，张贴迎春字画。

我们东北立春风俗有吃春饼，咬春。春饼要卷着绿豆芽、酸菜炒粉条、韭菜、摊鸡蛋、酱肉丝、葱丝，意为吉祥如意、香透全家。

春天是一个美丽的季节，它带给人们希望和温暖。在春风中茁壮成长，在春雨中滋润心灵，人们迎接春天的到来，迎接生命的勃发。

立春，象征着新的开始，注定是美好的。让我们抓住这个充满希望的契机，扬起微笑，迎接春天的亲吻。

雨水

雨水，二十四节气中的第二个节气。带着柔和的春风，轻轻拂过大地。在这个节气中，雨水开始逐渐多了起来。

这个时候，大地还沉睡在严寒的冬季中，春的气息却弥漫在空气中。随着雨水的滋润，枯黄的草木开始变得生机勃勃起来，冰封的土地也开始解冻。春雷阵阵，它们如同大地的心跳，敲打着沉寂已久的大地。雨滴沿着树叶的脉络滑落，沾湿了大地的每一寸土壤，山得水而幽，鱼得水而欢，人得水而活，而大地则用温暖和潮湿回报着这些滋润。

雨水节气，气温回暖，降水量逐渐增多；雪渐少，雨渐多，故名雨水，“雨水”与“谷雨”“小雪”“大雪”同为反映降水现象的节气。

我国古代将雨水的15天分为三候：《逸周书·时训解》记雨水：一候獭祭鱼；二候鸿雁来；三候草木萌动。雨水时节，水獭开始捕鱼了，将鱼儿排列在岸边如同先祭后食的样子；5天过后，大雁开始从南方飞回北方；再过5天，在春雨的滋润里，草木随地中阳气的上腾而开始抽出嫩芽。从此，大地渐渐开始呈现出一派欣欣向荣的景象。

雨水节气这天，锦州还下了一场雪，白了北普陀山，观音洞青瓦绿栏杆，石棚下白雪绕松，极目远眺，全是童话般的浪漫。

雨水，是生命的源泉，滋润着大地上的万物生灵。小溪涓涓细流，淌过村庄旁边的田野，清澈见底，鱼儿欢快地在水中嬉戏。田野上的农人，忙着在田间犁地、种植，他们看着雨水的降落，心中充满了希望和期盼。他们知道，雨水是春耕的开始，是农作物所需的水分，是农田所需要的滋养。正是因为有了雨水的滋润，才有了丰收的希望。

雨水，也是人们赞美自然的诗篇。当雨水轻轻滴落在窗户上时，它们敲响了人们心中那根美好的琴弦，唤起了人们对生命和自然的敬畏之情。随着雨声的声响，人们的心境也随之沉静下来，仿佛置身于大自然的怀抱中，感受着自然界的鬼斧神工。

雨水节气养生，北方仍然感觉比较冷，但气温开始回升，时有寒风来袭，乍暖还寒。此时，老祖宗传下的“春捂”着实有用，避免风邪和倒春寒的侵害。

雨水，带来了希望和新的开始。在这个节气里，人们祈盼着春天的到来，渴望生活变得更加美好。

雨水，是春天的预告，是恢复生机和希望的开始。让我们静心聆听雨滴的声音，感受雨水的温柔和力量，让生命在春天的雨水中绽放。

惊蛰

当惊蛰一到，大地仿佛经历了一次巨大的震动，所有的生命都在这个时刻被惊醒。此时气温上升，蛰伏过冬的动物惊起活动，标志着春天的正式来临。象征着大地苏醒，生机勃勃。它是二十四节气的第 3 个节气。

我国古代将惊蛰的 15 天分为三候：一候桃始华；二候仓庚鸣；三候鹰化成鸠。指的是在惊蛰之时，桃花才开始开放，桃之夭夭，灼灼其华，桃花开放的样子极其美丽。在惊蛰后 5 天，黄鹂感受到春阳的清新之气而出，开始鸣叫。在惊蛰后 10 日，布谷鸟的嘴巴还很柔软不能捕食，古人觉得到秋天布谷鸟会化成鹰。

大自然的颜色也在惊蛰时节发生变化。青草绿得更加鲜艳，花朵开始绽放。惊蛰花信三候：一候桃花；二候棣棠；三候蔷薇，各种花卉竞相开放，花香四溢，给大地增添了无尽的生机和美丽。

人们也在惊蛰时节感受到春天的到来。冬天的阴霾逐渐散去，人们的心情变得愉悦起来。他们开始脱去厚重的冬衣，穿上轻薄的春装，走出户外享受阳光的温暖。

除了自然界的变化，惊蛰还给人们带来了一种勇气和激情。它象征着新的开始和机遇。人们在这个时候往往会有一种蓄势待发的感觉，愿意面对挑战，追求梦想。无论是工作、学习还是生活，人们都愿意付出更多的努力，争取更好的结果。

惊蛰是大自然给予我们的礼物，让我们拥抱春天的美好。它让我们明白，生命永远都在不断循环往复中，而春天就是无尽希望的象征。让我们怀揣着勇气和激情，迎接春天的到来，追逐梦想，享受生活的美好。惊蛰，让我们惊喜、让我们欢腾，让我们期待着春天的全部美好。

春分

春分是二十四节气中的第 4 个节气。古时以立春至立夏为春季，春分的分有两层含义：一是指昼夜平分。这一天太阳直射在赤道，昼夜几乎相等。北半球白天的时间开始变长，夜晚的时间变短。南半球白天的时间开始变短，夜晚的时间变长。二是指季节平分。

中国古代将春分分为三候：一候玄鸟至；二候雷乃发声；三候始电。便是说春分日后，燕子便从南方飞来了，下雨时天空便要打雷并发出闪电。

在古代，春分是一个很重的日子，在周朝，帝王家就有冬至日祭天、夏至日祭地、春分日祭日、秋分日祭月的习俗。清朝春分祭日在北京东的日坛。太阳糕是天子祭祀时候的供品，它寄托着人们祈祷太阳普照人间养育万物的美好祝愿。

春分这天，“日月阳阴两均天，玄鸟不辞桃花寒。从来今日竖鸡子，川上良人放纸鸢。”这时百草丛生，野花遍地。南归的燕子在檐下徘徊，寻觅着上年的旧巢。童子竖蛋春分到，那堤上有纸鸢高飞，在春日的阳光下，有春风在吹，有童谣从风中传来。

清明

清明，一个承载着深刻意义的传统节日，我国四大传统节日之一，它是中国文化中重要的节日之一，是祭奠祖先和缅怀先人的日子。清明是二十四节气中的第 5 个节气。

清明节，又称三月节、踏青节，古人清明节踏青荡秋千，折柳，蹴鞠等活动。清明是何意？清明时多雨，雨生百谷，万物赖此雨，清净明洁，所以清明是清净明洁的简称。

风吹梨花的时候正是清明时节，游人们为了寻找春意，大多都出城踏青。

早春的阳光透过蓝天洒在大地上，温暖而明亮。大自然仿佛在这个时刻洗尽了冬日的沉闷，草木开始抽出新的绿芽，花朵盛开。清新的空气中弥漫着新生的气息，让人心旷神怡。自然界中的空气清新，阳光明媚，照耀万物，一切都是清新的。

我国古代将清明的15天分为三候：一候桐始华；二候田鼠化为鹌；三候虹始见。

清明来到，白桐花开，清芬怡人。田鼠因烈阳之气渐盛而躲回洞穴，喜爱阳气的鸟儿则开始出来活动了。清明时节多雨，故而彩虹出现。

清明节是一个与敬重祖先和纪念逝者有关的节日。因此，清明节还有一个重要的习俗，就是扫墓。人们会在这一天扫墓祭拜，认真清理坟墓，瞻仰祖坟，表达对逝去亲人的思念之情。

清明节是一个特殊而庄重的时刻，它提醒着我们要珍视生命、尊重过去，同时也要活在当下，珍惜美好的时光。让我们在纪念逝者的同时，也让我们重新审视自己的生活。开阔视野，珍惜当下，感悟生命的意义。让清明的阳光照亮我们的心灵，让清明的风带走我们的悲伤，让我们怀着虔诚和感恩的心情，度过春天这个特殊的日子。

谷雨

雨，是自然界的一种赐福，源自“雨生百谷”之意，顾名思义，是指雨水滋润了田野，为农作物生长提供了水分，进一步丰收。谷雨节气到来后，气温开始回升，降雨量增多，春雨贵如油。谷雨是二十四节气中的第6个节气，便是天文意义上精确的谷雨点，谷雨点所在的这一天便是谷雨日，谷雨及之后的约15天时间，便是谷雨节气。谷雨一苗新绿，万千色彩，醉了整个春天。

谷雨也是唯一将物候、时令与稼穑农事紧密对应的一个节气。

我国古代将谷雨的15天分为三候：一候萍始生；二候鸣鸠拂其羽；三候为戴胜降于桑。

关于谷雨节的来历，据《淮南子》记载，仓颉造字，是一件惊天动地的大事，黄帝于春末夏初发布诏令，宣布仓颉造字成功，并号召天下臣民共习之。这一天，下了一场不平常的雨，落下无数的谷米，后人因此把这天定名谷雨，成为二十四节气中的一个。

谷雨时节，大地洒下了温柔的雨水，洗涤了寒冷的冬天，滋润了泥土，为新生命的成长提供了营养。春有春的来意，它仿佛自带魔力，让每颗想发芽的心，充满了向上萌发的勇气。

谷雨的到来，也标志着农田春耕春种时期的正式开始。农民们怀着憧憬和期待的心情，走上田间地头。他们忙着犁地、施肥、播种，为农作物的良好生长做好准备。

在田野里，绿色的嫩苗冒出地面，抽出了细细的嫩叶。这些青翠欲滴的嫩苗是谷雨的孩子，他们在春雨的滋润下茁壮成长。农民们看到这一幕，心里充满了对丰收的期盼。

谷雨时节，大自然也开始展现它的独有风貌。空气中弥漫着一股清新的花香，各种花朵争相盛开。谷雨花信三候：一候牡丹；二候荼蘼；三候楝花。牡丹、荼蘼、楝花、桃花、梨花、樱花等绚丽多彩的花朵装点着大地，给人们带来了视觉上的享受。

谷雨时节还是一年中水汽最重的时候，云雾缭绕，雨露滋润着大地。田间河流湖泊水位回升，给生物提供了充足的生存环境。鸟儿开始筑巢、啁啾，伴着阵阵鸟鸣声，给人们带来了一种舒心的感觉。

谷雨是一个传递生机和希望的节气。它象征着丰收的季节即将到来，也向我们传递了一种对美好未来的期待和祝福。让我们怀揣希望和努力，迎接谷雨的到来，为自己的生活播下希望的种子，让它们在春雨滋润下茁壮成长，最终收获丰硕的果实。让我们一起携着早春的烂漫，染着仲春的五彩缤纷暖阳，带着暮春的余香与那些美好相遇。

《北极光》2024 年第 2 期

夏之静美的风景

立夏

夏天渐渐到来，万物生机勃发，这一天更显得意义非凡。北斗星的斗柄指向东南，立夏是二十四节气的第 7 个节气，夏季的第一个节气，立夏的含义，“夏”是我们国家有史料记载的一个王朝——夏朝。“夏，中国之人也。”

立夏是标示万物进入旺季生长的一个重要节气。万物至此皆长大，故名立夏也。立夏很重要，一个新的季节就要开始了，夏是绿的世界，绿的海洋。自然中有春的生发，夏的成长，秋的成熟。立夏的空气中弥漫着浓郁的生命味道，活力四射。夏天的阳光给大地注入了无限的能量，温暖的光芒洒遍每一个角落，让人感到无比舒适。在如此美好的天气里，人们纷纷走出家门，投入到大自然的怀抱中。

古时，将立夏的 15 天分为三候：一候蝼蝈鸣；二候蚯蚓出；三候王瓜生。立夏表示告别春天，开始进入夏天。流水落花春去也，桃花谢了春红，梨花带雨正清明，此时已经踏过青，咬过春，“春去自应无觅处”。不管是如何惜春，同春住也好，花落是无可奈何的事，不如一同送春归，迎接立夏到来。

步入立夏的早晨，一缕温暖的阳光穿透窗帘洒在床上，仿佛轻轻地叫醒了大地。当我走出家门，立刻便能感受到夏日的气息。微风拂过，带来了清爽的香味，草地上，绿意盎然，花朵竞相绽放，各自散发着迷人的芳香。炙热的阳光，照耀在繁茂的树木之上。紫薇花绽放，一层层褶皱的花瓣娇嫩柔软，花瓣中间，藏着淡黄色花蕊，好似未抹匀的水粉样迷人。小溪流淌的声音悠扬动听，一簇簇浅浅深深的荷叶在水中摇曳。

立夏也是农民朋友们最忙碌的时候。农作物已经进入了生长旺盛的阶段，农民们忙着在田地里除草、浇水、施肥，细心照料着他们的“孩子”。他们是这片土地上最辛勤的劳动者，他们的汗水和辛劳，孕育着丰收的希望。除了农民，立夏也给我们每个人带来了更多的乐趣。夏日的阳光温暖宜人，适合户外活动。人们结伴而行，一路留下欢声笑语。公园里的儿童们在绿草坪上奔跑嬉戏，蝴蝶在花丛间翩翩起舞，伴随着欢欣的歌声。

立夏是一个美丽的节日。人们在这一天会上香拜祭，祈求夏季的顺利、健康和平安。从周朝开始，立夏要祭祀。迎夏仪式，皇帝率百官穿朱衣，骑赤马，腰挂红色玉佩。因为掌管夏季的天神是祝融，祝融是火神。《山海经》对火神祝融描写人面兽身，乘二龙，非常勇猛。

民间有立夏这天观察风的说法：观察立夏的风来预测一年的收成。古语有云：“日风从巽来其年大熟；日风从离来，夏干禾焦；日风从坤来，万物夭伤；日风从兑来蝗虫大作。”是说立夏这一天吹东南风，风调雨顺，吹南风大旱，吹西南风伤炎，西风为虫灾。民间谚语也有相似的说法，称为立夏东南风，农人笑盈盈，巽顺风盈立夏，麦多装不下，立夏火南风叶焦籽秕空。不妨立夏这一天观察一下风。

立夏，这一天还有一个别名，称之为“吃五月节”。人们会以五月初五为中心，品尝各种美食，以庆祝丰收的到来。这一天，要吃立夏饭，南方会用赤豆、黄豆、黑豆、青豆、绿豆这五色豆拌白粳米煮成五色饭，俗称吃立夏饭。立夏有称人仪式，这一天要称一下自己的体重，就不怕夏的炎热了，就不会消瘦苦夏了，不会病灾缠身。

中国民间有立夏尝三鲜的一种习俗。三鲜可以分为地三鲜、树三鲜和水三鲜。地三鲜指蚕豆、苋菜、黄瓜；树三鲜指樱桃、枇杷、杏子；水三鲜指海螺、河豚、鲥鱼。不同地区的三鲜也有所不同。美食唤醒味蕾，激活了对夏三鲜的期待。

在夏天的三个月，天气下济，地气上升，天为阳，地为阴，天地气交，才能又开花又结果，万物繁荣秀丽。人们应该晚睡早起，不要讨厌白日的漫长，保持情绪稳定。不要贪凉而长时间在空调房里，我们要晒一晒太阳，夏天要进行慢运动，轻养生，做做太极拳，站桩，做瑜伽。夏天要吃姜，排出体内的湿气，民间有“冬吃萝卜夏吃姜，不劳医生开药方”之说。立夏喝姜枣茶，一直喝到头伏。立夏以后脾胃比较虚寒，用姜枣茶来补补脾胃。夏天会过得舒服一些。吃红色的食物如赤小豆、红枣、红苹果、西红柿、胡萝卜、红樱桃、桑葚，戒躁安身安养身体，红色食物养心。

夏天，是一个热情奔放的季节。在立夏这个特殊的日子里，我们感受到了大自然的力量和温暖。无论是农田里的劳作，还是大自然中的闲适游玩，都让我们亲近自然，感受到生命的力量。愿夏天的到来带给我们更多的欢乐和希望，让我们在阳光下成长，绽放出属于自己的美丽。

小满

小满，是中国二十四节气中的第 8 个节气，夏季的第二个节气，表示夏季即将到来，大地进入生机勃发的时节。

元人吴澄的著作《月令七十二候集解》：“四月中，小满者，物至于此小得盈满。”这时全国北方地区麦类等夏熟作物籽粒已开始饱满，但还没有成熟，相当乳熟后期，所以叫小满。

古时将小满分为三候：一候苦菜秀；二候靡草死；三候麦秋至。是说小满节气后，苦菜已经枝叶繁茂之后，喜阴的一些枝条细软的草类在强烈的阳光下开始枯死；在小满的最后一个时段，麦子开始成熟。

小满，不仅仅意味着冬小麦大麦长穗了，但还没成熟，更是一种生活智慧的节气，忌十全十美，满招损谦受益，物极必反，登高必跌重，盛极必衰，过犹不及。花未全开月未圆最好，人生最美是小满。

这是一种对待人生的感悟。树上的果实成熟了就坠地，月圆之后就亏，凡事皆有欠缺是最好的。中国的国画最高境界是留白，人生最好状态是小满。

在这个季节里，人们纷纷走出家门，走近大自然，去感受万物复苏的奇迹。我站在一片碧绿的稻田边，水稻摇曳的姿态仿佛在诉说着生命的跳跃与活力。农民朋友的脸上洋溢着笑容，他们用勤劳的双手给大地带来了收获的希望。

阳光透过树梢的缝隙洒在我身上，温暖而舒适。我沿着田间小道漫步，和蝴蝶起舞，与风儿轻轻倾诉。心情轻松起来，大自然的美丽环绕在我身边。仿佛回到了童年，我用手指指着一株鲜花，追逐蝴蝶的身影，嬉戏在河边的小溪里。

小满是大地的一片热闹，是花朵的盛宴。桃花、杏花、槐花……花的名字如此多，但都在尽情地绽放着自己的美丽，用芬芳和色彩给整个世界添上浓妆艳抹。一阵微风过来，我仿佛置身于花的海洋，任花香漫溢、花影摇曳的美景使我陶醉其中。

吃过了酣畅的午餐，我找了公园一个清静的角落，坐在一棵大树下。我静静地闭上眼睛，感受大自然的呼吸。鸟儿的歌声飞过耳畔，蜜蜂们忙碌地采蜜，蝉鸣声穿透了安静的空气。我感受到生命的力量，这是大自然对我们的馈赠，也是我们需要回归的源泉。

小满，是大自然的馈赠，是生活的庆典。没有人有资格放弃这份美好，也没有人会吝惜这份生活的热爱。小满是惊喜和温暖。让我们怀着对生活的向往，迈开坚定的步伐，向着小满的美好迈进吧！

芒种

芒种款款而至，唯有播种，才有收获，人生丰收时。

芒种是二十四节气中的第 9 个节气。夏季的第三个节气，芒种的“芒”字，是指麦类等有芒植物的收获，芒种的“种”字，是指谷黍类作物播种 ...... 唯有播种，才有收获。芒种，既包含收获、又包含播种的节气，在二十四节气中是“独一个”！芒种时节，万物生长欣欣向荣，它预示着仲夏时节正式开始。芒种，午月，一年当中火气最旺的时候。最大特点，阳总强旺，火气旺盛，降雨增多，天气炎热，高温潮湿。

芒种，是一颗种子的承诺。千百年来，农民们辛勤耕耘，将希望撒在土地里。而芒种，则是这些希望的结晶。田野里的庄稼渐渐长高，一根根嫩绿的秧苗争相伸展，如黄金波浪涌动。农民忙碌的身影在田间田外穿梭，他们像是受到了神秘的力量驱使，将一份辛勤和耐心铺洒在每一寸田地上。

古时将芒种分为三候：一候螳螂生；二候鵙始鸣；三候反舌无声。一候螳螂生：螳螂于上一年深秋产卵，到芒种时节，感受到阴气初生而破壳生出小螳螂。二候鵙始鸣：鵙是指伯劳鸟，是一种小型猛禽。喜阴的伯劳鸟开始在枝头出现，并且感阴而鸣。三候反舌无声：反舌是一种能够学习其他鸟鸣叫的鸟，此时它却因感应到了阴气的出现而停止了鸣叫。

芒种，是生活的丰盛。正是在这个季节，五谷丰登，果实飘香。沉甸甸的稻穗、金黄的麦浪、葱茏的果实，都是大自然对人类辛勤劳作的回馈。走进农田，你会看到硕大的番茄、饱满的葡萄、甘甜的水果，一切都如此美好，饱满的积累与丰收的喜悦填满了心房。

芒种，是大地的歌唱。田野上的百草争艳，花开满茎。红艳艳的玫瑰，娇艳欲滴的牵牛花，傲立的向日葵……五彩斑斓的花朵散发出诱人的芬芳，吸引着蝴蝶、蜜蜂舞蹈其间。微风吹来，草木沙沙作响，好似大地在歌唱，宣告着生命的力量与生机的盛宴。

芒种，是时光的转折。当大地生机勃发，我们也要告别春天的温柔，迎接夏日的炙热。阳光直射，万物生长迅猛，我们需要学会适应环境的变化。这个节气提醒我们，生活和工作都需要有新的节奏与动力，要有勇气去迎接挑战，用坚实的步履踏进自己的未来。

芒种，是生活的再启航。随着芒种的到来，我们再次感悟到生命的宝贵与可贵。享受生活，感受节气，芒种告诉我们，每隔 5 天，会有新的景象出现。

每一天都是新的开始，每一刻都是新的机遇。我们要有信心和勇气，不断进取，以更加饱满的热情去拥抱生活。只有坚定地去追逐自己的梦想，才能在炎热的夏季里绽放出属于自己的花朵。

在芒种的季节里，让我们再次点燃内心的激情，书写属于自己的丰收之路。

夏至

伴随着林密知夏深，荷气夜来雨，百鸟清昼迟，夏至登场，夏至是二十四节气的第 10 个节气，夏季的第 4 个节气，夏至又被叫夏节、夏至节。上古时期，天文学是很发达的，它与农学、医学、数学并称四大自然科学。中国最早天文学仪器叫土圭，来测量太阳影子长短、昼夜长短的变化情况。我国古人通过圭表测量，发现夏至这一天日影最短，白昼最长。夏至这天，太阳直射北回归线，北半球白昼最长，黑夜最短。夏至之后日影越来越长，至最长为冬至，太阳直射南回归线。

此时，北半球各地的白昼时间达到全年最长。夏至是盛夏的起点，从夏至起，经过三个“庚日”，便进入一年中最热的三伏天。

夏至在四季中占有突出的地位，很早以前就受到人们的重视，逐渐形成了以占卜天时、祭祀地神、祭告祖先、静养休息为主要特色的时令节俗。夏至了，有些花再不去看就真的落了，真的就入夏了。

夏至，此时草木葱茏，百川奔腾，万物竞相蓬勃生长。夏至到了，阳光洒在湖水中，比白银还耀眼。此时，天气正好，荷叶静静浮在水面，偶尔青蛙跳过，溅起水花，此时，你一脚踩进了夏天。

古时将夏至分为三候：一候鹿角解；二候蝉始鸣；三候半夏生。夏至前五天鹿角开始退落，第二个五天，雄蝉能鸣，第三个五日，半夏生，半夏是一种喜阴草药，是因为其长于夏至日前后，这一段时间里，天地间阳气盛极而衰，阴气逐渐滋生，夏天已经过半因此称其为半夏。此时淡粉色、紫红色的木槿，一朵接一朵开放，像永开不败，永远繁荣的样子。此时也是“水晶帘动微风起，满架蔷薇一院香。”

夏至有“夏至吃面，出门防雷电”之说，关于吃面：一方面“取喜尝新麦，庆祝丰收”之意；另一方面夏至阳气旺盛，白昼会越来越短，也有“吃过夏至面，一天短一线”的说法。明代北京夏至，人们喜好吃马齿苋（俗称“长命菜”），马齿苋也有清暑热，解毒消肿，宽中下气，消炎、止渴、润肠、利尿之功效，其嫩叶可当作蔬菜，凉拌着吃。夏至吃咸鸭蛋，鸭蛋水生性凉，不仅滋心肾之阴还能清心肺之热。桑葚是滋养心阴肾阳的好东西。饮食宜清淡，吃点苦瓜等应季的瓜果蔬菜等。

调整好情绪，养心，防中暑。夏至是盛夏的起点，离入伏不远了。愿你手握一把小扇，且看风月无边的风景，且听风吟，乐享夏日时光。

小暑

小暑，是二十四节气的第 11 个节气，夏季的第 5 个节气，暑的本意是天热如煮。在这个时节，太阳高悬，炙热的阳光灼烧大地，温度不断攀升，空气中弥漫着烦躁的热浪。李绅的“锄禾日当午，汗滴禾下土。”写的就是在小暑时节，田间管理的繁忙情景。

《说文》曰：暑，热也。就热之中，分为大小，月初为小，月中为大，今则热气犹小也。

小暑，就像一把火烧在身上，炽烈而燥热。大地上的一切都像是被封印的能量，唯待释放。汗水不断地从额头滑落，热浪席卷而来，让人不禁想找个阴凉的地方逃离这个高温的魔窟。

古时将小暑分三候：一候温风至；二候蟋蟀居宇；三候鹰始鸷。温风至指小暑日后，大地上便不再有一丝凉风，而是所有的风中都带着热浪。蟋蟀居宇指，5 日后，由于炎热，蟋蟀离开了田野，到庭院的墙角下以避暑热。鹰始鸷是指，再过 5 日，老鹰因地面气温太高而在清凉的高空中活动。不仅是物候现象，也是对于人的活动的引领。

小暑至，伏天来临，头伏饺子，二伏面，三伏烙饼摊鸡蛋是生活的仪式感。小暑，是大自然的考验和洗礼。植物丛中的花朵向阳长大，仿佛在与骄阳争夺生命的空间；小溪在阳光的照射下迎风流转，闪烁着晶莹的光芒。它们逆境而生，它们顽强的生命力在炎热的夏季里发出耀眼的光芒。

小暑，是生活的挑战。炎炎夏日里的生活仿佛被蒸腾的热气笼罩着，看似艰难，实则磨砺。我们需要学会顶住压力，坚定防暑降温的意识，创造适宜的生活环境。热风迎面而来，我们要保持心境的舒畅，化解燥热，让身心在炎夏中保持平衡。

小暑，祛暑纳凉，小扇轻摇，是夏日的消暑方式之一。在那火辣的夏日里，咬下一口冰淇淋，滋味顿时令人心生凉意；一杯冰镇的饮品，让整个身体都被清凉所包围。冰镇是我们对小暑的抗议，也是我们对生活的享受。

小暑，是成长的季节。夏日的烈日烘烤着大地，如同一把火，炙烤着我们的内心。只有经历了小暑的煎熬，我们才能领悟生命的真谛，珍惜生命中的每一次际遇和机缘。我们通过炙热的夏季，也能更加强大而坚韧地迎接未来的挑战。

小暑给我们的是热情的考验，让我们熬过它，我们会活得更加强大而有意义。

大暑

大暑悄然至，大暑是二十四节气的第12个节气，夏季的第6个节气，一般为我国气候最热的时候。标志着夏季温度达到巅峰。在这个时节，骄阳似火，天空湛蓝，气温高达酷热的极点。大地如同蒸腾的火炉，散发出一股扑面而来的炙热气息。

《说文》曰：暑，热也。就热之中，分为大小，月初为小，月中为大，今则热气犹小也。暑——大地如一锅煮开之水，自下而上，开水沸腾，热如煮物。上炙下蒸，夹在其中为热。去暑的食疗方法有生姜汁、西瓜汁、绿豆汤、酸梅汤可饮用。

大暑，是火焰的坚韧。烈日炙烤着大地，炽热的气息令人窒息，但大地却能在这样的环境中不屈不挠地生存下去。高温下的植物，尽管受到极大的考验，却仍然挺拔着身姿，向着太阳的方向生长。这种顽强的生命力让人敬畏，也让人感叹大自然的伟大魅力。

古时将大暑分三候：一候腐草为萤；二候土润溽暑；三候大雨时行。一候，腐草为萤。《格物论》说："萤是从腐草和烂竹根而化生。"亦有之称。其实，"腐草为萤"说的是萤火虫产卵的事。萤火虫多在夏季水边的草根上产卵，幼虫入土化蛹，次年春天变成虫。二候，土润溽暑。《礼记·月令》中言"土润溽暑"，即土壤浸润，空气湿热——降雨多，土壤、空气湿度大，温度高，是农作物疯长的时刻。溽暑，犹言暑湿之气，指盛夏。三候，大雨时行。大暑是一年中日照时间最长、气温最高的时期，是盆地西部雨水最丰沛，也是雷暴最常见、高温日数最集中、最频繁的时期。因此，大暑时节也是雷雨天气横行的季节。

大暑，是生命的热情。在这个时节，我们不得不面对酷热的夏天。汗水直流，火辣的空气灼烧着每一寸皮肤，让我们感受到生命的饱满和生机勃勃。在大暑这个时刻，我们需要调动自身的勇气和激情，用热情面对生活的种种挑战，追逐自己的梦想，活出自己的精彩。

大暑，是饮水的时刻。在这样炎热的季节里，保持足够的水分是生命的基本需要。一杯清凉的水，顿时扑面而来的清新感，让人灵魂得到净化，身心舒畅。饮水不仅是对身体的滋润，也是对大暑这个季节的敬意。

大暑，是自然的驿站。在大暑的时节，大地上各种生物都紧紧依附着这片土地。当太阳逐渐落下，离开了这片热土，大地温度便有所降低，一切又将回归宁静。大暑只是夏天的一段时光，时间如流水般匆匆流逝，我们要学会珍惜，学会享受。

在大暑的炎炎夏日，我们要坚持前行，用火热的激情点燃自己的生命，迸发出耀眼的光芒。

夏天的记忆包括：树上聒噪的蝉鸣声在耳边回响，滚烫的地面，汗水打湿了后背，被蚊虫叮咬过红肿的手臂，以及一场突如其来的暴雨打断了我去山中散步的计划。猫和狗在树下纳凉，天边渐渐有橙色，空气中有着淡淡的荷香。去闻一闻花香，看一看日落，感受天空留给太阳的温柔，毕竟夏天太短，人生也不算长，马上迎来秋凉。

2023 年 8 月

秋之缤纷多彩的风景

立秋

炎炎夏日，骄阳似火，似乎不会有尽头。然而，当立秋的日子到来时，我们终于可以感受到一丝凉意，仿佛天地之间流转着秋天的气息。立秋是二十四节气的第 13 个节气，秋季的第一个节气，作为秋季的开始，也是秋季的开始。“立”，建始也，是开始之意；秋意为禾谷成熟。

古时将立秋分为三候：一候凉风至；二候白露降；三候寒蝉鸣，是说立秋之日凉风至，即立秋是凉爽季节的开始。立秋至，北风吹起，吹走盛夏酷暑里的热风，带给人们一丝凉意。清凉风袭来，露珠晶莹而白。寒蝉在微风吹动的树枝上感阴而鸣。

立秋，是一个重要的节气，也是夏季与秋季的交接点。那一天，整个大地仿佛变得稍微清凉起来，沁人心脾的秋风吹拂着每个角落。树叶渐渐变得宛如油画一般，展现出了淡淡的黄色，向秋天致意。大地上的虫鸣声也渐渐变得淡漠，取而代之的是秋天的鸟语。

“凉飔彫蕙草，清露落梧桐。”这诗中也说凉风来了，梧桐叶子落。“一叶落，知秋也。”古代有梧桐一叶落，天下尽知秋之说，梧桐树是有灵性的树，在《花镜》上说此木能知岁，它每枝有 12 片叶，象征一年 12 个月，如果是闰月就会多长一片，即 13 片叶子。

立秋的早晨，阳光透过薄薄的云层，洒在大地上，泛起一层淡淡的金色。清晨的空气充满了清新的味道，带着一丝丝清凉和湿润。远处的山林，被雾气笼罩，宛如一幅水墨画般幽静美丽。

立秋，意味着夏天渐行渐远，秋天渐行渐近。立秋之后，大地开始由绿转黄，稻田里金黄一片，成熟的庄稼随风摇曳。夏日的炎热渐渐退去，人们释放了束缚，感受到了大自然的慷慨和丰饶。

古人在这一天迎秋。我国古人讲究顺天应时、承天运。早在周代，逢立秋日，天子亲率三公九卿、诸侯大夫，迎秋于西郊，举行祭祀仪式迎秋。

立秋，也意味着收获的季节。农田里的农民们忙碌着，他们用汗水换取着一年的辛勤劳作。秋风轻轻拂过稻浪，吹过果园，吹过农田，宛如一首助力农民的咏史诗，奏响了收获的乐章。菜园里的白菜萝卜大葱等时令菜该收了，水果园里的果实，都丰满而饱满，给人们带来一份喜悦与满足。

立秋时，古时民间有祭祀土地神，庆祝丰收的习俗。还有称人、吃饺子、贴秋膘、啃秋、戴楸叶、饮井水的养生习俗。早在立夏就有称人习俗。立夏节气始，进入高温天气，人们容易出现消瘦、倦怠等“疰夏”症状，依俗有尝新、称人等习俗。立秋再度称人。北方立秋吃饺子，吃饺子主要菜馅有马齿苋、芹菜、韭菜等，都是清热解毒的菜，作用是祛暑解毒通便，是一种养生之法。贴秋膘，就是让身体长上肥膘。目的是为入冬防寒做准备。因为暑天太热，人的食欲下降，睡眠欠佳加之大量出汗，故人会瘦，故立秋后，需增加肉食，贴秋膘。吃圆圆的倭瓜。再说“啃秋”是吃西瓜，在漫长的暑天，人会有暑热之伤，暑热之存留，而进入立秋，天凉了，人的毛细血管会逐渐收缩，在收缩之前，一定要把残存的暑热或暑热之邪清出来，西瓜具有清热解暑祛毒的功效，可以治瘌痢疮病。

立秋，更是人们思考与启示的时刻。有人在这个节气之际，坐在窗前，静静地思考人生的意义与价值；有人踏着秋风，独自走过青山绿水，找寻心灵的归宿。秋天的季节，给人们带来了一份清静与净化，让思绪得以舒展，心灵得以放飞。

立秋的夜晚，月光如水，洒在大地上，给大地披上了一层银白的华袍。漫步在月下，聆听着夜风的呼吸，感受着秋夜的静谧。从远方飞来的候鸟，正是秋天的使者，让我们想起故乡和远方。

立秋，是一个回归自然的时刻，是一个感受季节更迭的契机。在这个节气里，我们不妨放下繁忙的事务，走进大自然，感受秋天的美好。与家人、朋友相聚，共享收获的喜悦，共同品味生命的美好。

秋收是春种、夏耘的希望，秋收是希望的实现，秋天是禾谷成熟、收获的季节。秋的色彩斑斓、秋的万山红遍、秋的金灿灿，是农人的期盼。

立秋，带着一缕秋阳的温暖，一抹秋风的淡淡清凉，为我们带来希望与期待。当我们感受到秋天的脚步临近时，应该用一颗平静而心怀感恩的心，迎接这美好而丰盛的季节。让我们欢聚一堂，品味收获的果实，感受生命的尊严与美丽。这就是立秋，一个注定与众不同的时刻。

处暑

处暑，是中国传统的二十四节气第 14 个节气，秋季的第二个节气。处暑，即为“出暑”，表示炎热的酷暑结束，三伏已过或接近尾声，它标志着夏季的尾声，意味着酷暑即将过去，天气逐渐转凉。处暑这个节气，给人们带来了一丝凉爽，也让人们感受到了秋天的脚步渐近。

古时将处暑的 15 天分为三候：一候鹰乃祭鸟；二候天地始肃；三候禾乃登。此节气中老鹰开始大量捕猎鸟类；天地间万物开始凋零；禾乃登的“禾”指的是黍、稷、稻、粱类农作物的总称，“登”即成熟的意思。

处暑之时，正是夏季的最后一丝炎热。人们在这个时候，常常会引用古人的诗词来形容这个节气的特点。比如，唐代诗人白居易曾写道：“离离暑云散，袅袅凉风起。池上秋又来，荷花半成子。”这句诗描绘了处暑时曲江的早秋来了，暑气的浓云渐渐散去，秋意的凉风徐徐吹起。池塘秋色又来了，塘里的荷花一半都结了莲蓬。

然而，正是在这个时候，大自然开始逐渐转变。阳光透过云层洒在大地上，不再那么炙热，而是带着一丝凉意。树叶也开始逐渐变黄，微风吹过，树叶沙沙作响，仿佛在告诉人们秋天的脚步已经近了。而在田野间，农作物也进入了丰收的季节，稻谷金黄一片，瓜果蔬菜也成熟了，农民们忙着收割，庆祝着丰收的喜悦。

处暑在“七月半”或“中元节”有祭祖及迎秋民俗活动。我小时候随父亲母亲给爷爷奶奶上坟，告知今年收成，家里的状况。现在我带着孩子给父母亲上坟，告诉他们我的现状。

处暑风俗：处暑涤心，在处暑这一天，在庭院中放一杯水，三天后收起。用水净化心灵，送走暑气。

处暑养生，我们要修身养性，早睡早起，收敛我们的神气，让我们的神志处在安定平静之中，以缓解深秋的肃杀之气，跟着天地之气，养精神调睡眠。这时，我可以做太极，听舒缓音乐，来养神养心，收敛好动的心，让心处于安静、沉静的状态。饮食多吃些滋阴润燥的食物，不吃辛辣刺激和味重食物，平淡清淡饮食。也可以喝秋菊清心茶，清肝泻火，滋阴润燥，宁神养心。

处暑，是对夏季的告别，也是对秋天的迎接。它让人们感受到了季节的变迁，让人们体会到了大自然的魅力。处暑之际，酷暑渐消，凉意袭人。夏日的余热逐渐散去，我们迎接着秋天的脚步，心怀感激与期待，迎接新的季节的到来。

白露

白露时节，大自然的景色也开始发生变化。树叶逐渐变黄，点缀在枝头，犹如一幅金黄的画卷。白露，是中国传统的二十四节气中第 15 个节气，秋季的第 3 个节气。它标志着秋天的深入，天气逐渐转凉，露水开始凝结成白色的露珠。在这个时刻，大地的温度逐渐下降，早晚的寒意凸显，使人们感受到了秋天的气息。

田野间的稻谷也进入了成熟的时刻，金黄的稻穗随风摇曳，仿佛在向人们展示着秋天的丰收。而在花朵中，菊花盛开，花朵洁白如霜，散发着淡淡的清香，给人们带来了一份宁静与美丽。

元人吴澄《月令七十二候集解》：白露，八月节。秋属金，金色白，阴气渐重，露凝而白也。

古时将白露分为三候：一候鸿雁来；二候玄鸟归；三候群鸟养羞。“一候鸿雁来”，北雁南飞，避寒度过冬天。“二候玄鸟归”，玄鸟即为燕子，燕子春分而来，秋分而去，它是北方之鸟，南飞带来生机，玄鸟空巢语，飞花入户香。“三候群鸟养羞”，“羞”字同“馐”，是美食，意为百鸟开始储存过冬的食物。

白露是最具浪漫色彩的节气了，最诗意的节气。清晨，绿叶上的露珠在初升朝阳的照耀下熠熠生辉的样子着实可爱。

白露节气，让人不禁想起唐元稹《咏廿四气诗·白露八月节》：

露沾蔬草白，天气转青高。叶下和秋吹，惊看两鬓毛。

养羞因野鸟，为客讶蓬蒿。火急收田种，晨昏莫辞劳。

这首诗描绘了白露时节的景象，表达了诗人对自然的观察和对生活的思考。诗人通过描绘蔬菜、草地洁白、天空湛蓝高远，以及秋风吹过树叶的声音，表达了对自然的敬畏和对时光流逝的感慨。诗人还通过提到自己的鬓发变白、养羞因野鸟、对蓬蒿的惊讶，以及农田的劳作，表达了对生活的思考和对平凡事物的关注。整首诗以简洁的语言描绘了自然景象，通过细腻地描写和深入地思考，传达了诗人对于自然和生活的感悟。

《诗经》中的《蒹葭》：蒹葭苍苍，白露为霜，所谓伊人，在水一方。杜甫的“露从今夜白，月是故乡明。”思乡思亲的情感浮现景色之中，人间最美白露时，祝君安康。唐代徐敞的《白露为霜》：“早寒青女至，零露结为霜。入夜飞清景，凌晨积素光。”这些很美的诗表现了人对自然的关注，对自然变化的赞美。

进入白露节气后，夏季风逐步被冬季风所代替，冷空气转守为攻，暖空气逐渐退避三舍。冷空气分批南下，往往带来一定范围的降温幅度。人们爱用“白露秋风夜，一夜凉一夜”的谚语来形容。白露也是人们重视养生的好时机。在这个节气里，人们注重保养身体，调整饮食，以适应秋季的变化。可以多吃一些滋补的食物，如银耳、莲子、核桃等，以增强身体的抵抗力。同时，也要注意保暖，避免受凉，保护好自己的健康。

白露，是秋天的门户，也是人们感受季节变化的机会。它让人们体会到了秋天的深情，让人们感受到了大自然的变化。在这个时刻，我们感受到了秋天的真正到来，心怀感激与喜悦，迎接新的季节的到来。

白露时节，秋意渐浓，大地的温度逐渐下降，露水凝结成白色的露珠。在这个时刻，我们感受到了秋天的真正到来，仿佛大自然为我们展示了一幅美丽的画卷，让我们心怀感激与喜悦，迎接新的季节的到来。让我们怀揣着对秋天的期待，迎接这美丽而宁静的季节吧！

秋分

当大地的色彩渐渐转为金黄，秋风吹过的时候，秋分悄然而至，带给人们一份宁静与收获的喜悦。秋分，农历二十四节气中的第 16 个节气。秋季的第 4 个节气，阳光几乎直射地球赤道，全球各地昼与夜的时间长度是相等的。秋分是金风送爽，菊花盛开的时节。

秋分这一天，白昼和黑夜的时间长度相等，象征着阴阳相半，寒暑平衡。阳光与阴影和谐交织，让人感受到天地阴阳的平衡与和谐。这是一个特殊的平衡点，也是大自然的过渡期。从秋分开始，白天逐渐变短，夜晚逐渐变长，北半球进入了秋季，而南半球则迎来了春季。

元人吴澄《月令七十二候集解》：春分，二月中，分者半也，此当九十日之半，故谓之分。秋同义。

秋分是一个相当特殊的日子，标志着秋季的正式开始。秋分的到来，带来了温度的下降，气候逐渐由炎热转凉。在这个时候，大自然的色彩也发生着巨大的变化。树叶逐渐变色，从绿意中渐渐涌现出金黄、橙红和深红，美丽而壮观。微风吹拂着银杏叶，银杏叶在天空中轻轻飘舞，如同梦幻般的画面。

在古代，秋分是一个重要的日子，人们会进行祭祀，感恩大自然的恩赐。帝王家会举行隆重的祭祀仪式，祈求丰收和平安。人们也会聚集在一起，共享丰收的喜悦，品尝秋季的美食和水果。清潘荣陛《帝京岁时纪胜》：春分祭日，秋分祭月，乃国之大典，士民不得擅祀。在周朝，帝王家就有冬至日祭天、夏至日祭地、春分日祭日、秋分日祭月的习俗。秋分时的夜晚，星空明亮，皎洁的月光洒在冷清的大地上。

夜晚我站在窗前，仰望星空，祭月拜月。让心灵在寂静中感受宇宙的宽广与神秘。

古时将秋分分为三候：一候雷始收声；二候蛰虫坯户；三候水始涸。

在春耕、夏长、秋收、冬藏的自然时光里，太阳为大地准时地敲响了二十四节气的钟声。花鸟草虫，听得见这种声音。花钟 24 小时有序地开放。秋分前后，向日葵早晨笑脸向正东，日落时脸向正西方，向日葵白天自东向西转动金灿灿的笑脸，把烦恼丢掉。

秋季的三个月，是自然界万物成熟、平定收敛的季节。这时天气劲急，地气清明，人们应该早睡早起，情趣保持安宁，以缓和秋季的肃杀之气对人体的侵害；同时精神要内守，以使秋季的肃杀之气得以平和；不要使意志外驰，保持肺气清肃，这都是与秋季特点相适应的、保养人体收敛之气的方法。

秋对应肺，肺在志为悲，悲伤肺，因此，秋天要心情舒畅，切忌悲忧伤感，即使遇到伤感的事情，也要主动想办法代谢、排解。避免肃杀之气，同时还要收敛神气，适应秋的天容平之气。秋季预防秋燥，防肺火，秋分吃梨，梨具有润肺清燥、止咳化痰、养血生肌的作用。跟着节气去生活，这样我们的身体节奏就会随着节气的变化协调起来。赏当季的花，吃当季的果蔬，去感受那个季节的变化。

秋分是收获的季节。自 2018 年起，每年农历秋分日设立为“中国农民丰收节”。农田里的稻谷金黄成熟，果园里的果实红彤彤。在这个季节里，人们忙碌于收获的工作中，丰收带来了喜悦与满足。农民们满怀感激之情，将数月劳作的结果带回家中，为整个家庭带来了丰盈的收获。

秋分也是人们思考与反思的时刻。当大自然进入收获的季节，我们也应该回顾自己在过去时间的收获与成长。思考自己目标的实现和未来的规划，同时也要珍惜眼前的一切，感恩生活中的每一个瞬间。收获的意义不只是物质上的，更是精神上的富足与成长。

秋分丰收节这一天，我回到自己故乡的小村庄，喜看家乡丰收景象，一片片金黄的稻子沉甸甸地低垂着头。老人们在坡上放牧，年轻人在田野里收秋，女人在家准备丰盛的晚餐，孩子们仰望星空，在秋分日丰收节这个最美的秋高气爽、平分秋色，此时枫叶正红，螃蟹最肥，人间丹桂绣，繁霜垄上新，分享五谷飘香，菊花酒入杯中，展眉络腮，畅饮开怀。这秋分温馨而美丽的画面长久地留在我心间。

让我们珍惜这个秋分的时刻，感受大自然给予我们的美好，感受季节的变换，感受生命的轮回。让我们用心去体会秋分的魅力，感受大自然的力量和恩赐。

秋分也是一个寓意深远的节气。它告诉我们，生活中总会有付出和收获的时刻，只有经历了辛勤的努力，才能享受到丰硕的果实。正如人生的道路上，只有经历了努力和奋斗，才能实现自己的梦想和目标。秋分提醒着我们，要坚持不懈，努力奋斗，才能收获美好的人生。

秋分带来了收获的喜悦，以及对生活的感恩与珍惜。让我们在这个季节中，放慢脚步，聆听大自然的语言，感受时间的流转。让我们心怀感恩之心，与家人朋友相聚，品味着收获的果实，共同享受秋天带来的宁静与美好。

寒露

秋天渐渐深入，寒意渐浓的时刻迎来寒露，寒露是二十四节气的第 17 个节气，秋季的第 5 个节气。在这个时节里，白露退去，寒意逐渐增加，大地渐渐变得寂静而凉爽。寒露一过，也就宣告着秋季深入人心，迎来了更加严寒的季节。

古时将寒露的 15 天分为三候：一候鸿雁来宾；二候雀入水为蛤；三候菊有黄华。其意思为：鸿雁排成一字或人字形的队列大举南迁，而此时的雀鸟都不见了，只可以看到海边突然出现很多蛤蜊，在寒露时节，也是菊花普遍开放的时候。

寒露这个节气有着浓厚的民俗文化，许多地方都有庆祝寒露的传统习俗。其中最为普遍的就是“寒露观菊”的习俗。有的地方设菊花节，从陶渊明的“采菊东篱下”，人们就没断过对菊花的喜爱，人们以观赏菊花的盛开来迎接寒露，寄托了人们对美好生活的向往和对寒露节气的喜好。寒露后，菊花格外地繁盛，菊花从绿意盎然中绽放出枝头，碧绿的枝叶中绽放出红粉的、黄的花朵，花盏怒张，花瓣分散，如花神临凡间，金碧辉煌，犹如一朵朵坚韧挺拔的勇士，用芬芳和美丽为人们带来了希望和喜悦。

寒露时节，人们还注重养生。民间有谚语云：“寒露无闲过，更须加护身。”这也是提醒人们应当更加注意身体的健康。在寒露期间，气温下降，人体对寒冷的适应力也在逐渐减弱，寒露众多珍重，因此人们要注意保暖，每天早上喝温盐水，晚上喝蜜水，吃红苋菜，六月苋，当鸡蛋，七月苋，金不换。苋菜补气降热，解毒，解燥毒，苋菜通五窍，吃了苋菜可以提振人的精神。多吃些温补食物，如山药，使身体能够顺利应对寒冷的侵袭。

而在自然景色方面，寒露时节的美景也难以抵挡。此时大地已处于金风送爽、秋高气爽的美妙季节，林木渐次变黄，风刮起时，树叶纷纷飘落，随风而舞。枝头的树叶逐渐变得金黄，点缀在树冠上，犹如一幅美丽的画卷。而层层叠叠的露珠也开始落下，随着微风轻轻舞动。林中的小道也铺满了金黄色的落叶，仿佛踏着一块轻盈的地毯，让人心旷神怡。此时，天空湛蓝如洗，透露出一份澄净和宁静，让人感受到秋天独特的魅力与温情。在众多写寒露的诗中，我独喜欢“露深花气冷，霜降蟹膏肥”因为它写出了我家乡盘锦稻田露珠像菊花一样傲霜，此时河蟹最肥时。此时适合登高望远，抒发情怀。

寒露，是我们与自然亲密接触的时刻，也是我们感受季节变化的机会。在这个节气里，我们要学会适应变化，迎接寒冷的到来，并给予自己足够的保暖和关怀。正如寒露节气的到来，它提醒我们寒冬即将到来，但也正是在寒冷中，我们才更能珍惜温暖与希望的存在。

寒露的习俗、养生和景色，都让人产生无限遐想和联想。它们让我们明白，尽管世界万物变幻无常，但自然的律动总是时时刻刻都在，而我们也应当在这一切中保持谦逊、敬畏的心态。

寒露之际，秋意渐浓，万物凋零，但依然散发着美丽与坚韧。在寒冷的季节里，我们肩负着抵御寒冷的使命，展现出坚强的生命力和美好的希冀。

霜降

霜降，是农历二十四节气中的第 18 个节气，霜降是秋季的最后一个节气，是秋季到冬季的过渡节气。

随着霜降的到来，大地渐渐变得寒冷起来，寒意逐渐增加，冬天的气息也愈发明显。在这个时节里，白天温度逐渐下降，夜晚容易出现霜冻，大地仿佛被轻柔的白雾所覆盖。

古时将霜降的 15 天分为三候：一候豺乃祭兽；二候草木黄落；三候蛰虫咸俯。豺狼开始捕获猎物，祭兽，以兽而祭天报本也，方铺而祭秋金之义；大地上的树叶枯黄掉落；蛰虫也全在洞中不动不食，垂下头来进入冬眠状态中。

霜降这个节气也有其独特的习俗。在一些地方，人们会在霜降这天清早起床，将新稻子泡在井水里，这被认为是一种祥瑞，希望能够丰收。此外，还有人会在霜降这天祭祀祖先，给祖先献上土鸡、土豆等供品，以表达对祖先的敬意和思念之情。

在霜降时节，也需要特别注意养生。冷空气逐渐侵袭，人体的寒冷抵抗能力相对较弱，因此要注意保暖。多穿一些衣物，加强锻炼，增强身体的抵抗力，并且要补充足够的营养，多吃一些温补食物，如姜、红枣、核桃等，以保持身体的健康。

而在自然景色方面，霜降时的美景也是独具魅力。当大地陷入寂静之中，清晨的霞光洒在霜华上，犹如天使的光辉，让整个世界显得干净而宁静。霜降的晨光舒展着懒腰，悄然而至，触动人的心弦。此时，树木的叶子逐渐变得枯黄，携带着银白色的寒霜，在阳光的映照下，闪烁着璀璨的光芒。大地也被梦幻的霜雪所覆盖，成为雪白的世界，仿佛进入了一个童话般的国度。

霜降的习俗、养生和景色，都让人感受到了秋意的逐渐消退、冬天的渐近。它们提醒我们，时光荏苒，季节更替。我们要学会随着季节变化调整自己的心态和生活方式，珍惜每一个独特的时刻。正如一句金句所说："霜降之际，大地静默而清冷，犹如一幅静寂的画卷。冬日的脚步渐行渐近，我们以平和与坚定的心，去迎接寒冷的挑战，铸就内外兼修的身心。"

2023 年 10 月

冬季的美丽与神奇

立冬

当寒风开始呼啸而至，大地逐渐变得寒冷而安静，我们迎来了一个重要的节气——立冬。立冬是我国二十四节气之第19个节气，也是冬季的开始。我们迎来了立冬，“冬，终也”，立冬不仅代表冬季的开始，还表示四季轮转到了最后一季，一年即将结束。立冬展示了冬季的美丽与神奇。

立冬的到来意味着大自然生机开始闭蓄，冬天的凛冽寒风吹拂着大地，万物逐渐进入休眠收藏的状态。这是冬季的第一个节气，天气由凉转冷，寒冷逐渐加深。立冬的含义是开始建立起冬季的气息，冬天万物开始进入休养和收藏的状态。在这个节气里，大自然开始收敛生机，寒意渐浓。冷风侵袭着大地，寒霜覆盖了百草。然而，即使在天寒地冻的时节，也能在某些角落发现着小小的阳春气息。

在我国古代，立冬是个重要的节日，这一天皇帝会率文武百官出郊设坛祭祀，行“迎冬”之礼，并有赐群臣冬衣、矜恤孤寡之制。

古时将立冬分为三候：一候水始冰；二候地始冻；三候雉入大水为蜃。

“冬，藏秋实而育春华；冬，万物之终归，生命之肇始。”青松在北风中依旧挺拔，寒梅在大雪纷飞中微笑依然。

立冬也意味着天气的转变，昼短夜长，寒冷逐渐增强。人们开始穿上厚重的衣物，脚下踩着沉甸甸的冬靴。冬天，我们常看到一些老人在上午九十点钟晒太阳。“略进饮食后，如值日晴风定，就南窗下，背日光而坐，日为太阳之精，其光壮人阳气，极为补益。”过午阴气渐长，日光减暖，久坐非宜。

立冬的人生真谛，就是一个字——藏。心藏养福，心藏，就是忍；行藏养禄，行藏，就是低调。身藏养寿，身藏，就是护养阳气。立冬，让我们学会藏。人之养藏，则是韬光养晦。心藏、行藏、身藏之后便是福、禄、寿。

冬天的阳气伏藏得越深，待到春天生发时，就会拥有越强大的力量。就像每一个节气都呈现出自然界的完美，立冬也是冬季开始的完美序曲。让我们借助立冬的时节，感受冬天的韵味，思考人生的深意，愿我们在寒冬中品味生命的美好，培养内敛和坚韧的力量，在等待中迎接春天的绚丽。

在立冬的夜晚，寒风吹拂着窗户，萧瑟之声似乎带着一丝深情的叮咛。我站在窗前，凝视着繁星点点的夜空，让我的心境也变得宁静沉静起来。回想起：炉火里熊熊燃起，散发出暖意的火光，温暖着人们的身心，一家人聚集在一起，共享温暖的时光。立冬也是一个思考和触动内心的时刻。在这个冷静的季节里，我们可以放慢脚步，反思过去的一年，总结经验，谋划未来。立冬提醒着我们要像冬天一样，保持内敛、沉静，培养内在的修养和积蓄力量。正如寒冷的冬日里，我们期待春天的到来，要在冬风中坚守、追逐自己的梦想，以更加韬光养晦的方式等待春天的绽放。走过流年，走过春、夏、秋、冬，春生，夏长，秋收，冬藏。

小雪

小雪，是中国传统的二十四节气第 20 个节气，冬季第二个节气，

它标志着冬天的临近，天气逐渐寒冷，雪花开始飘落。

古籍《群芳谱》中说：“小雪气寒而将雪矣，地寒未甚而雪未大也。”

小雪这个节气，给人们带来了一丝寒意，也让人们感受到了冬天的真正到来。

古时将小雪分为三候：一候虹藏不见；二候天气上升地气下降；三候闭塞成冬。

小雪之日，原本就是个浪漫的日子。

小雪之时，天空中的云朵渐渐变得灰暗，寒风呼啸而过，雪花纷纷扬扬地飘落下来。小雪之时，大自然的景色也开始发生变化。树枝上挂满了洁白的雪花，整个世界仿佛被一层银白的纱幕所覆盖。而在田野间，一片寂静，农作物也进入了休眠的状态，等待着冬天的降临。而在湖泊和河流上，冰层开始形成，冰面上的雪花映衬着阳光，闪烁着美丽的光芒。

小雪节气要做的事：一是收获白菜；二是储存大葱；三是北方腌酸菜，南方大雪腌肉。我们家那时挖菜窖，用来储备白菜、土豆、大葱、芹菜、萝卜等蔬菜。

小雪也是人们重视保暖的时刻。在这个节气里，人们要注意保暖，穿上厚实的衣物，以抵御寒冷的侵袭。同时，也要注意保护好身体，多吃一些温暖的食物，如姜汤、热粥等，以增强体力和抵抗力。

农谚道："小雪雪满天，来年必丰年。"

春天祈雨，冬天祈雪，人们在小雪祈雪，瑞雪兆丰年。人们天天盼望着下雪。

小雪，是冬天的前奏，也是人们感受季节变化的机会。它让人们体会到了冬天的寒冷，让人们感受到了大自然的变化。让我们怀揣着对冬天的期待，迎接这美丽而寒冷的季节吧！

大雪

大雪，是中国传统的二十四节气第 21 个节气，冬季第三个节气，它标志着冬天的正式到来，天空中的云朵变得更加厚重，寒风呼啸而过，雪花纷纷扬扬地飘落。大雪这个节气，给人们带来了一种宁静与美丽，也让人们感受到了冬天的深情。

古时将大雪分为三候：一候鹖鴠不鸣；二候虎始交；三候荔挺出。因天气严寒阴冷，正处于阴气极盛时期，按照传统阴阳观念认为阴气盛极必衰，此时阳气开始萌动。

大雪之时，天地间仿佛沉浸在一片银白的梦境中。雪花纷纷飞舞，如梦如幻，将整个世界装点得如诗如画。纷飞的雪花将整个世界覆盖成一片洁白，给人们带来了一份冬日的宁静与美丽。

大雪也是人们重视保暖养生的时刻。在这个节气里，人们要注意保暖，穿上厚实的衣物，以抵御寒冷的侵袭。同时，保护好身体，多吃一些温暖的食物，如热汤、炖品等，以增强体力和抵抗力，也要注意养生。养生，即保养，调养、培养、补养、护养；所谓生，就是生命、生存、生长之意。

大雪，是冬天的正式开始，也是人们感受季节变化的机会。它让人们体会到了冬天的寒冷，让人们感受到了大自然的变化。大雪纷纷飞，冬意渐浓，世界如银装素裹，宁静而美丽。在这个时刻，我们感受到了冬天的正式到来，心怀敬畏与喜悦，迎接新的季节的到来。让我们怀揣着对冬天的期待，迎接这美丽而寒冷的季节吧！

冬至

冬不约而至，气候寒冽，寒意漫漫。冬至残菊凝霜挺，兰梅傲雪开。冬至是二十四节气的第 22 个节气，是冬季第四个节气，代表冬天的极致，这时冬天特别寒冷。

夏至和冬至是我国二十四节气较早确立的节气，也是古时民间“四时八节”中的一个节日。冬至日太阳直射南回归线，阳光对北半球最倾斜，北半球白天最短，黑夜最长，这天之后，太阳又逐渐北移。过了冬至，白天就会一天天变长。冬至过后，各地气候都进入一个最寒冷的阶段，也就是人们常说的“进九”，冬至又称日南至、冬节、亚岁等，是四时八节之一，被视为冬季的大节日，在古代民间有冬至大如年说法。炊烟起，游子归，冬至大如年，人间小团圆。

古人在这一天做什么呢？在周朝，帝王家就有冬至日祭天、夏至日祭地、春分日祭日、秋分日祭月的习俗。

冬至这一天闭关，不工作了，圣君要斋戒，沐浴，修心。

冬至养生，冬至子时子月养生非常重要，一阳升。就像秋冬枯萎的野草，春天来了，春风一吹又绿了，有重生的希望。

古时将冬至分为三候：一候蚯蚓结；二候麋角解；三候水泉动。

中国古人认为冬至是阳气最弱的一天，是身体最为虚弱的时候。因此，人们在这一天注重养生，以增强体质和保持健康。在冬至这一天，吃饺子、汤圆等食物，以及饮用姜汤、红枣茶等热饮，都是为了保持身体的温暖和健康。

冬至饺子夏至面。饺子，交子，阳气始于冬至。吃饺子，寓意交子之时；吃汤圆，寓意圆满如意；吃馄饨，寓意混沌初开，增加智慧；吃猪脚，寓意来年好搂钱。

冬至为一年阳之始。从冬至开始，天地之间阳气渐升。过冬至节的传统各不相同，但多数都有祭祖的风俗。据《汉书》说："冬至，阳气起，君道长，故贺。"把阳气生与君道长联系起来，朝贺之仪就变得越来越隆重。

冬至郊外祭天，明清两代的帝王会到天坛举行祭天大典。从冬至开始便进入了"数九寒天"，在数九的时候，人们经常会讲起关于"闭九"的习俗。传说在九个连续寒天之内，人们不宜外出，要尽量闭门不出。因此，在这段时间里，一些人会选择在家中做一些长久以来一直忙碌未竟的事情，如整理家居、写写家书、读书学习等。古人的冬日雅趣是画"九九消寒图"。说是从冬至那天起，就画上一枝素梅，共有梅花九朵，一朵九瓣，刚好九九八十一瓣。然后每一天画一瓣，梅花画好之时，便是春暖花开之际。写九画字，比如"庭前垂柳珍重待春风"这九个字，每天写一笔，九九八十一天写完，九天要淡要静要养。还记得数九歌："一九二九不出手。三九四九冰上走，五九六九沿河看柳。七九河开，八九燕来，九九加一九，犁牛遍地走。"

在数九的时候，很多地方都会举办祭灶活动。祭灶是中国传统的一种活动，人们会在冬至过后的数九期间，为灶王爷举办祭祀仪式，表达对灶神的感激之情。祭祀仪式中，会准备供品，如糖果、水果、饼干等，摆在供桌上，然后向灶神烧纸钱，点香拜祭。

冬至还标志着日子的长度达到一年中最短的点。但从冬至开始，白天就会慢慢变长，夜晚变短，渐渐地带来了春天的希望。冬至是冬天的转折点，也是春天的前夕。在这一天，人们往往会祭祀祖先和神灵，祈求来年平安顺遂。这是对未来的美好寄托和祝福。

从冬的巷口往里走，一幅幅佳意美图，自会展卷而出。雪花是冬天的语言。当小雪粒一点一点眨着眼，下下停停，大地泛着一朵朵白，这里那里点缀着。当细雪纷纷霏霏，稍一会儿，鹅毛一样在空中乱舞，满天满地都是白白的影子。晨起一看，房舍盖雪，银色铺地，雪抱住了这个世界，一幅少有的构图，被雪填满了思想，冬至，寒来，冰封，冬意里一片景致。冬天到了，春天还会远吗?

小寒

小寒，是二十四节气中的第 23 个节气，是冬季的第 5 个节气，是干支历子月的结束以及丑月的起始，在这个时候，寒气逐渐加重，大地冻结，万物休养生息。小寒的到来，标志着寒冷的冬季正式降临。

古时将小寒分为三候：一候雁北乡；二候鹊始巢；三候雉始鸲。古人认为候鸟中大雁是顺阴阳而迁移，此时阳气已动，所以大雁开始向北迁移；此时北方到处可见到喜鹊，并且感觉到阳气而开始筑巢；第三候“雉鸲”的“鸲”为鸣叫的意思，雉在接近四九时会感阳气的生长而鸣叫。

从小寒到谷雨，这八个节气里共有二十四候，每一候都有一种花卉绽蕾开放，人们把花开时吹来的风叫花信风。因此有二十四番花信风之说。

小寒三候梅山仙（一候梅花，二候山茶，三候水仙）二十四番花信风不仅反映了花开与时令的自然现象，更重要的是可以利用这种现象来掌握农时，安排农事。让我们赏当季的花吧。

小寒这个时候，大自然的一切都似乎进入了休眠状态。树木凋零，花草凋谢，动物们蜷缩在洞穴中，等待着春天的到来。寒冷的北风吹过，吹得人们的脸颊发红，寒意透骨。但正是这样的寒冷，让人们更加珍惜温暖的阳光和家的温馨。

让我们在小寒的洗礼中，成长和进步，变得更加坚强和勇敢。小寒也是一个寓意深远的节气。它告诉我们，生活中总会有寒冷的时刻，但只要我们坚持，就能迎来温暖的春天。正如人生的道路上，总会有坎坷和困难，但只要我们勇敢面对，坚持不懈，就能战胜困难，迎来成功的曙光。

大寒

当大地被冰雪覆盖，寒风凛冽的时候，大寒悄然而至，带给人们一股冰冷的气息和冬日的终章。大寒，是二十四节气中的第 24 个节气，是冬季的第 6 个节气，大寒同小寒一样，也是表示天气寒冷程度的节气，大寒是天气寒冷到极致的意思。大寒在岁终，冬去春来，大寒一过，又开始新的一个轮回。古时将大寒分为三候：一候鸡始乳；二候征鸟厉疾；三候水泽腹坚。

元人吴澄的著作《月令七十二候集解》：大寒，十二月中。月初寒尚小，故云。月半则大矣。

大寒也是一个寓意深远的节气。它告诉我们，生活中总会有寒冷的时刻，但只要我们坚持，就能迎来温暖的春天。

二十四番花信风大寒三候：瑞兰矾（一候瑞香，二候兰花，三候山矾），让我们赏当季的花吧。

大寒的到来，也给人们带来了一种坚毅和决心。在这个寒冷的季节里，人们不畏严寒，勇往直前。这是一个奋发和拼搏的时刻，人们为了梦想和目标，不断努力，不断超越自我。正是这样的坚毅和决心，让人们在寒冷的冬天里绽放出勃勃生机。

大寒，是冬季的终点，也是希望的起点。让我们在这个寒冷的季节里，保持坚毅的心，勇敢地面对困难，相信春天即将到来。只有经历了寒冷的洗礼，我们才能更加珍惜温暖的春天，更加感悟生命的美好。

2023 年 11 月

秋天到盘锦来看你——红海滩

红海滩，离你很近，又很远，说离你近，因为你生长在我家乡的土地上，说你离我远，因为我在外地，你生长这么多年，我第一次来看你。人说你是天下奇观，人说你是舞女的裙，人说你是新娘的盛装，我说你是贵妃醉酒的红颜。

盘锦红海滩，这是一个咸淡相间的世界，一片独特而壮丽的海岸。

我踏上盘锦红海滩，仿佛进入了一个迷幻的童话世界。细腻的红色沙滩，在阳光的照耀下，闪烁着珊瑚般的色彩，让人不禁陶醉其中。走近海岸线，你会发现盘锦红海滩独有的自然景观。

红海滩是大自然孕育的一道奇观。海的涤荡与滩的沉积，是红海滩得以存在的前提；碱的渗透与盐的浸润，是红海滩得以红似朝霞的条件。像一大片的红地毯。红海滩，是一棵棵纤弱的碱蓬草组成的。碱蓬草适宜生长在盐碱土质，也是唯一一种可以在盐碱土质上存活的草。每年 4 月长出地面，初为嫩红色，渐次较深，10 月由红变紫。我想这就是人们常说的红得发紫吧。

她不需要人撒种，无须人耕耘，一簇簇，一蓬蓬，在盐碱卤渍里，年复一年地，一岁一枯荣，经历着时代的变迁。接受着时代的考验，接受着命运的考验。生生死死，死死生生，年复一年地绽放着自己的美丽。它们用坚韧和执着，书写着生命的奇迹。

于光阴荏苒中，酿造出一片片火红的生命色泽，接受生命的洗礼。碱蓬草的红，从浅到深，层次分明，犹如一幅天然的油画，每一笔都饱含着大自然的激情与创造力。

我想这不是一般的红海滩，应是东海龙王的女儿出嫁时的红地毯吧，在金色的10月，在五谷丰登的10月，在这万里飘香的10月，东海龙王的女儿出嫁，这时红海滩红得发紫，龙王的女儿踏上红地毯，与心爱的人终成眷属。

这红，不是娇艳的花朵之红，不是璀璨的晚霞之红，而是一种充满生命力、震撼人心的红。

沿着木质栈道漫步，脚下是红色的海洋，头顶是湛蓝的天空，远处是金黄的稻田，构成了一幅色彩斑斓的画卷。不时有海鸟掠过，它们的身影在红海滩的映衬下显得格外矫健。

在那望不到尽头的嫣红之中，常有一条条纤细的小沟，泛着金鳞潺潺流淌，恰似少女俊美脸上的两道蛾眉，更烘托出整个脸部俊美的轮廓。

听老人们说20世纪60年代的我国，经济困难时期“瓜菜代”的岁月，红海滩也曾为救命的滩。红海滩边的渔民村妇，曾采来碱蓬草的籽、叶和茎，掺着玉米面蒸出来红草馍馍，几乎拯救了一整代人。

大海潮起潮落，红海滩始终追逐着海浪的踪迹，滩涂以每年50米的速度向里延伸，追随红海滩，追随着生机与希望。

盘锦红海滩，是大自然的杰作，是大地的诗篇。它的美，让人心生敬畏，让人感叹造物主的神奇。

盘锦红海滩，如同一颗宝石镶嵌在大海之滨，散发着独特的光芒。这里的红色沙滩、蔚蓝大海和近处的大苇荡交相辉映，构成了一幅奇特而美丽的海洋画卷，让人为之心醉神迷。

来到红海滩，我感叹于大自然的造化和生命的奇迹。像其他游人一样，我们也免不了俗，买票，进入观看台，拍照。凭时光的流逝，只要有相片在，足以证明我来过。在金秋十月，我来看你，红海滩。

2023年10月

白玉之米，黄金之油

——丰之锦稻米油的故事

盘锦，一个充满生机与富饶的地方，是大自然馈赠给人类的宝地。秋风起，稻花香。在辽阔的田野上，稻子如黄金般挂满枝头，一粒稻谷的传奇故事正在上演。盘锦兴旺油脂厂以其生产的丰之锦稻米油而享有盛誉。以稻米中的米糠为原料，提炼食用油“丰之锦”稻米油及天然阿魏酸、谷维素、米糠蜡、油酸甲酯——生物农药制剂、天然二十八烷醇等多种副产品，正将稻谷的每一部分价值发挥到极致。

常言道：“书中自有黄金屋。”而今在盘锦兴旺油脂厂，人们却说：“米中自有黄金油。”稻米油，这种不需原粮的食用油，正是盘锦兴旺油脂厂从稻谷中寻得的宝藏。在稻谷磨成精米的过程中，余下的米糠被他们巧妙利用，经过一系列工艺，最终化为清亮透明的稻米油。

丰之锦稻米油，不仅仅是一种食用油，更是一种健康的保障。它富含谷维素、植物甾醇等营养成分，为人体提供均衡的营养。与其他作物油相比，稻米油有着独特的优势。它不与其他作物争土地，而是从稻谷中的米糠提取而来，充分利用了大自然的资源。这种独特的提取方式，使得稻米油成为一种珍贵的食用油，为人们的健康保驾护航。

我们看看从稻谷到黄金油的奇妙旅程，盘锦盐碱地上长的圆粒稻子，经过阳光的照耀和雨露的滋润，脱壳后露出淡黄色的糙米和稻壳。稻壳与糙米分离（稻壳可作燃料，其燃烧后的灰烬是制造太阳能电池板的好材料。），而糙米中的米胚，富含生命之源，经过精选，成为营养丰富的食品原料。糙米分成精米和米糠，精米白如玉是有名的盘锦大米；米糠，这种大米加工的副产品，它含有 15% 的油分，经过加工可产出稻米毛油和其他副产品。毛油再经过去杂、脱脂等工序，最终成为可以食用的稻米油。这种油的口感清淡，营养价值高，尤其是谷维素和阿魏酸等成分，对人体大有裨益。一亩地产生的米糠只能产出一桶五升的稻米油，这足以见证稻米油的珍贵。

稻米油的味道清淡而口感醇厚，营养成分丰富而均衡。它是大自然和人类智慧的结晶，是健康与美味的完美结合。在他们的匠心独运下，稻谷的价值得到了充分的挖掘和释放。

当你打开一瓶丰之锦稻米油时，一种淡淡的清香会立刻充满空气。那是纯净而自然的味道，仿佛是大自然的呼吸，清新而宁静。这种清淡的味道和口感，让人不禁想起陶渊明笔下的“人淡如菊”，那是一种淡然超脱、优雅高贵的人生姿态。而稻米油正是这样的一种存在，与大豆油、花生油、玉米油、菜籽油等需要在大地上生长作物产出油相比，稻米油不与其他作物油争土地。它如同“四君子”之一菊花一样，不与百花争春，它独自绽放，散发着独特的芬芳。

从金黄的稻田到餐桌上的美食，在丰收之上写锦绣。每一粒大米白如玉，每一滴稻米油如黄金之油，每一滴稻米油都承载着大自然的馈赠和人类的智慧。让我们在品味这道美味的同时，也感谢大自然的慷慨和人类的创造力吧！

2023 年 10 月